고양이를
처방해 드립니다

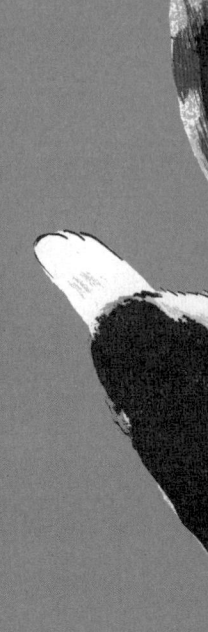

NEKO WO SHOHO ITASHIMASU.
Copyright © 2023 by Syou ISHIDA
All rights reserved.

c/o The Appleseed Agency Ltd, Japan.
First original Japanese edition published by PHP Institute, Inc., Japan.
Korean translation rights arranged with PHP Institute, Inc.
through Danny Hong Agency

이 책의 한국어판 저작권은 대니홍 에이전시를 통한 저작권사와의 독점 계약으로 (주)다산북스에 있습니다.
저작권법에 의해 한국 내에서 보호를 받는 저작물이므로 무단전재와 복제를 금합니다.

고양이를 처방해 드립니다

이시다 쇼 장편소설
박정임 옮김

일러두기

본문의 주는 모두 옮긴이의 것입니다.

차례

제1화 회사를 그만두고 싶은 당신에게 007
 고양이를 처방해 드립니다

제2화 '좋아요'가 싫은 당신에게 121
 고양이를 처방해 드립니다

제3화 한때는 어린이였던 당신에게 183
 고양이를 처방해 드립니다

제4화 완벽주의자인 당신에게 231
 고양이를 처방해 드립니다

제5화 고양이를 잊지 못하는 당신에게 295
 고양이를 처방해 드립니다

제1화 회사를 그만두고 싶은 당신에게
고양이를 처방해 드립니다

가가와시 슈타는 어스레한 골목길 막다른 곳에 있는 주상복합건물을 올려다보았다.

한참을 헤맨 후에야 간신히 찾아낸 곳이다. 건물은 맨션과 맨션 사이의 좁은 틈을 메우듯 서 있었다.

"……여기라고?"

슈타는 황당하다는 듯 중얼거렸다.

요즘 세상에 스마트폰 검색에도 나오지 않는 곳이 있을까 싶어 반신반의했지만, 여기라면 수긍이 되었다. 햇빛이 전혀 들지 않는 골목길은 습한 공기로 축축했고, 하늘은 멀리 희미하게 보였다. 건물도 낡고 지저분했다.

"이 주소는 대체 뭐야."

교토시 나카교구 후야초 거리로 올라가서,
롯카쿠 거리 서쪽으로 들어가서,
도미노코지 거리로 내려가서,
다코야쿠시 거리 동쪽으로 들어간다.

슈타가 가지고 있는 주소는 교토 특유의 방식으로 표기된 위치였다. 행정구역상의 정식 명칭과 번지가 있음에도 굳이 시내를 가로지르는 도로명과 동서남북으로 위치를 표시한다. 시키는 대로 가다 보면 목적지 근처까지는 갈 수 있지만, 너무 막연해서 현지인 이외에는 길을 잃기 십상이다.

슈타 역시 이 건물에 이르기까지 수차례나 주변을 빙글빙글 맴돌았다. 마침내 포기하려던 순간, 불현듯 좁은 골목길 입구가 눈에 들어왔다.

교토 시민은 굳이 왜 이리 애매한 표기를 사용하는 걸까. 타지 사람인 슈타에게 교토의 주소는 마치 암호 같았다. 주소 하나만 봐도 외지인의 접근을 거부하는 속마음이 느껴진다.

슈타는 어두운 골목길에서 한숨을 쉬다가 아직 실망하기는 이르다고, 마음을 다독였다. 입지가 나쁘다고 무조건 불신할 수는 없는 일이다. 주변 맨션이 나중에 지어진 것일 수도 있고, 은신처 느낌이 난다고 우겨볼 만도 하다.

건물 출입문은 열려 있었다. 엘리베이터는 없고 안쪽으로 계단이 보였다. 조명이 어둡고 인기척이 없어서인지 어쩐지 으스스한 느낌이 들었다. 복도를 걷다 보니 자연스럽게 사무실 상호가 눈에 들어왔다. 회사만 모여 있는 상가 건물인 듯했는데, 어느 사무실 할 것 없이 전부 수상쩍었다.

조만간 나도 이런 비좁은 임대 사무실에서 노인을 상대로 사기 전화를 돌리는 꼴이 되는 건 아닐까.

순간 자신의 미래가 보이는 듯해 슈타는 황급히 고개를 흔들었다. 그렇게 되지 않기 위해 이곳에 온 것이다. 5층까지 계단을 오르자 '고코로 병원'이 있었다.

낡고 중후해 보이던 문은 막상 열어보니 허탈할 정도로 가벼웠다. 실내를 슬쩍 들여다보니 의외로 환했다. 출입문 바로 앞에 작은 접수창구가 있었지만, 사람은 아무도 없었다.

슈타는 안쪽에 대고 저기요, 하고 불러보았다. 고요했다.

휴식 시간일까. 가만히 서서 팔짱을 꼈다. 전화번호도 메일 주소도 몰라서 예약할 방법이 없었다.

"저기요!"

이번에는 큰 소리로 외쳤다.

마침내 슬리퍼로 바닥을 타닥타닥 치면서 간호사가 나타났다. 20대 후반쯤의 피부가 하얀 여성이었다.

"네, 무슨 일로?"

"죄송합니다. 예약은 안 했는데 진료를 받고 싶어서요."

"환자분이시군요. 들어오세요."

간사이 지방 억양에, 교토 특유의 느긋한 말투다. 젊은 것 같은데 억양이 꽤 또렷했다.

대기실에는 한 사람만 앉을 수 있는 소파가 놓여 있었다. 하지만 간호사는 대기실이 아닌 진료실로 슈타를 곧장 안내했다. 진료실은 회사 흡연실보다 좁았고, 책상과 컴퓨터, 간이 의자 두 개가 전부인 소박한 방이었다.

이곳이 정말로 평판 좋은 클리닉일까. 불안감이 커졌다.

지금까지 다녔던 정신건강의학과는 모두 건물이 개

방적이고 실내가 우아했다. 들어서기조차 주저되는 낡은 건물은 한 곳도 없었으며, 완전 예약제인 데다가 진료 전에 문진표를 작성하는 데만 거의 한 시간이 걸렸다. 간편하게 진료받을 수 있는 건 고맙지만, 그러고 보니 이곳에서 슈타는 보험증도 제시하지 않았다.

안쪽 커튼이 열리더니 흰 가운을 입은 의사가 들어왔다. 서른 살 정도의, 마르고 곱상한 남자였다.

"안녕하세요. 저희 병원은 처음이시죠?"

의사는 옅은 미소를 지었다. 살짝 톤이 높은 코맹맹이 소리. 무례하지 않고 친근하게 느껴지는 교토식 말투다.

"어떤 분의 소개로 오셨나요?"

"그게……."

의사의 질문에 슈타는 순간 당황했다. 거짓말을 할까도 생각했지만, 정직하게 말하기로 했다.

"직접 아는 사람은 아닙니다. 회사를 그만둔 선배가 소개해 줬습니다만, 선배의 동생의 아내의 사촌이 근무하는 회사의 거래처의 거래처 분이 이곳에 다니고 있는데 아주 좋은 병원이라고 들었습니다."

풍문이라고도 할 수 없는 막막한 정보였다. 들은 거라곤 병원 이름과 암호에 가까운 대략적인 주소, 그리고 건물 5층에 있다는 사실뿐이었다.

　슈타가 정신과를 찾은 건 이번이 처음은 아니었다. 처음 진료를 받은 게 반년 전이었다.

　그때도 나아질 거라는 기대는 하지 않았었다. 단지 뭐라도 하지 않으면 안 된다, 노력이라도 해야 한다고 생각했다. 인터넷으로 평판이 좋은 병원을 검색해서 여기저기 돌아다니다가 결국 집과 회사 주변은 안 가본 곳이 없게 되었다.

　마침내 풍문이라도 상관없다는 생각에 찾아온 곳이 이곳이었다. 설마 이렇게 외진 곳에 있으리라고는 생각지도 못했었다.

　"음, 곤란하네요. 새로운 환자는 받지 않고 있습니다. 이곳은 저랑 간호사 둘이서만 소박하게 운영하고 있어서요."

　의사는 천천히, 부드럽게 한숨을 쉬었다.

　슈타는 낙담했다. 여기도 안 되는 건가. 마음의 병이 어쩌고저쩌고 떠들면서도 막상 이야기를 해보면 자기 일처럼 생각해주는 의사는 별로 없었다.

　네, 그럼 됐습니다. 그렇게 말하려는 순간, 의사가 싱긋 웃었다. 의사의 눈매가 갑자기 장난꾸러기 꼬마처럼 변했다.

"하지만 뭐 소개도 받으셨다고 하니 특별히 진료를 봐드리겠습니다."

무릎이 맞닿을 만큼 좁은 공간이 더욱 협소해진 느낌이 들었다. 의사는 책상을 향해 몸을 돌리더니 컴퓨터 키보드를 두드리기 시작했다.

"성함과 나이를."

느닷없이 진료가 시작되었다.

"가가와시 슈타입니다. 스물다섯이고요."

"오늘은 어떻게 오셨습니까."

의사가 부드럽게 물었다.

슈타는 긴장했다. 지금까지 몇 번이나 반복되었던 장면이다. 그리고 모든 의사가 할당된 시간 동안 이야기를 들은 후에는 형식적인 대답을 했다.

힘드셨겠네요. 그렇게 애쓰지 않아도 됩니다.

이곳에 잘 오셨어요, 고맙습니다.

어째서인지 상냥하게 인사를 하는 의사도 있었다. 그다음은 비슷비슷한 약을 처방한다. 증상을 완화해주는 것은 의사가 아니라 수면제뿐이었다.

"저는……."

불면증, 이명, 식욕부진.

회사를 생각하면 가슴이 답답해지고 숨이 가빠지며 밤에도 잠을 잘 수 없었다. 너무 전형적인 증상이라서 의사들이 대수롭지 않게 여기는 듯했다. 이번에야말로 제대로 설명해서 이 상황을 타파해야 한다.

하지만 자기도 모르게 본심이 새어 나왔다.

"회사를…… 그만두고 싶어요."

"그렇습니까?"

슈타의 조그마한 중얼거림에 의사가 곧바로 대답했다. 슈타는 움찔했다.

"아, 아닙니다. 그렇지 않아요. 저는 회사를 그만두고 싶은 게 아니라 어떻게 하면 지금의 회사에 계속 다닐 수 있을지를 고민하고 있습니다. 제가 근무하는 회사는 텔레비전 광고도 하는 제법 큰 증권회사입니다만, 문제는 상당한 악덕 기업이라는 거죠."

"알겠습니다."

의사는 담담하게 말하더니 씨익 미소를 지었다.

"고양이를 처방하겠습니다. 당분간 경과를 살펴보죠."

그리고 의자를 빙글 돌려 뒤를 보며 말했다.

"지토세 씨. 고양이 데려와요."

"네."

커튼 너머에서 목소리가 들리더니 아까의 피부가 하얀 간호사가 들어왔다. 접수처에서는 알아채지 못했는데, 눈빛에 생기가 도는 개성적인 여성이었다. 간호사는 조금 의아하다는 눈길로 슈타를 보더니 의사를 향해 퉁명스럽게 말했다.

"니케 선생님, 이 사람 괜찮겠어요?"

"하하, 괜찮을 겁니다."

그에 비해 의사는 온화하고 가벼웠다. 병원도 특이하지만, 니케라는 의사의 이름도 특이했다. 간호사는 들고 있던 이동장을 책상 위에 내려놓고는 말없이 안으로 들어가버렸다. 이동장은 측면이 망사로 된 플라스틱 간이 가방이었다.

거기에 정말로 고양이가 들어 있었다.

슈타는 어안이 벙벙했다. 뜻밖의 전개를 따라잡을 수 없어서 말도 나오지 않았다. 그저 눈앞의 고양이를 물끄러미 쳐다볼 뿐이었다.

진짜 고양이였다.

딱히 별다르지 않은 보통의 회색 고양이. 그늘이 져서 정확하게 보이지는 않았지만, 크고 동그란 금색 눈으로 슈타를 경계하듯 올려다보고 있었다.

"가가와시 씨. 일단 이걸 일주일 동안 시도해보세요."

"네?"

"그리고 처방전을 드릴 테니 접수처에 내시면 됩니다."

"아…… 처방전은 주시는 겁니까?"

"당연하죠."

대화 내용은 평범했지만, 상황은 평범하지 않았다. 슈타는 이동장 안의 고양이에게 시선을 고정한 채 물었다.

"이거, 고양이입니까?"

"네, 고양이죠."

의사는 당연하다는 듯이 말했다. 분명 어떻게 봐도 고양이지만, 확신이 들지 않았다.

"진짜 고양이?"

"물론입니다. 효과가 아주 좋아요. 예부터 고양이는 백약의 으뜸이라고 하지 않습니까. 어설픈 약보다 고양이가 더 잘 듣는다는 의미죠."

그런 말이 있었다고? 난감해하는 슈타에게 의사가 작은 종잇조각 하나를 건넸다.

"여기 처방전입니다. 접수처에서 주는 것도 받아 가세요. 그럼 일주일 후에 뵙기로 하죠. 예약 환자가 기다리고 있어서, 그럼 이만."

그러고는 그만 가라는 듯 문을 가리킨다. 멍하니 있던 슈타는 그제야 정신이 들었다. 웃음이 삐죽삐죽 나왔다.

"아하하, 그렇군요. 이게 바로 애니멀 테라피라고 하는 거죠?"

갑작스러운 전개에 놀라긴 했지만, 특별한 건 아니었다. 동물과의 접촉을 통해 마음을 치유하는 것이다. 하지만 슈타의 웃음에 의사는 아무런 반응이 없었다.

"이런 식으로 환자를 놀라게 하는 것도 치료의 일환입니까? 아, 그래서 어디에도 정보가 없었군요. 확실히 순간적으로 머릿속이 하얘졌답니다. 고양이를 처방한다니. 재미있군요."

슈타는 이동장에 얼굴을 가까이 대고 안을 들여다보았다. 고양이는 커다란 눈을 동그랗게 뜬 채 시선을 피하지 않았다. 동물에 대해서는 잘 모르지만, 고양이도 당황한 것 같아 씁쓸한 미소를 지었다.

"귀엽네요. 하지만 이 고양이는 제가 마음에 들지 않는 것 같군요."

"응? 어디 보자."

의사는 그렇게 말하더니, 이동장에 뺨이 닿을 만큼 얼

굴을 가까이 댔다. 갑자기 다가온 의사에 고양이는 깜짝 놀랐지만, 의사는 아무렇지 않은 듯했다. 의사는 이동장의 망사에 코끝을 대고 안에 있는 고양이를 응시했다.

"응? 괜찮은 것 같은데. 네, 괜찮다고 하네요."

"아닌 것 같은데요. 무섭다는데요."

"그래요? 어디 보자."

의사가 다시 코끝을 이동장에 댔다. 너무 가까워서 보는 사람이 조마조마할 지경이었다.

"어때, 안 되겠어? 안 된다고 안 했지?"

그리고 고개를 들며 웃었다.

"안 된다고 안 했다는데요."

"아니, 그게 아니라, 저처럼 동물에 익숙하지 않은 사람은 고양이가 싫어한다고요. 아무리 테라피라고 해도 동물이 가엾지 않습니까."

"그건 걱정하지 마세요. 그리고 익숙하지 않은 사람에게도 고양이의 효과는 확실합니다. 환자분이 기다리고 계셔서 이만."

의사는 생글거리며 일어서더니 이동장을 들어 슈타의 무릎 위에 놓았다.

"어? 잠깐만요."

"일주일 후에 뵙겠습니다."

반박을 차단하는 웃음이었다. 슈타는 영문도 모른 채 이동장을 품에 안고 진료실을 나왔다. 의사의 말에 떠밀려 쫓겨나왔다고 해도 과언이 아니었다.

대기실 소파에는 여전히 아무도 없었다. 얼떨떨한 상태로 서 있자 접수처의 작은 창구에서 하얀 손이 슈타를 불렀다.

"가가와시 씨, 이쪽으로 오세요."

"아, 네."

마치 영화 속으로 들어온 기분이었다. 어딘가에 카메라가 설치된 건 아닌지 두리번거리며 접수처로 가자, 간호사가 작은 창구로 얼굴을 내밀고 있었다.

"처방전 주세요."

슈타는 시키는 대로 의사에게 받은 종이를 건넸다. 간호사는 접수창구에서 모습을 감췄다.

그때 이동장이 불안정하게 흔들렸다. 제법 묵직했다.

그 묵직한 느낌이 묘했다. 이렇게 살아 있는 동물을 손에 들어본 건 초등학생 때 학교에서 키우던 토끼 이후 처음이었다. 고양이는 이렇게 황당한 상황에서도 얌전하게 있었다. 기특한 마음이 들어 입가에 미소가 번졌다.

간호사가 돌아오더니 "여기요." 하면서 종이 가방을 내밀었다.

막무가내로 밀어붙이는 바람에 슈타는 양손으로 들고 있던 이동장을 재빨리 한 손으로 고쳐 들었다. 순간 고양이가 미끄러지면서 이동장이 기울었다.

"아이고, 미안해. 저기요, 이 가방 안에는 뭐가 들었습니까? 꽤 무거운데요."

"지급품입니다. 안에 설명서가 있으니 꼼꼼히 읽어 보세요."

간호사의 어투는 담담했다. 기품 있는 교토 사투리가 오히려 내치듯 차갑게 느껴졌다.

종이 가방 입구로 플라스틱 그릇과 쟁반, 사료인 듯한 봉투가 보였다. 고양이 사육에 필요한 물품인가. 꽤 공들인 연출이었다. 지나치게 공들인 연출에 슈타는 조금 불안해졌다.

"이거 언제까지 계속하는 겁니까? 뭔가 좀 지나치달까."

"궁금한 건 선생님께 물어보세요. 그럼 안녕히 가세요."

간호사는 사무적으로 말하고는 이미 시선을 떨군 채

다른 업무를 하고 있었다.

"저기……."

"안녕히 가세요."

"저……."

"안녕히 가세요."

슈타는 더 이상 물어보지 못하고, 양손에 짐을 든 채 병원을 나왔다. 양손에 짐이 있어서 문을 열기도 힘들었다.

대체 무슨 일이 일어나고 있는 건지 어리둥절했다.

복도 끝에서 불량해 보이는 남자가 걸어왔다. 남자는 슈타 앞을 지나더니 옆방의 문을 열었다.

슈타가 문득 시선이 느껴져 돌아보니, 남자가 의심스러운 표정으로 이쪽을 보고 있었다. 무언가를 물어볼 것 같은 표정이었다.

슈타는 황급히 그 자리를 벗어났다. 이동장이 기울지 않도록 조심하면서 계단을 내려오는 일은 만만치 않았다. 건물에서 나오자 골목길의 곰팡내가 코를 찔렀다. 현실이었다. 손에 무겁게 매달려 있는 짐도 현실이었다.

무척 좋은 병원인가 봐, 라고 선배에게 들었다. 선배는 동생에게 들었고, 동생은 아내에게 들었고, 아내는 사촌에게. 소문은 사람과 사람을 거치면서 변하기 마련이다.

한 발자국, 두 발자국, 계속 걸어가도 상황극은 끝나지 않았다. 간호사가 뒤에서 쫓아오는 일도 없었고, 드라마 촬영장의 '컷' 하고 외치는 소리도 들리지 않았다.

과감한 치료일까, 아니면 사기일까. 고민에 빠진 자신의 손에는 여전히 고양이가 들려 있었다.

돌고 돌아 말도 안 되는 병원에 와버렸다고, 어딘가 멀리서 비웃고 있는 자신이 있었다.

살아 있는 동물을 옮기는 일은 어려웠다. 건널목을 빠른 걸음으로 건널 수도 없었고, 너무 무거워서 어깨에 멜 수도 없었다. 걸핏하면 불편한 듯 꼼지락거리는 고양이가 든 이동장을 들고 30분이 넘게 걸려 집으로 돌아왔다. 도중에 팔이 아파서 견딜 수 없을 정도였다.

이동장을 바닥에 내려놓자, 고양이도 집에 도착한 사실을 알았는지 갑자기 우당탕통탕 난동을 부리기 시작했다. 계속 좁은 상자 안에 가둬두기도 미안해서 슈타는 이동장 뚜껑을 열었다.

하지만 고양이는 밖으로 나오지 않았다.

"왜 그래, 고양아. 나와도 돼."

불러도 나오지 않자, 걱정이 된 슈타는 조심스럽게 이

동장을 들여다보았다. 고양이는 안쪽에 몸을 웅크리고 있었다.

무슨 일이지? 슈타는 종이 가방을 뒤적였다. 같은 크기의 그릇이 두 개 있었다. 사료 봉지를 흔들자 바스락바스락 소리가 났다. 건식 사료인 듯했다.

"일단 물을 줄까."

슈타는 그릇에 수돗물을 담아 이동장 앞에 놓아두었다. 하지만 고양이는 여전히 나오지 않았다.

"아, 참. 설명서가 있댔지."

슈타는 힐끔힐끔 고양이를 살피면서 안에 있던 종이 쪽지를 읽었다.

☑ 이름: 비. / 암컷. 추정 나이 8세. 잡종.

☑ 식사: 아침과 저녁에 적정량.

☑ 물: 상시.

☑ 배설물 처리: 적당한 때.

기본적으로는 혼자 둬도 문제는 없습니다. 잘못 삼킬 수 있는 작은 물건, 접시나 컵 등 깨지는 물건은 서랍에 보관해주세요. 화분도 주의가 필요합니다. 집 밖으로 내보내지 마세요. 이상.

내용은 그뿐이었다. 다시 한번 읽어봤지만 특별한 내용은 적혀 있지 않았다.

"큰일이네. 고양이 따위 키워본 적도 없는데. 일주일이나 보살필 수 있을까."

이 평평한 트레이랑 모래는 어떻게 쓰는 거지? 혼자 둬도 집을 더럽히지 않고 용변을 볼 수 있는 걸까. 사료의 양은? 벽을 긁거나 하진 않나?

온통 불안한 마음뿐이었다. 물어볼 사람도 없었다. 화장실이나 사료에 관한 건 인터넷으로 검색해보는 수밖에 없다.

그래도 고양이 이름은 알아냈다. 슈타는 바닥에 납작 엎드려 이동장 안을 들여다보았다. 고양이의 금색 눈과 마주쳤다.

"네 이름이 비야? 비, 나와봐. 너, 암컷이구나. 배고프지? 밥 줄게."

이미 저녁이다. 사람들도 저녁 식사 시간이니 고양이도 분명 밥때일 것이다. 사료 봉투 뒷면을 읽어보고 스마트폰으로 검색하면서 대략적인 양을 계량하고 있는데, 고양이가 이동장에서 아주 조금 고개를 내밀었다.

"오, 나왔니!"

하지만 다시 곧바로 들어가버렸다. 힘들게 나왔는데 목소리에 놀라버린 모양이었다. 이번에는 숨도 쉬지 않을 생각으로 기다리고 있자, 잠시 후 고양이가 다시 머리 절반을 내밀었다. 고양이는 눈을 치켜뜨고 슈타를 응시했다. 그 상태로 마치 인내심 겨루기를 하듯 침묵이 흘렀다. 슈타를 경계한다기보다는 시험해보고 있는 듯했다. 슈타는 이상한 자세로 앉아 있어 다리가 저렸지만, 바들바들 떨면서도 끝까지 버텼다.

마침내 고양이가 한쪽 발을 들어 이동장 밖으로 슬쩍 내밀었다. 하지만 발끝은 아직 바닥에 닿지 않았다. 언제라도 다시 안으로 들어가겠다는 눈빛이다.

부탁이야, 나와. 다리가 너무 저리다고.

거의 한계에 이르렀을 즈음, 고양이는 살며시 앞발을 내렸다. 동그란 발이 바닥에 닿았고, 갓난아이 손목처럼 통통한 윤곽이 나타났다. 이거, 너무 귀여운데. 한 발, 두 발…… 마지막으로 기다란 꼬리가 스르륵 나왔다.

'의외로 크네.'

먼저 그 생각이 들었다. 바닥에 발을 딛고 있는 고양이가 큰 편은 아니었지만, 좀 더 가느다란 몸을 예상했었다. 인터넷에서 벽과 벽 사이 좁은 틈새로 빠져나가는 고양이 영상을 본 적이 있었다. 이 고양이는 회색 모포처럼 폭신해서 만약 틈새로 들어가면 모포가 흘러넘칠 듯했다.

슈타는 잘못 주저앉았다가 고양이가 놀랄까 봐, 이를 악물고 천천히 다리를 뺐었다. 고양이는 힘겹게 버티고 있는 슈타를 모른 척하고 물그릇으로 다가갔다. 냄새를 킁킁 맡더니 혀끝으로 물을 마셨다.

슈타는 쥐가 난 다리를 주무르면서, 묘한 기분으로 그 모습을 바라보았다. 찰싹찰싹하고 앙증맞게 튀어 오르는 물소리는 지금까지 이 집에 없었던 소리다. 고양이는 경계심을 조금 풀었는지 이제 집 안을 좌우로 살피고 있었다. 고양이의 시선이 아직 열지 않은 사료 봉지에서 멈췄다.

"하하, 알았어. 조금만 기다려."

물 다음은 사료구나. 슈타는 그 단순함에 배시시 미소를 지었다.

사료 봉투를 뜯어 다른 그릇에 사료를 담았다. 사료가 투두둑 소리를 내며 쏟아지는 중에도 고양이는 얌전하게 앉아 있었다. 바로 달려들 줄 알았는데, 그 자리에서 꼼짝 않고 동그란 눈을 크게 뜬 채 상황을 지켜본다.

"자, 먹어. 맛있겠지? 어서 먹어."

슈타는 과자 같은 고양이 사료를 손가락으로 집고는 먹는 시늉을 해보였다. 하지만 고양이는 미동도 하지 않고, 이 자식 뭐 하는 거지 하는 표정으로 응시할 뿐이다.

슈타는 왠지 자신이 바보같이 느껴져서 침대에 벌러덩 누웠다. 신경 쓰지 않는 척하면서 곁눈질로 고양이의 움직임을 좇았다.

마침내 고양이는 조심스러운 발걸음으로 사료가 든 그릇에 다가가 입술을 움직였다. 까득까득 하는 소리가 들렸다. 존재감이 큰데도 고요하다. 고양이란 이런 존재구나. 슈타는 옆으로 돌아누우며 멍하니 생각했다.

혼자 사는 집에 고양이가 있으니 이상한 기분이 들었다. 새삼 방 안을 둘러보니 물건들이 난잡하게 쌓여 있었다. 만화책이나 게임기는 방치된 지 오래였다. 평일에는 밤에 들어와서 잠만 잘 뿐이었고, 휴일에도 늦은 오후까지 잤다. 물건이 적지 않은데도 아무런 즐거움도 찾아볼 수 없는 방.

화분 같은 게 있을 리가 없었다. 있었다고 해도 예전에 시들어버렸을 것이다.

슈타는 오랜만에 집 안을 정리했다. 바닥에 흩어져 있

던 페트병 뚜껑과 일회용 젓가락을 버리고 옷과 잡지 등을 구석으로 치웠다.

뭐든 해야겠다고 병원을 돌아다닌 것 외에, 자발적으로 움직인 건 정말로 오랜만이었다. 겨우 방 청소를 했을 뿐이었지만 묘하게 상쾌했다.

"아, 그래. 이런 게 가장 위험하지."

테이블 위에 놓인 수면제가 갑자기 골칫거리 물건으로 변했다. 모아서 서랍에 넣었다.

식사를 끝낸 고양이는 냄새를 맡으면서 천천히 방 안을 돌아다니고 있었다. 무게가 전혀 느껴지지 않는 가벼운 발걸음이었다. 탐험 중인 고양이를 보자 마음이 평화로워졌다. 강제적인 치료법이었지만 효과는 탁월했다.

고양이는 잠을 어디서 잘까? 종이 가방에 이불은 없었다. 추운 계절은 아니지만 플리스 담요라도 접어놓을까. 혹시 침대에도 올라오나?

슈타는 수면제도 깜박한 채 잠이 들었다.

***

슈타는 이동장을 팔로 감싸안고 한달음에 5층까지

올라갔다.

고코로 병원으로 뛰어 들어가, 숨을 헐떡이며 이동장을 접수창구에 들이밀었다. 접수처에는 그 무뚝뚝한 간호사가 앉아 있었다.

"저기, 고양이, 이 고양이 문제로 선생님과 상담하고 싶습니다."

"가가와시 씨. 예약일은 나흘 후인데요. 고양이 처방도 아직 3일 치가 남아 있습니다."

"아니요, 더 이상 필요 없습니다."

흥분한 데다가 숨까지 가빠서 말이 잘 나오지 않았다.

"여하튼 선생님과 이야기하겠습니다. 몇 시간이건 기다리겠습니다."

"그러시면 진료실로 들어가세요."

"몇 시간이고 기다리겠다니까……?"

"진료실로 들어가세요."

간호사는 이미 시선을 돌린 채 다른 작업을 하고 있었다. 슈타는 어안이 벙벙했다. 회사에서 집으로 돌아가 고양이를 이동장에 넣자마자 서둘러서 이곳으로 왔다. 어떤 식으로든 분노를 터뜨려야 이 분이 풀릴 듯했다. 그런데 이렇게 순순히 들어가게 하자 오히려 맥이 빠졌다.

"저기……."

"진료실에서 기다려주세요."

간호사는 돌아보지도 않았다. 어쩔 수 없이 이동장을 품에 안고 다시 그 소파 앞을 지나 좁은 진료실에서 기다렸다.

무릎 위의 이동장에서 묵직한 무게감이 느껴졌다. 고양이는 불안정해서인지 가만히 있지를 않았다.

이 녀석이 나쁜 게 아니다. 알고 있지만, 분노가 가라앉지 않는다. 커튼이 열리고 의사가 나타났다.

"어, 가가와시 씨. 또 오셨네요. 오늘은 무슨 일로."

사람 좋은 웃음을 보는 순간, 슈타는 폭발했다.

"해고됐단 말입니다! 회사에서! 이, 고양이 때문에!"

슈타는 이동장 모서리를 거세게 쥐었다. 고양이에게도 그 감정이 전달되었는지 이동장 안에서 하악질을 했다.

"어라, 그거 잘됐네요."

의사는 웃으면서 말했다. 슈타는 의사의 말에 눈을 부라렸다.

"잘됐다고?"

"그만두고 싶다고 하지 않으셨습니까. 무사히 그만두게 되었으니 해결됐네요. 역시, 이 고양이가 정답이었어. 효과 만점이야."

의사는 만족스럽다는 듯 웃고 있었다. 슈타는 그런 의사를 보며 조금 이성을 되찾았다.

관두자. 이 자를 진지하게 상대하는 것 자체가 어리석어. 애초에 아무런 치료도 받지 않았던 거야.

그래도 역시 한마디는 해줘야겠다 싶어서 슈타는 무릎 위의 이동장을 책상 위에 올려놓았다.

"나는 회사를 그만두고 싶다는 생각 따위 한 적 없습니다. 힘들게 들어간 일류 회사를 그만두고 싶지 않아서 상담하러 온 거였죠."

그러자 의사는 고개를 갸웃했다.

"악덕 회사라고 하지 않으셨습니까?"

"그건…… 그거야 어디든 거기서 거기 아닙니까. 대기업이건 중소기업이건 완벽한 곳은 없죠."

그렇게 악독한 회사를 감싸다니, 슈타 자신도 놀랐다. 지금까지 친구에게 수없이 들었던 말이다. 어디를 가든 똑같다, 월급이 나오는 것만도 다행이라고 생각해라, 배가 불렀다…….

슈타는 스스로도 그렇게 타이르며 간신히 버텨왔다. 하지만 그것도 다 헛수고로 끝났다. 슈타는 침울하게 가라앉았다.

"이렇게 쉽게 잘리다니, 너무하지 않습니까. 지금까지 계속 참아온 게 허무할 뿐입니다."

"흐음." 하고 의사는 손목시계를 보았다.

"괜찮으시면 이야기라도 들어 볼까요? 예약 환자분이 아직 안 오셨으니."

의사의 목소리는 동정하는 것 같기도, 어딘가 재미있어하는 것 같기도 했다. 의사의 반응에 슈타는 허탈함을 느꼈다. 이 병원은 다른 곳과 다르다. 괴롭다고 하소연해도, 눈물을 흘려도, 형식적인 동정조차 해주지 않는다. 하지만…… 진심인 척하는 가식보다는 낫지 않을까. 눈앞에 앉은 이상한 의사는 여전히 옅은 미소를 띠고 있었다.

"……고양이를 데리고 온 그날은 아무런 문제도 없었습니다. 밤에는 잘 잤고, 아침에는 사료를 챙겨주고 출근했죠. 여느 때처럼요."

그랬다. 아주 조금 치유가 된 듯했던 것은 그날 밤뿐이었고, 그 이후로는 평상시의 반복이었다. 악덕 기업은 고양이로 해결할 수 있을 만큼 만만한 상대가 아니었다.

***

고양이라는 게 의외로 까다롭지 않네.

얌전하게 사료를 먹는 고양이를 보면서 슈타는 미소 지었다. 자고 일어났더니 방 안이 온통 난장판이 되어 있는 건 아닐까 하는 걱정도 했지만 기우였다.

고양이는 테이블 아래에서 몸을 웅크리고 있었다. 나쁜 짓은 조금도 하지 않았다. 슈타가 몸을 일으키니 곧바로 다가왔다. 겨우 하루 만에 친해진 건가? 아니면 원래 사람을 잘 따르는 걸까. 슈타가 화장실에 가려고 하자 고양이가 뒤에서 따라왔다.

"뭐니, 너. 배고파?"

웃으면서 내려다보니 고양이가 슈타의 다리에 머리를 문질렀다. 삼각형 귀를 접으면서, 의외의 강한 힘으로 슈타의 다리에 압박을 가했다. 어젯밤에는 할퀼까 봐 무서워서 만지지 못했지만, 이렇게 친근하게 구는 모습을 보자 용기가 생겼다.

손끝으로 이마 부근을 만져보니 매끈매끈했다. 신기한 감촉이었다. 브러시처럼 가느다란 털을 상상했는데 전혀 달랐다. 고양이가 고개를 홱 드는 바람에 놀라서 손을 거두었다. 하지만 고양이는 오히려 목을 뻗어서 더 쓰다듬으라는 듯 얼굴을 밀어붙였다. 슈타의 손바닥 가득히 머리를 비비며 집어넣었다.

"와아, 너 정말 폭신폭신하구나!"

하지만 봉제 인형처럼 흐물거리는 게 아니라 단단한 느낌이었다. 뭐랄까. 예컨대 폭신폭신한…… 테니스공?

짧은 줄 알았는데, 손가락 사이로 삐져나온 고양이 털은 깊숙했다. 안쪽 털은 좀 더 부드럽고 뽀얀 솜털이었다. 어제는 단순한 회색으로 보였던 털도 가까이서 보니 옅은 갈색이 섞여서 부드러운 파도 무늬를 그리고 있었다. 아름답다는 생각이 들었다.

게다가 밀어붙이는 힘도 엄청나게 강했다. 부드럽고, 거침없었다. 슈타는 계속해서 달라붙는 고양이를 이기지 못하고 출근 준비를 하기 전에 먼저 사료와 물을 챙겨줬다. 동물이 있으면 생활 리듬이 달라지는 모양이다.

"이런 것도 나쁘지 않은데?"

쭈그리고 앉아 사료를 먹는 고양이를 지켜보았다. 어젯밤에 푹 잔 덕분에 오랜만에 몸이 가벼웠다. 그래도 회사에 가기 싫은 건 마찬가지다.

오늘만 버티면.

아침마다 외우는 주문이다. 오늘만 버티면 내일은 분명 편해진다. 회사를 그만둘 수는 없다.

물을 마시는 고양이의 이마를 손끝으로 긁어주자 고양이가 기분 좋은 듯 눈을 감았다. 왠지, 정말로 오늘을 버티면 길이 열릴 듯한 기분이 들었다.

하지만 그건 말 그대로 기분일 뿐이었다.

"우리 부서의 넘버원은 3주 연속 마미야다. 자, 모두 박수!"

사무실 안에 울리는 에모토의 쉰 목소리가 슈타의 위장을 움켜쥐었다.

드문드문 박수 소리가 들렸다. 매주 조례에서 행해지는 본보기 의식이다. 창문을 등진 과장 자리 앞에서, 그 자리의 주인인 에모토는 영업사원인 마미야에게 창피를 주고 있었다.

"여러분의 발목을 잡고 있는 사람이 바로 마미야다. 마미야 때문에 아무리 노력해도 우리 부서는 목표 달성이 안 돼. 알겠어, 마미야? 기분 좋지? 아무것도 안 하는데 월급도 나오고."

이곳이 교토이기 때문인지 오사카 출신의 에모토는

공적인 자리에서도 대놓고 간사이 사투리를 썼다. 마미야는 고개를 숙인 채 침묵하고 있었다. 사무실에 있는 영업사원 중 그 누구도 마미야를 똑바로 보지 못했다. 저 자리에 한 번이라도 서게 되면 정신이 너덜너덜해진다. 그 자리에 있는 것만으로도 구토감이 일었다.

"거기, 가가와시!"

느닷없는 에모토의 호명에 슈타는 움찔했다.

"아, 네."

"너도 별 차이 없어. 도대체 너희는 회사를 왜 나오는 거냐? 나라면 창피해서 예전에 관뒀을 거다."

필요 이상으로 쩌렁쩌렁한 목소리가 다시 위장을 쥐어짰다. 이럴 때의 대처법으론 고개를 숙이기보다 억지 웃음이 낫다고 배웠다.

"하하하……."

"지금이 웃을 때냐. 바보도 아니고. 너처럼 비실비실하고 허여멀건 놈은 대체로 일을 못해. 잘나가는 영업사원은 말이지, 발로 뛰어다니다 보니 햇볕에 타서 새까만 법이야. 나를 보라고. 이런 게 진정한 사내의 팔뚝이지."

에모토는 자신의 팔을 들어 보였다. 손목 아래로는 하얀 걸 보면 골프 때문에 탄 게 아닐까. 물론 그런 말은 하지 않는다.

"하하하……."

슈타가 웃음을 거두지 않자, 에모토는 혀를 차며 다른 사원을 끌어들였다.

"거기, 너! 설마 잔업수당을 신청할 생각은 아니지? 겨우 이런 성적으로 잔업수당까지 쥐어짜낼 작정이냐! 너희들은 회사 공헌이라는 말도 몰라?"

영업 실적이 좋은 사원 이외에는 누구 할 것 없이 욕설을 퍼부었다. 서류 다발이나 볼펜으로 머리를 쿡쿡 찌르는 일도 다반사였다. 하지만 가장 참을 수 없는 것은 조례에서의 창피 주기다. 슈타도 몇 번인가 제물이 되었고, 수치심과 비참함에 몸을 떨었었다. 제물이 된 후에는 한동안 아무도 말을 걸지 않았다. 할 말이 없는 것이다.

내일은 내 차례가 될지도 모른다는 두려움에 모두 필사적이었다. 에모토는 지독한 갑질 상사로 유명했지만, 다른 부서도 사정은 비슷했다. 영업부에서는 목표치를 달성하지 못한 사원에게 인권은 없었다. 견디지 못한 사람은 결국 회사를 그만두었다.

계속 남아 있기 위해서는 실적을 올려야 했다.

예정된 외근을 마쳤지만, 오늘도 역시 번듯한 투자는

받지 못했다. 장황한 이야기를 들어준 노인은 있었지만, 증권 계좌의 잔고를 늘리지는 못했다. 방문 판매로 실적을 올리는 경우는 매우 드물었으며, 특히 슈타 같은 젊은 사원은 거의 문전박대였다.

금융이란 고객에게 수수료를 뜯어내는 일이라는 것을, 슈타는 증권회사에 들어와서 알게 되었다. 운이 좋으면 추천한 상품의 가치가 올라서 고객에게 감사 인사를 받기도 한다. 하지만 고객의 수익을 올려주는 것은 본 업무가 아니다. 오로지 더 많은 예금을 쌓아가는 것이 목표일 뿐이다.

회사는 가라스마 거리와 시조 거리가 교차하는, 교토 시내에서도 상업 건물이 밀집한 곳에 있었다. 주변에는 은행과 백화점이 있고 사람들의 왕래가 끊이지 않았다. 교토에 처음 왔을 때는 슈타는 높은 빌딩이 늘어선 중심지에서 일한다는 생각에 가슴이 뛰었다. 그런데 지금은 오가는 관광객들에게 눈총을 받을 만큼 발걸음이 무거웠다.

회사로 돌아가면 곧바로 에모토의 호출이 있을 터고, 슈타는 성과를 보고해야만 한다. 오늘은 또 무슨 소리를 듣게 될까. 느릿느릿 걷고 있는데 뒤에서 누가 어깨를

쳤다. 동료인 기지마였다. 그 역시 피곤한 얼굴이다.

"어, 가가와시! 마침 잘됐다. 너랑 할 얘기가 있어."

기지마는 같은 부서의 영업사원이었다. 나이도 엇비슷하고 성격도 닮은 조용한 남자다. 업무 성적까지 비슷해서 순위를 밑에서 세는 편이 빨랐고, 예전에는 낙오자 동지끼리 푸념을 늘어놓기도 했었다. 하지만 기지마는 최근에 큰손 고객을 몇 확보하면서 최하위 다툼에서 빠졌다.

두 사람은 회사 근처의 카페로 들어갔다. 슈타는 샛길로 빠질 이유가 생겨서 안도의 한숨을 쉬었다. 슈타는 요즘 들어 무슨 일을 하든 행동이 느렸다.

"아침에 마미야를 보니 정말 안타깝더군."

기지마가 불쑥 말했다.

"그러게. 요즘 그 녀석이 표적인가 봐. 옆에서 보는 사람조차 정신이 이상해질 거 같아."

슈타는 그렇게 말했지만, 마음 한구석에서는 직접 공격을 받는 것보다는 낫다고 생각했다. 마미야가 있어서 다행이었다. 만약 그가 없어지면 그 자리에 설 사람은 자신이다.

"기지마, 넌 좋겠다. 요즘 계속 상승세잖아. 어떻게 하면 그런 저금리 상품을 팔 수 있는 거야. 나도 좀 가르쳐줘."

슈타는 무심코 거북한 말을 해버렸다. 사실, 영업 노하우 따위 가르쳐줘봐야 의미도 없었다. 영업 요령은 사내 강습이나 영업 연수에서 충분히 배우고 있었다. 실적을 올리는 영업맨은 애초에 근본이 다르다. 그걸 무시하고 막무가내로 할당량을 강요하는 회사가 잘못인 것이다.

얼마 전만 해도 기지마 역시 그런 불평을 늘어놓았었다. 하지만 오늘은 달랐다. 기지마는 살짝 미소를 지었다.

"나, 그만둘 거야."

"뭐?"

"이거 너 줄게."

기지마는 가방에서 봉투를 꺼냈다. 안에는 서류가 들어 있었다.

"이게 뭔데?"

슈타가 물었다.

"에모토 과장의 고객에게 건넬 서류야. 수익 보고랑 입금 명세서, 영수증. 고객별로 파일이 만들어져 있으니까 그대로 나눠주면 돼."

"아니, 이게 뭐야. 이상하잖아."

서류를 보는 슈타의 얼굴이 저절로 일그러졌다.

"고객에게 명세서를 직접 건네는 건 절대 금기 사항이잖아. 게다가 이거……."

서류 한 장을 넘긴 슈타의 얼굴이 긴장감으로 굳어졌다.

"영수증이잖아. 영업부에서 함부로 유출할 수 있는 서류가 아니야. 수납과가 아니면 발행할 수 없잖아. 그…… 부정 방지를 위해서."

마지막에는 말이 제대로 나오지 않았다. 식은땀이 솟아나고 있었다.

기지마는 옅은 미소를 띠었다.

"나도 잘은 모르지만, 에모토 과장이 말하길, 수납과에 연줄이 있어서 특별히 발행해줬대. 나 같은 말단 사원과는 급이 다르니까 자세한 건 신경 쓰지 말래."

"그런…… 거야?"

"그런가 봐."

기지마는 다시 온화하게 미소 지었다.

그런 이야기는 들어본 적이 없었다. 하지만 말단 사원이 모르는 일은 산더미처럼 많다. 모르는 게 더 많을 정도라고, 슈타는 억지로 수긍했다.

"그렇군. 뭐, 에모토 과장이 그렇다면 그런 거겠지."

"리스트에 있는 고객은 예전부터 거래가 있는 큰 고객이야. 한번 찾아가기만 해도 신규 계좌를 사주니까, 편한 업무야."

"그런 수지맞는 일을 왜 나한테? 아니 그보다, 왜 그만두는 건데? 넌 실적도 좋잖아."

"예전에는 조례 때마다 내가 그 자리에 섰었잖아. 에모토 과장에게 역대 최악의 멍청한 사원이라는 욕을 들으면서."

기지마는 겸연쩍은 듯 웃었다. 슈타는 당황했다. 사실인 데다가, 본인이 그렇게 얘기하는 마당에 인정하지 않을 수 없다.

"아, 응."

"더는 한계라고 생각할 무렵, 에모토 과장이 실적을 넘겨주겠다고 했어. 그 자식이 그런 말을 하니 수상하긴 했지만, 그때는 더 이상 본보기로 세워지지 않는 것 외에는 다른 생각을 할 수가 없었어. 고객에게 서류만 전달하면 된다고 해서 별일 아니라고 생각했어. 실제로 대부분이 노인들이라서 잠깐 잡담이나 들어주면 되거든. 오늘도 에모토 과장의 고객을 방문하고 왔어. 친해진 할머니인데, 내가 가면 반겨주시거든."

"그런 손님이 있지."

"내 고향이 시코쿠거든. 그 할머니가 그걸 기억하고는 일부러 시코쿠 전통 과자를 준비해놓으신 거야. 그걸 먹고 있는데 할머니가 그러시더군. 일류 회사에 다니는 자랑스러운 아들이라고, 부모님이 기뻐하시겠다고."

쿵, 하고 가슴에 말뚝을 박은 기분이 들었다.

슈타가 아무 말도 못 하자, 기지마가 웃어 보였다.

"사실은 전혀 자랑스러운 아들이 아닌데, 하고 생각했어. 실적이 엉망이라 상사에게 대꾸 한마디 못 하는 한심한 놈이잖아. 그때 갑자기 필사적으로 회사에 매달려 있는 게 한심하게 느껴지더군. 지금이라면 그만둘 수 있겠다는 생각이 들었어. 이제는 돌아가지 않을 거야. 돌아가면 같은 일의 반복일 테니까."

기지마가 일어섰다. 흐렸던 그의 눈빛이 완전히 밝아져 있었다.

"원래라면 그 파일은 분명 마미야에게 넘겨졌을 거야. 그 녀석도 완전 바닥이라 절대 거절할 수 없을 테니까."

"아니, 잠깐만. 나도 이런 건……."

"가가와시, 넌 조용해 보이지만, 나나 마미야와는 달

라. 이대로는 안 된다고 발버둥 치고 있잖아. 너에겐 분명히 대항할 용기가 있어."

슈타가 멍하니 있는 동안 기지마는 카페를 나가버렸다. 고객의 파일을 남겨두고.

어찌해야 할지 알 수 없었지만, 그렇다고 버리고 갈 수도 없었다. 슈타는 서류를 다시 봉투에 넣어 자신의 가방 깊숙이 찔러넣고는 회사로 돌아갔다. 여느 때와 마찬가지로 에모토의 호출을 받았지만, 마음은 딴 곳에 있었다. 에모토는 짜증이 난다는 듯 혀를 찼다.

"제기랄, 거짓이라도 좋으니 최소한 의욕이라도 좀 보이라고. 야, 기지마는 어떻게 된 거야? 요즘 젊은것들은 복귀 시간도 안 지키는 건가?"

공식 퇴근 시간은 한참 전에 지났지만, 대부분이 당연한 듯 무급 야근을 하고 있었다. 슈타는 불안했다. 몇 시간이 흘렀지만 기지마는 돌아오지 않았다.

"어이, 누가 기지마한테 전화해봐. 고작 고객 둘러보는 일에 몇 시간이 걸리는 거야!"

에모토가 고함을 질렀다. 서로 눈빛을 주고받던 영업사원 중 한 명이 전화를 걸었다. 하지만 몇 번을 걸어도 받지 않았다. 화가 난 에모토는 결국 직접 전화를 걸었지만, 기지마는 받지 않았다.

에모토가 미쳐 날뛰는 모습을 보며 슈타는 심장이 얼어붙었다.

'진심이야? 정말 안 올 생각이야?'

발밑에 두었던 가방을 슬쩍 안쪽으로 밀어 넣었다. 기지마가 강제로 맡기고 간 서류는 지금 자신이 갖고 있다.

회사에서 지급한 핸드폰으로 연결이 되지 않자, 이제 에모토는 기지마의 개인 핸드폰으로 연락을 하고 있었다. 그럼에도 여전히 받지 않았다. 주위에서 기묘한 표정으로 눈빛을 주고받기 시작했다. 원래라면 영업사원 한 명이 복귀하지 않았다고 해서 그 정도로 소란을 피울 에모토가 아니었다.

슈타는 슬그머니 회사를 빠져나왔다. 평상시라면 지하철을 탔겠지만, 생각할 시간을 갖고 싶어서 교토시청 근처에 있는 자신의 낡은 연립주택까지 걸었다.

가장 좋은 방법은 어떻게 해서든 기지마에게 서류를 돌려주는 것이다.

그게 어렵다면, 내일 아침 일찍 출근해서 몰래 에모토 책상에 놓아둔다.

최악의 상황은 기지마 대신에 리스트에 있는 고객을

방문하는 것이다.

"전부 다 싫어. 내가 왜 이런 일을."

얼굴을 찡그리며 현관문을 열자, 바로 앞에 고양이가 있었다. 고양이는 냐앙 하고 조그맣게 울었다.

"이런! 미안해. 널 완전히 잊고 있었네."

슈타는 현관 앞에 쭈그리고 앉았다. 회색 털을 쓰다듬으려고 양손을 뻗자, 고양이는 손안으로 스르륵 들어왔다. 그러고는 눈을 감고 머리를 손바닥에 비벼댔다.

"정말 미안해. 일찍 올 생각이었는데."

물그릇이 텅 비어 있었다. 놀란 마음에 입술을 깨물었다. 겉옷도 벗지 않고 그릇에 물과 사료를 채웠다.

슈타는 잠시 고양이가 밥 먹는 모습을 지켜보고 있었다.

"……고양이 한 마리도 건사 못 하다니. 그래도 넌 불평 한마디 없이 가만히 기다려 주는구나. 네가 나보다 훨씬 낫다."

집 안 어디에도 고양이가 할퀸 자국은 없었다. 장난도 안 치고 얌전하게 기다려줬다고 생각하니 눈시울이 뜨거워졌다.

어디선가 전자음 소리가 희미하게 들렸다. 핸드폰이

울리고 있었지만, 주머니에는 없었다.

'맞다!'

슈타는 황급히 가방을 뒤졌다. 책상 위의 물건을 가방에 전부 쓸어 담고 도망치듯 회사를 나왔던 것이다.

핸드폰 화면을 보니 엄마였다.

"여보세요? 엄마?"

오늘따라 엄마의 목소리가 슈타의 가슴을 옥죄었다.

"아니, 집이야. 방금 왔어. ……응. 아니, 먹었어. 괜찮아."

가끔 걸려오는 엄마의 전화에는 늘 특별한 용건이 없었다. 슈타도 늘 똑같은 대답이었다.

"……그러니까 몇 번을 말해. 경력 채용과는 다르다니까. 제2 신졸자*라고 해서 그냥 신입보다 더 대접을 받아. 지금은 그런 시대야."

어머니의 걱정은 늘 슈타가 잘하고 있는지뿐이었다. 슈타는 대학 졸업 후, 인근의 중견 식품회사에 취직했었다. 하지만 벽지에 있는 공장으로 배정되었고 그곳에서 고참 비정규직 사원에게 심하게 괴롭힘을 당하다가 반

• 신입사원으로 취직한 후 3년 이내에 이직을 원하는 사람.

년도 지나지 않아 그만두었다. 인생에서 처음으로 겪은 크나큰 좌절에 망연자실했던 기억이 아직도 선명했다.

부모님의, 특히 아버지의 낙담한 얼굴도 기억하고 있다. 말씀은 안 하셨지만, 대학까지 졸업한 자식이 곧바로 실업자가 되었으니 실망이 크셨을 터다.

그래서 이전 회사보다 유명한 지금의 회사에 재취업했을 때는 진심으로 기뻤다. 아버지나 주변 사람들에 대한 면목은 섰다고, 그렇게 생각했다.

"……괜찮아, 걱정하지 마. 지금 직장은 이전과는 달라. 일류 기업이야. 급이 다르다니까, 급이."

가볍고 건조한 웃음을 지었다. 마음이 까슬까슬한 사막으로 변하는 기분이었다.

"……이래 봬도 회사의 기대주야. ……오늘도 조례할 때 상사가 톱과 근소한 차이라고 칭찬했다니까. 응? 아니, 대단한 건 아니야. 근소한 차이라고 해도, 다른 사람들도 마찬가지야. 모두 열심히 하고 있으니까."

모두, 열심히 하고 있어.

모두, 열심히 하고 있어.

목소리가 떨리지 않도록 볼에 힘을 주었다. 모두 열심히 하고 있다. 자기만 열심히 안 할 수는 없다.

슈타는 전화를 끊었다. 옆에서는 회색 고양이 비가 사료를 다 먹고서는 앞발로 입 주변을 훔치고 있었다. 그리고 그 발을 할짝할짝 핥았다.

방금 사료를 먹은 혀로 핥으면 더 더러워지지 않겠니?

큭큭 웃음이 나왔다. 고양이는 정성스럽게 앞발을 핥더니, 이번에는 그 발로 얼굴을 문지르기 시작했다. 꼼꼼하게, 정성스럽게, 그리고 시간을 들여서. 눈을 문지르는 모습은 흡사 사람 같았다. 머리와 귀까지 털 손질을 마치고는 만족스러운 모습으로 편안하게 쉬고 있다.

"느긋해서 좋겠다, 고양이는."

슈타는 손을 뻗어서 고양이의 머리를 쓰다듬었다. 쓰다듬을 때는 얌전하게 있더니, 손을 떼자 곧바로 다시 자신의 앞발을 핥고는 얼굴에 비벼댄다. 헤어스타일을 흐트러뜨린 것이 마음에 들지 않은 모양이다. 아까보다 더 열심히 얼굴을 문질렀다.

"너, 뭐냐. 실례잖아. 좋아, 더 엉망으로 만들어주지!"

슈타가 손을 뻗자, 고양이는 유연한 동작으로 피했다. 조금 떨어진 곳에서 다시 털 손질을 시작했다.

"미안, 미안. 이제 안 그럴게. 이리 와."

하지만 더 이상 다가오지 않았다. 봐주는 건 여기까지라는 듯 토라진 모습에 슈타는 소리를 내어 웃었다. 쓸데없는 농담 외에 웃어본 것은 오랜만이었다.

기지마가 떠맡긴 귀찮은 일도, 회사에서의 괴로움도, 잠시였지만 잊고 있었다. 이렇게 잊을 수 있는 게 바로 고양이의 효력일까.

문득, 오늘을 견디면 내일은 정말로 편해질지도 모른다는 생각이 들었다.

멀리서 알람이 울리고 있었다. 아, 맞다. 슈타는 어렴풋이 눈을 떴다. 오늘은 일찍 출근하려고 평상시보다 알람을 일찍 맞춰뒀었다.

날카로운 알람 소리와 함께 이상한 소리가 들렸다. 찌익찌익, 부욱부욱.

아침부터 이명이라니. 슈타는 자신을 비웃었다. 하지만 부욱부욱 하는 소리가 다시 또렷하게 들려 슈타는 침대에서 벌떡 일어났다.

집 안에 종이 눈보라가 휘날리고 있었다.

이건 뭐지? 우리 집 맞나?

어안이 벙벙해 있는데, 다시 부우욱 하는 소리가 들렸

다. 방 귀퉁이에서 고양이가 앞발로 야무지게 종이를 누르면서 입으로 잡아당겨 찢고 있었다.

"비! 비…… 너, 뭐 하는 거야."

고양이는 대답 대신 종이를 입에 문 채 고개를 돌렸다. '채산 보고서'라고 적힌 종이가 갈가리 찢기고 있었다.

오늘 슬쩍 돌려놓으려고 했던 바로 그 서류다. 슈타는 정신이 아득해졌다. 고양이는 여봐란듯이 종이 다발에 손톱을 세웠다.

"왜…… 어째서 이런 일이."

어젯밤, 가져온 서류는 봉투에서 한 번도 꺼내지 않았다. 하지만 가방 덮개가 열린 채였다. 핸드폰을 꺼내면서 그대로 열어뒀던 것이다. 고양이는 입으로 봉투를 물고 끌어냈을 것이다.

냐앙. 어느새 고양이가 다가와 그 부드러운 몸을 다리에 비벼댔다. 낭창낭창한 감촉이 얇은 잠옷 바지를 통해 전해졌다. 발 디딜 곳도 없을 만큼 종잇조각이 흩어져 있는 와중에도 고양이는 발소리도 내지 않고 가뿐하게 걸었다.

슈타는 남의 눈을 피하듯 회사에 출근했다. 경리부에

아는 사람은 예전에 회식 때 가까이에 앉았던 사카시타 유이나뿐이었다. 부디 그녀가 있기를 빌면서, 살금살금 경리부로 향했다.

아직 이른 시간이라서 출근한 사원은 별로 없었다. 그 가운데 유이나를 발견하고 슈타는 안도의 한숨을 내쉬었다. 조심스럽게 그녀를 부르자 다행히 그녀도 슈타를 기억해주었다.

"아, 영업부의 가가와시 씨 맞죠? 어쩐 일이에요?"

"사카시타 씨, 일생의 부탁입니다. 제발 도와주세요."

슈타가 갈가리 찢어진 서류를 보여 주자, 유이나는 눈을 휘둥그레 떴다.

"뭐야, 이거. 손님용 영수증?"

"에모토 과장님의 고객입니다. 수납과에서 특별히 발행해준 건데, 이게 그 리스트입니다."

고객 리스트만이 고양이의 피해를 입지 않고 무사했다. 고객명과 주소 일람을 본 유이나는 미간을 찡그렸다.

"이렇게 많이. 이걸 영업부에서 고객에게 직접 건네주고 있었어요? 그건 절대 안 되는 일인데. 게다가 왜 이 모양으로 갈기갈기 찢어졌어요?"

슈타는 의심에 가득 찬 유이나를 설득하기 위해 솔직

하게 사정을 설명했다. 단, 기지마에 대해서는 말하지 않았다. 슈타는 양손을 합장하고 깊숙이 고개를 숙였다.

"제발 부탁드립니다. 에모토 과장에게는 비밀로 하고 재발행해주세요."

"네? 그건 안 돼요. 고객 서류는 절차대로 승인을 받지 않으면 내줄 수 없어요. 더구나 영업사원 개인에게 내주는 건 절대 안 돼요."

"하지만 에모토 과장님은 연줄을 이용해 받았다고 합니다. 리스트에 있는 고객은 오랫동안 친분이 있는 고객이라고 하니, 내가 모르는 처리 방법이 있지 않겠습니까."

"그럴 것 같지는 않지만."

유이나는 미심쩍은 듯 얼굴빛이 흐려졌다. 슈타는 필사적으로 매달렸다.

"에모토 과장님이 알면 절 죽일 겁니다. 그 사람은 정말 악마 같아요. 부탁이니까 비밀리에 서류를 좀 발행해주세요. 제발요."

슈타가 끈질기게 부탁하자 유이나는 떨떠름하게 말했다.

"일단 발행 이력이 있는지 먼저 확인해볼게요. 어쩌

면 내가 모르는 사내 규정이 있을지도 모르고."

"그렇다니까요."

슈타는 안도했다.

"무엇보다 이 회사는 악덕 기업이잖아요. 야근 수당도 제대로 안 나오는."

"회사는 원래 어디든 악덕이에요."

유이나는 냉소적으로 웃고는 자리로 돌아갔다.

해결됐다고까지 할 수는 없지만 조금은 빛이 보이는 듯했다. 유이나에게도 호감을 느꼈다. 야무진 사람이라서 분명 힘이 되어줄 것이다. 슈타는 행여 해결이 안 되더라도 뭔가 보답은 해야겠다고 생각했다.

슈타는 그대로 외출해서 예정된 방문처를 돌았고, 오후가 되어서야 영업부에 돌아왔다. 에모토는 자신의 자리에서 언짢은 표정으로 침묵하고 있었다. 직원들은 에모토의 침묵이 마음에 걸렸지만, 아무도 굳이 다가가려고 하지 않았다. 슈타도 모른 척했다.

저녁 무렵 경리부의 상황을 보려고 영업부를 나선 순간, 누군가가 뒤에서 와이셔츠를 잡아당겼다. 엄청난 힘으로 비상계단 층계참으로 끌려갔다. 그 누군가가 에모토라는 사실을 알고 슈타는 숨을 삼켰다.

"과, 과장님."

"자네, 무슨 생각이야!"

에모토는 얼굴빛이 새파래진 채 입에 거품을 물고 있었다. 지금까지의 윽박과는 다른, 소름 끼치는 무언가가 있었다.

"경리부에 서류를 재발행해 달라고 했다며? 어디서 까불고 있어!"

에모토의 손에는 구겨진 리스트가 쥐여 있었다. 전부 들통난 것이다. 슈타는 온몸의 힘이 빠지면서 주저앉을 것만 같았다.

"죄, 죄송합니다. 고객의 중요한 서류를 실수로 더럽히는 바람에."

"그딴 건 문제가 아니야! 왜 자네가 이걸 갖고 있냔 말이야! 기지마는 뭐 하고!"

"그건……."

귓가에 대고 고함을 치는 바람에 고막이 터질 것 같았다. 에모토가 이렇게까지 격노할 줄이야. 무엇을 어떻게 설명해야 할지 알 수 없었고, 그저 두려웠다.

"기지마는…… 제게 서류를 맡기고 퇴사했습니다. 더는 돌아오지 않을 거라고 했습니다."

그러자 에모토는 얼이 빠진 듯했다. 무언가를 찾는 것처럼 불안한 눈으로 발밑을 보고 있었다. 그러다가 갑자기 고개를 들었다.

"너, 회사에서 나가."

"네?"

"지금 당장 그만둬. 너도 나가라고. 알겠어? 너희 같은 놈들은 회사에 손해만 끼쳐. 원래 너희처럼 도움도 안 되는 영업사원은 쓰고 버리는 거야. 서류 문제는 내가 해결하지. 이건 말이야, 중요 서류 분실이라고. 원칙대로라면 징계 해고감이지만, 개인 사정으로 인한 퇴사로 처리해주지. 알아들어?"

에모토가 한 발 한 발 다가왔다. 웃고 있지만, 눈에 핏발이 서 있다.

슈타는 혼란스러웠다.

"과장님, 이, 이건 분실이 아닙니다. 사실은 우리 집 고양이가 장난을 쳐서……."

"그거야 내 알 바 아니고!"

고성이 비상계단에 울려 퍼졌다. 에모토는 슈타의 셔츠 깃을 움켜쥐었다.

"해고야! 해고! 너처럼 서류나 조작하는 놈은 해고라

고!"

"과, 과장님……."

"증거가 다 있어! 자네가 경리에게 부정 서류를 의뢰했다는 증거 말이야! 자네랑 기지마는 한패가 돼서 고객을 속이려고 했잖나! 증거가 있다고!"

이 인간은 대체 무슨 말을 하고 있는 걸까.

밑도 끝도 없는 황당한 전개에, 슈타는 머릿속이 아득해졌다. 해고라는 단어만이 강렬하게 뇌리에 박혔다.

"나를 우습게 보지 마! 무슨 짓을 해서라도 반드시 해고할 테니까! 너희처럼 회사에 손해만 끼치는 놈들은 없어지는 게 돕는 거야! 나가! 나가! 나가버려!"

툭, 하고 무언가가 끊어졌다. 슈타는 등을 돌려 계단을 뛰어 내려갔다. 고성도, 욕설도 귀에 들어오지 않았다. 지금 당장 여기서 도망쳐야 해. 오로지 그 생각뿐이었다.

***

진료실 책상에 놓인 이동장에서 냐앙 하고 자그마한 소리가 들렸다.

슈타는 참을 수 없는 기분이 들었다. 협박을 받고 회사에서 뛰쳐나와 집으로 돌아온 후 고양이를 억지로 이 동장에 밀어 넣었다. 고양이로서는 무슨 일이 일어났는지 알 수 없을 터다.

사실 그건 슈타도 마찬가지였다. 무슨 일이 일어났는지도 모른 채 도망쳐 왔다. 상황에 대한 이해보다는 위축된 마음을 지키는 쪽이 먼저였다.

"흐음."

의사는 무심한 표정으로 팔짱을 꼈다.

"그렇군요."

"……갑자기 해고야, 해고, 라고 소리를 질러대는데 이유를 모르겠어요. 회사의 중요한 서류를 파손시킨 건 당연히 제 실수입니다. 하지만 그 정도 일로 그렇게 화를 내다니."

슈타는 상황을 설명하는 동안 어느 정도 냉정함을 되찾았다. 이곳으로 달려오는 게 아니었다는 생각과 함께 약간의 무안함이 밀려왔다.

"흐음."

의사는 다시 무심하게 말했다.

"전 직장 생활은 잘 모르지만, 해고라는 건 그리 간단하게 할 수 있는 일이 아니지 않습니까? 아, 지토세 씨, 이 고양이 데려가요."

의사는 진료실에 들어온 간호사에게 말했다. 간호사는 무표정한 얼굴로 이동장을 들고 안쪽으로 사라졌다. 고양이가 시야에서 사라지자 슈타는 작은 상실감을 느꼈다. 하지만 슈타는 그 감정을 꾹 눌렀다.

"보통은 그렇죠. 하지만 업무로 인해 정신적으로 문제가 생겨도 장기 휴가보다 퇴직을 권하는 회사입니다. 에모토 과장의 그 기세를 보면 정말로 징계 해고를 할 수도 있어요. 그랬다가는 재취업도 못 합니다."

"그렇습니까. 뭐, 너무 신경 쓰지 마세요. 그럼, 이만 진료를 마치죠. 예약 환자를 기다리던 참이라."

의사는 웃는 얼굴로 출입문을 가리켰다. 조금 냉정함을 찾은 슈타였지만, 다시 분노가 치솟았다.

"제 얘기, 들으셨습니까? 회사에서 해고를 당했다고요! 이유가 뭐든 계기는 당신의 고양이가 서류를 갈기갈기 찢은 탓 아닙니까? 그런데 그렇게 남 일처럼……. 어떻게 책임지실 건가요?"

"책임이라니, 곤란하네요."

의사의 태도는 뺀질뺀질했다.

"흐음. 그러니까 가가와시 씨는 그 악덕 기업으로 돌아가고 싶다, 이 말씀이신 거죠?"

"네?"

슈타는 조그맣게 숨을 삼켰다.

그것이 나의 바람일까. 행여 돌아간다고 해도 그곳에서 다시 시작할 수 있을까. 기지마가 말했듯이, 돌아간대도 같은 상황의 반복이 아닐까.

하지만 부모님께 말할 수는 없다. 어제까지도 걱정할 필요 없다고 큰소리쳤는데, 갑자기 해고당했다는 말을 어떻게 하겠는가.

슈타는 꼭 쥐고 있던 자신의 주먹을 침울하게 응시했다.

"……그곳에 돌아가고 싶지는 않습니다. 하지만 일은 해야 해요. 어디라도 좋습니다."

"알겠습니다. 그러면 고양이를 처방하겠습니다."

의사는 몸을 돌려 커튼 뒤를 향해 말했다.

"지토세 씨, 고양이 데려와요."

곧바로 이동장을 든 간호사가 나타났다. 그리고 못마땅한 듯 말했다.

"니케 선생님. 정말 이 사람에게 보내도 되겠어요?"

"그럼요. 괜찮아요. 지토세 씨는 걱정도 팔자라니까."

"어떻게 되든 전 몰라요."

간호사는 퉁명스럽게 말하고 책상 위에 이동장을 놓고 나갔다. 이 병원에서는 의사와 간호사가 대등, 아니 오히려 간호사가 윗사람 같았다.

슈타가 미심쩍은 눈빛으로 보고 있자, 의사는 웃음을 지었다.

"아하하, 제가 칠칠치 못해서 늘 간호사님의 화를 돋우곤 합니다만. 우리 간호사님은 저래 보여도 상냥한 면이 있어요. 흔히 말하는 츤데레죠."

"아."

의사도 붙임성 있어 보이다가도 갑자기 사람을 밀어내는 듯한 냉정함이 있었다. 겉보기에는 부드럽고 온화한 청년이지만. 아직 독신일까. 혹시 간호사와 사귀는 중은 아닐까.

슈타는 그런 망상을 하면서 책상 위에 놓인 이동장을 보다가 눈을 깜박였다.

"이 고양이, 같은 녀석이죠?"

이동장 안에 있는 고양이는 회색 털에 금빛 눈의 비였다. 비는 슈타를 빤히 올려다보고 있었다.

"네, 거부반응도 없고 하니 당분간은 같은 고양이로 처방하고 경과를 지켜보죠. 그래요, 이번에는 열흘로 하겠습니다. 만약 맞지 않는 것 같으면 중간에라도 연락하세요."

"저기."

"네."

"같은 고양이 맞는 거죠?"

슈타는 멍하니 재차 물었다. 의사가 이상하다는 듯 이동장의 문을 열었다.

"좀 더 약효가 센 고양이를 원하십니까?"

"아, 아니요. 이 고양이면 됩니다."

슈타가 고개를 끄덕이자, 의사는 싱긋 웃고는 이동장을 슈타에게 안겼다.

"그럼, 쾌차하시길 바랍니다. 아, 처방전 드릴 테니 접수처에 내고 가세요."

슈타는 다시 쫓겨나듯 진료실을 나왔다. 간호사가 접수처에서 무뚝뚝한 표정으로 기다리고 있었다.

"지급품입니다. 안에 설명서가 있으니 잘 읽어보세요."

종이 가방 안에는 사료와 모래가 든 봉지, 그리고 골판지 재질의 보드가 들어 있었다. 고양이 스크래처인지

눈짓으로 물어보자, 간호사는 퉁명스럽게 말했다.

"그거 망가지거나 고양이가 싫어하는 거 같으면 다른 걸로 구입하세요."

"아, 제가 직접 사는 겁니까?"

오렌지색 목걸이도 하나 들어 있었다. 손목 크기 정도의 작은 목걸이였다. 그리고 끈. 리드 줄일까? 전부 새 제품이었다.

"저기, 이건."

"안에 설명서가 있으니 읽어보세요."

"이건……."

"읽어보세요."

"……네."

슈타는 이동장과 종이 가방을 들고 멍하니 병원을 나왔다. 이번에는 무슨 내용이 적혀 있을지 궁금해하며 가방에서 설명서를 꺼냈다.

☑ 이름: 비. / 암컷. 추정 나이 8세. 잡종.

☑ 식사: 아침과 저녁에 적정량.

☑ 물: 상시.

☑ 배설물 처리: 적당한 때.

외출할 때는 반드시 목걸이와 리드 줄을 채워주세요. 스트레스 발산을 위해서 자주 발톱을 갈게 해주세요. 정서 불안이 생길 우려가 있으니 장시간 혼자 두지 마세요. 이상.

외출? 헛웃음이 나왔다. 개처럼 줄을 묶어서 산책이라도 시키라는 건가. 목걸이 채우는 것만도 가여운데 그런 짓은 하고 싶지 않았다.

건물에서 나와 골목길에서 올려다본 하늘은 이미 어두워져 있었다.

"비."

슈타는 고양이를 불렀다. 고양이도 슈타를 보고 있었다. 손에 느껴지는 무게감에 슬슬 익숙해지고 있었다.

건물을 나와서 멍하니 있었던 탓일까. 정신을 차리고 보니 집 방향과는 다른 길을 걷고 있었다.

눈앞에 니시키 시장이 보였다. 니시키코지 거리의 아케이드 상점가다. 그곳을 통과하려고 하자 이동장 안의 고양이가 우당탕하고 발버둥 쳤다. 인파와 음식 냄새에 반응한 듯했다.

슈타는 니시키 시장으로 들어가는 걸 포기하고 북쪽

으로 꺾었다. 조금 가자 롯카쿠 거리 끝에서 커다란 소리가 들렸고, 다시 이동장이 덜컹덜컹 흔들렸다. 롯카쿠도˙의 종소리였다. 고양이가 겁을 먹고 큰 소리로 울어서 어쩔 수 없이 다시 동쪽으로 꺾었다.

자신이 어디에 있는지 더는 알 수 없게 되었다. 슈타는 그냥 되는대로 걸었다. 어차피 이곳은 바둑판처럼 되어 있어서 어디서든 직진만 하면 큰길이 나온다.

슈타는 터벅터벅 걸으면서, 이상한 거리명을 외운 것도 소용없는 짓이었다고 생각했다. 메인 거리인 가라스마 거리의 이름을 처음 접했을 때도 까마귀 오(烏)와 새 조(鳥)를 혼동했었다. 이제는 정확히 알았지만, 그것도 전부 허사가 되었다.

길 끝에 편의점이 있었다. 평상시에는 지나가지 않는 길이어서 들어가본 적이 없는 곳이었다. 집에 가봐야 먹을 것도 없고, 고양이도 얌전하게 있어서 슈타는 편의점에 들렀다 가기로 했다. 하지만 진열된 도시락을 봐도 먹고 싶은 것이 없었다.

식욕도 없다. 일도 없다. 조만간 돈도 떨어지겠지.

• 교토시 나카교구에 있는 사찰.

그리고 애인도 없다. 문득, 오늘 아침에 봤던 유이나를 떠올렸다. 그녀를 탓할 생각은 없지만, 그 리스트를 왜 에모토에게 건넸는지 묻고 싶었다. 안정이 되면 식사 자리라도 만들어볼까.

자신의 건방짐이 우스워서 슈타는 혼자 웃었다. 그러자 바로 옆에 있던 젊은 남자가 노려보았다.

"어이, 거기. 왜 웃는 거야!"

머리에 수건을 두른 작업복 차림의 남자였다. 거칠어 보이는 상대는 일단 피하는 게 좋다. 슈타는 허둥지둥 출입문 쪽으로 몸을 돌렸다.

그 바람에 손에 들고 있던 이동장 덮개가 열렸고, 고양이가 불쑥 튀어나왔다.

"어?"

고양이는 발소리도 내지 않고 편의점 바닥으로 내려왔다. 순식간이었다. 마침 그때 손님이 자동문을 열었고, 고양이는 그 사람의 발밑을 스르륵 빠져나갔다.

"비!"

슈타는 곧바로 뒤를 쫓았지만, 이미 고양이의 모습은 보이지 않았다. 주차장에는 몇 대의 차가 주차되어 있었다. 슈타는 바닥에 엎드려 차 밑을 살펴보았다.

"말도 안 돼. 비! 비! 어딨니!"

그때, 냐앙 하고 조그마한 소리가 들렸다. 고개를 드니 검은색 차의 보닛에 고양이가 앉아 있었다. 슈타는 안도의 한숨을 내뱉었다.

"다행이다, 비. 이리 와……."

슈타가 손을 뻗는 순간, 고양이가 두 발로 보닛을 벅벅 긁었다.

슈타는 숨을 삼켰다. 순식간에 온몸의 핏기가 가시는 기분이었다. 하지만 슈타가 더욱 놀란 건 등 뒤에서 들려오는 커다란 목소리 때문이었다.

"으아아악!"

조금 전 그 작업복 차림의 남자였다. 남자의 얼굴이 새파랗게 질려 있었다.

"형님의 새 차가!"

남자가 차를 향해 달려가자, 고양이는 놀라서 펄쩍 뛰어오르더니 이번에는 차 지붕으로 올라갔다. 그리고 그곳에서 다시 손톱을 세웠다.

"큰일 났다! 큰일 났어!"

남자는 거의 울상이 된 채 자신의 옷소매로 긁힌 보닛을 문질렀다. 슈타는 망연자실했다. 고양이가 발밑으로 다가오자 슈타는 멍한 상태로 고양이를 안아 올렸다.

"비……."

"당신 고양이야?"

조용하고 나지막한 목소리에 슈타는 움찔했다. 어느새 바로 옆에 낯선 남자가 서 있었다. 우락부락한 얼굴에 나이 들어 보이는 옷차림. 두꺼운 금목걸이가 옷깃 사이로 보였다.

작업복의 남자가 울 듯한 얼굴로 달려가 남자에게 깊숙이 고개를 숙였다.

"혀, 형님! 죄송합니다! 이 망할 고양이가."

"멍청한 놈!"

위압적인 노성에 작업복의 남자도, 그리고 슈타도 몸이 굳었다. 지나는 사람들도 멈춰 서서 지켜보고 있었다.

"고양이를 탓해봐야 무슨 소용이야!"

"죄, 죄송합니다!"

작업복의 남자는 절도 있게 고개를 숙였다. 무서운 얼굴의 남자는 차의 보닛을 보고는 혀를 찼다.

"어이, 형씨."

얼어 있는 슈타에게 무서운 얼굴의 남자가 말했다.

"네, 네."

"난 자질구레한 이야기는 싫어하네만, 이런 경우에는 주인의 관리 불이행에 해당하지 않겠나. 그러니까 고양이에게는 죄가 없지만, 주인인 당신은 죄가 있어. 그렇게 생각하지 않나?"

"네, 네. 그, 그렇습니다."

"좋아. 그럼 이거에 대한 보상금은 확실히 받겠네. 어이, 고스케. 이 형씨를 사무실까지 안내해."

"네."

작업복의 남자는 고개를 들고 원망스러운 듯 슈타를 흘겨보았다.

사무실이라면…… 조폭 사무실?

폭력배 패거리에게 곤욕을 당하는 자신의 모습이 머릿속에 떠올랐다. 최악이다. 직장도 잃고 목숨까지 잃는 건가.

품에 안고 있는 고양이는 묵직하고, 무척 따뜻했다. 이 상황이 자신과는 아무런 상관이 없다는 듯 얌전하게 안겨 있었다.

그러고 보니 설명서에 적혀 있었다. 외출할 때는 반드시 목걸이와 리드 줄을 착용해주세요. 스트레스 발산을 위해 자주 발톱을 갈게 해주세요, 라고.

처참하게 긁힌 검은색 차를 곁눈질하며, 목걸이와 리드 줄, 그리고 스크래처는 이런 상황을 피하기 위한 물품이었구나 생각했다.

사무실 벽에는 작은 불단이 꾸려져 있었다. 눈길을 끄는 건 그 정도였다.

일본도나 야쿠자 문장 같은 게 걸려 있지 않을까 생각했지만, 끌려온 곳은 더없이 평범한 건축회사였다. 주차장에는 소형 포클레인과 소형 트럭이 주차되어 있었고, 헐렁한 작업복 바지를 입은 남성들이 계속해서 드나들었다.

슈타는 고양이가 들어 있는 이동장을 무릎 위에 올린 채 사무실 구석의 소파에서 기다리고 있었다. 히구치 고스케는 이곳까지 오는 동안 검은 차를 운전하면서, 이 빌딩의 건물주가 바로 자기네 사장이라고 자랑스럽게 떠들었다. 말수가 많은 고스케는 그 밖에도 사장이 아내의 허락을 얻지 못해서 새 차를 사기까지 시간이 걸렸고, 마침내 허락이 떨어지자 이 새 차를 받기까지 사장이 날마다 들떠 있었다는 이야기를 해주었다. 뒷좌석에는 사장 본인인 진나이가 언짢은 표정으로 침묵하고 있었다.

"뭐라? 갑자기 똥차가 됐다고?"

앙칼진 목소리가 사무실에 울렸다.

"고스케! 당신, 뭐 하는 사람이야?"

소리 나는 쪽을 돌아보니, 고스케 앞에 신경질적으로 보이는 안경 쓴 중년 여성이 서 있었다. 고스케는 잔뜩 주눅이 들어 있었다.

"죄송합니다, 사쓰키 누님. 고양이 새끼가 갑자기 긁어 버려서."

"고양이 탓을 할 게 아니지! 운전기사를 자처한 건 본인일 텐데? 게다가 그 누님 소리 좀 집어치워. 무슨 야쿠자 두목의 마누라 같잖아."

"죄송합니다, 사쓰키 누님."

고스케가 고개를 숙이자, 사무실에 있던 사원들이 큭큭댔다.

그와 동시에 나지막한 웃음소리가 들렸다. 사장인 진나이가 사무실 안쪽 가죽 소파에 떡 버티고 앉아 있었다.

"이렇게 쩨쩨한 야쿠자 마누라가 세상에 어디 있냐?"

"뭐가 어째?"

사쓰키가 노려보았다.

"애초에 겨우 편의점 가면서 차를 꺼낸 게 문제지. 하여간, 새 물건만 샀다 하면 그저 신이 나서……."

사쓰키는 잔소리를 늘어놓으면서 슈타 앞에 앉았다. 신경질적으로 미간에 주름을 세우고 있다.

"안녕하세요. 이곳 경리를 맡고 있는 진나이입니다."

"아, 네. 가가와시라고 합니다. 이렇게 폐를 끼쳐서 죄송합니다."

슈타는 고개를 숙였다. 사장과 성이 같다는 건 이 사람이 아내라는 뜻일까. 흘깃거리다가 사쓰키의 싸늘한 눈빛과 마주쳤다.

"그쪽, 몇 살이야? 젊어 보이지만 학생은 아닌 것 같네. 어디 살아? 보험은 들었고? 우리가 수리비 견적을 내 보고 보험 처리를 할지 말지 보험 담당자랑 상담해 보지. 그쪽도 그렇게 해줘. 뭐, 대수로운 금액은 아니겠지만, 여하튼 새 차니까."

"그, 그러니까……."

쏜살같이 쏟아진 질문에 슈타는 머리가 어질어질했다. 그러자 사쓰키가 수상하다는 듯 미간을 찡그렸다.

"당신, 직업은? 정장 차림으로 고양이를 들고 다니다니, 무슨 일 하는데?"

"그러니까, 그게…… 직업은, 없습니다."

"뭐라고?"

"어제까지는 번듯한 회사에 다녔습니다만, 하필이면 오늘 해고…… 아니, 그만두었습니다."

"무직이라는 거야?"

단순한 결과가 슈타의 가슴에 푹 꽂혔다. 슈타는 한숨을 내쉬며 고개를 숙였다.

갑자기 눈앞에 그림자가 드리워졌다. 고개를 들어 보니 진나이 사장이 슈타를 내려다보고 있었다.

"내게는 용서할 수 없는 것 두 가지가 있다."

"네?"

"하나는 말이지, 사지 멀쩡하면서 일하지 않겠다고 빈둥대는 젊은것들. 그런 놈들을 보면 화가 나서 참을 수가 없어."

"저기, 전 빈둥거리는 게 아닙니다. 정말로 오늘 오전까지는 번듯한 회사에서……."

"또 하나는 말이지!"

갑자기 진나이가 소리를 내질렀다.

"고양이를 학대하는 놈이야!"

"고양이?"

슈타가 움찔했다. 그 바람에 이동장 안의 고양이도 몸

을 움직였다. 고양이라니, 비를 말하는 걸까. 그리고 학대하는 놈은, 설마 나?

"그래. 이렇게 귀여운 생명을 괴롭히다니 절대로 용서할 수 없어. 그런 나쁜 자식은 내가 정신머리를 뜯어고칠 거야!"

진나이가 소리치자, 사쓰키는 거슬린다는 듯 얼굴을 찡그렸다.

"당신, 목소리가 너무 커. 그놈의 고양이, 고양이. 가가와시라고 했지? 이 사람은 신경 쓰지 마. 고양이 동영상을 너무 많이 봐서 저래. 자기도 고양이를 키우는 줄 안다니까."

"쳇!"

진나이가 분하다는 듯 혀를 찼다.

"내가 주인이었다면, 그렇게 쉽게 덮개가 열리는 싸구려 이동장 따위 안 써. 더구나 목걸이도 안 채우고 밖에 데리고 나가다니! 그러다 잃어버리기라도 하면 어쩔 셈이야? 너무 무책임한 거 아닌가? 어?"

"저기, 목걸이는 있습니다. 집에 가서 채울 생각이었습니다."

슈타는 허둥대며 종이 가방에서 목걸이를 꺼냈다. 그

것을 본 진나이는 더 큰 소리로 고함을 질렀다.

"크기가 안 맞잖아!"

진나이는 종이 가방을 거꾸로 들어서 안에 있는 걸 전부 쏟아 냈다. 이번에는 사료 봉투를 보더니 눈을 희번덕거렸다.

"뭐야 이건! 당신, 성분 분석표는 제대로 보고 샀나? 탄수화물이 너무 많잖아! 성묘용이면 동물성 단백질이 더 있어야 하는 거 아니냐고!"

"단백질?"

고양이에게, 단백질? 무릎 위의 이동장을 내려다본다. 안쪽에 숨어 있어서 고양이는 보이지 않았다.

"그런 건 잘 몰라서요……. 하지만 분명히 고양이용 사료니 문제는 없지 않을까 해서."

"뭐라고?" 진나이의 눈빛이 점점 험악해진다. "자네, 그 고양이는 몇 살인가? 아무리 봐도 새끼는 아닌 것 같은데."

"부, 분명히 새끼는 아닙니다만, 그렇게 큰 고양이도 아니고……. 아, 맞다. 설명서에 여덟 살이라고 적혀 있었습니다. 아직 여덟 살입니다. 게다가 어제도 그 사료를 먹었습니다. 아주 맛있게요."

"자네가 그러고도 사람인가!"

진나이의 고성에 슈타는 저절로 입이 벌어졌다. 진나이야말로 사람 같지 않은 형상으로 화를 내고 있었다.

"여덟 살이면 노령에 발을 들인, 가장 조심해야 할 나이가 아닌가! 그런데 그렇게 무책임하게 말하다니! 더구나 이리 코딱지만 한 목걸이로 목을 죄다니……. 마음에 안 들어. 마음에 안 든다고!"

"여보, 목소리가 크다니까. 가가와시 씨가 놀라잖아."

사쓰키가 기가 막힌다는 표정으로 끼어들었다. 슈타는 안도했다. 하지만 안경 너머의 눈빛은 진나이보다 두 배는 더 무서웠다.

"수리비, 대충 계산해보니 백만 엔 정도네."

"백만? 설마요."

슈타는 농담같은 액수에 쓴웃음을 지었다. 진나이 부부의 표정을 보고서야 그게 농담이 아님을 알았다.

"무, 무리입니다. 그런 돈은 없어요. 일도 그만뒀고."

"그럼 자네는 내일부터 여기서 일해."

진나이는 더욱 위협적으로 말했다.

"수리비는 일당에서 제한다. 우리는 제대로 일하는 놈에게는 그만큼의 일당을 주고 있어. 반년만 하면 탕감

될 거다."

"일을 하라고요?"

사무실에 있는 작업복 차림의 우락부락한 남자들. 진나이도 슈타보다 한 체급은 컸다. 분명히 힘쓰는 일일 것이다. 아니면 혹시, 하는 마음으로 눈을 올려 떴다.

"저기, 혹시 경리 보조 같은 건가요?"

"무슨 소리야. 당연히 현장이지. 밖에 나가서 열심히 일하고 와."

"무리입니다. 전, 힘쓰는 일은 해본 적이 없어요. 운동도 잘 못했고."

"쓸데없는 소리 말고 내일부터 나와. 알았나?"

슈타를 내려다보는 진나이의 눈에는 살기가 담겨 있었다.

"네."

슈타는 체념했다. 분명히 어디라도 좋다고 했지만, 간신히 악덕 기업에서 도망쳐 나왔는데 더 지독한 곳에 붙잡히다니.

이동장 안에서는 고양이가 부스럭거리며 불안정하게 움직이고 있었다. 고양이 처방전을 다시 한번 제대로 읽어서, 이후에는 절대 실수하는 일이 없도록 해야겠다고 슈타는 다짐했다.

"어이, 거기. 그렇게 잡으면 허리 나가."

햇볕에 그을린 우락부락한 남자들이 웃으면서 철재를 옮기고 있었다. 슈타의 아버지보다 연장자들일 텐데도 철재를 무슨 막대기라도 들 듯 가볍게 메고 있었다.

주택가에 있는 작은 공원의 보수공사였다. 오래된 발판을 철거하고 새롭게 콘크리트를 발랐고, 웃자란 나무들을 가지치기했다. 작업반의 일원으로 참가한 슈타는 '공사 중'이라고 적힌 입간판을 비척거리며 옮겼다. 조금 전의 삼각콘도 그렇고, 본 적은 있어도 만져본 적은 없는 물건들뿐이었다. 모래를 옮기는 외바퀴 수레는 제대로 다룰 수도 없었고, 자른 나뭇가지를 긁어모으다가 자신의 발에 걸려 넘어지는 바람에 주위 사람들의 비웃음을 샀다.

마침내 점심시간이 되었고 일꾼들은 재빨리 편의점으로 향했다. 가져온 도시락을 꺼내는 작업자도 있었다. 하지만 슈타는 너무 지친 나머지 그 자리에 주저앉아 버렸다.

문득 눈앞에 그림자가 드리웠다. 고개를 들어보니 어

제 차를 운전했던 히구치 고스케가 있었다. 고스케는 "이거." 하며 도시락을 건넸다.

"어? 내 것도 사 왔어?"

슈타는 힘없이 웃으면서 편의점 도시락을 받아 들었다. 고스케가 옆에 앉았다.

"사장님이랑 누님이 너 돌봐주라고 했어. 안 그래도 넌 내가 건져준 거나 마찬가지니까."

"건져주다니……. 하하하."

고스케는 어떻게 봐도 슈타보다 어려 보였다. 아마 스무 살 언저리일 것이다. 나이를 묻자, 올해로 스물둘이라고 했다.

"뭐, 이렇게 말하는 나도 사장님이 건져준 거지만. 몇 년 전에 난 위험한 상황까지 갔었거든."

고스케가 서글서글하게 웃었다. 슈타는 도시락을 먹으면서 물었다.

"위험하다는 건, 일이 없어서 돈이 떨어졌다는 거야?"

"응, 맞아. 돈이 너무 없어서 그 편의점에서 강도 짓을 하려고 했었어. 하지만 마침 그 자리에 있던 사장님한테 걸린 거지. 그렇게 사무실로 납치돼서 두들겨 맞았어. 넌 운이 좋은 거야. 고양이가 있어서 산 거지."

묻고 싶은 것, 묻고 싶지 않은 것들이 여러 가지 있었지만 깊이 들어가지 않기로 했다. 슈타는 말없이 건조한 웃음만 지었다. 필사적으로 일하는 수밖에 없다. 그리고 최대한 빨리 수리비를 갚고, 그 후에 제대로 된 직장을 찾자.

해가 지기 전에 작업이 끝났다. 사무실 건물로 돌아오자 베테랑 작업자는 안으로 들어갔다. 밖에 남아 기구를 정리하는 건 신입의 몫이지만, 비실비실한 슈타를 대신해 고스케가 거의 다 해주었다.

이렇게 몸을 써본 건 정말 오랜만이었다. 내일은 분명 지독한 근육통에 시달리겠지.

사무실에 들어가자, 사쓰키가 일용직 작업자들에게 현금을 건네고 있었다. 요즘에도 이런 회사가 있다니.

"거기, 가가와시. 너도 돈 받아 가."

"네? 저도 일용직입니까?"

"그렇지. 아직 이전 회사를 퇴직한 게 아니잖아. 얼른 절차를 마무리하고 와. 이럴 때 사고라도 당하면 처리가 복잡해져."

"네."

슈타는 사쓰키에게 봉투를 받았다. 어제 회사를 뛰쳐

나온 이래 아무하고도 연락하지 않았다. 그럴 여유가 없었다. 조만간 회사에 가서 퇴사 절차를 밟아야 하지만, 도저히 그럴 마음이 들지 않았다.

"고양이."

사쓰키가 퉁명스럽게 말했다. 그녀의 발밑에는 이동장이 놓여 있었다. 망사 창문 가장자리로 고양이의 엉덩이가 보였다. 그 병원에서 처방해준 비였다.

"아⋯⋯ 죄송합니다. 일터에 고양이를 데려와서."

"괜찮아. 그 긴 시간을 혼자 둘 순 없잖아. 그러면 안 되는 섬세한 고양이도 있는 법이지. 그렇지, 비? 얌전하게 있었지?"

사쓰키가 이동장 안을 들여다보자 고양이가 대답하듯 엉덩이를 곰실곰실 움직였다.

"그랬습니까. 온종일 여기서?"

"그럴 리가. 조금 전까지 저 종이 상자 안에 있었어."

사쓰키의 시선 끝에는 물어뜯은 흔적이 있는 종이 상자가 흩어져 있었다. 실컷 놀았던 모양이다. 이동장 옆에는 사료 봉투가 있었는데 슈타가 가져온 것이 아니었다.

"혹시 저 사료도 일부러 사 오셨습니까?"

"원래 사료를 사장님이 보면 또 찢어버릴 거야. 귀찮

아지니까 얼른 가."

진나이 사장은 다른 현장에 나가서 아침부터 얼굴을 마주치지 않았다. 만약 탄수화물 운운하며 찢어버린 사료를 아직 주고 있다는 걸 알면 이번에야말로 거꾸로 매달릴지도 모른다.

"죄송합니다."

슈타는 겸연쩍었다. 다른 사료를 준비할 시간이 없어서 병원에서 지급한 물품을 그대로 가져왔다. 사실 고양이를 일터에 데려오는 것부터가 있을 수 없는 일이다. 하지만 슈타는 밑져야 본전이라는 생각으로 부탁했고, 진나이 부부는 눈빛을 교환하더니 "어쩔 수 없군." 하고 투덜거리면서도 허락했다.

그래도 이틀 연속은 무리겠지. 퇴근길에 고양이를 반납하자. 그렇게 생각했지만, 너무 지친 나머지 이동장을 들어 올릴 힘조차 없었다. 사쓰키가 의아한 듯 말했다.

"잠깐, 가가와시. 괜찮아? 비틀거리는 거 같은데?"

"아, 아닙니다. 사장님이 오시기 전에 돌아갈······."

그때 땀범벅이 된 작업자들이 소란스럽게 들어왔다. 그중에는 진나이 사장도 있었다. 어제의 야쿠자 같은 정장 차림과는 달리 다른 사람들과 같은 작업복 차림이었다.

"오, 아직 있었군."

'큰일이다, 들켰어.'

슈타는 당황했다. 하지만 진나이는 슈타에게 눈길도 주지 않고 이동장 앞에 쪼그려 앉더니 고양이를 끌어냈다. 익숙한 손길로 엉덩이를 받쳐주자, 고양이는 얌전하게 진나이에게 안겼다. 진나이는 기뻐하는 듯 보였다.

"비 짱, 목걸이 사 왔단다."

"당신, 뭐야. 땡땡이친 거야?"

사쓰키가 핀잔을 하듯 물었다.

"바보냐? 휴식 시간에 펫 숍에 갔다 왔지. 초특급으로 만들어왔어. 자, 봐."

진나이는 고급스러운 봉투에서 노란색 목걸이를 꺼냈다.

"어때? 귀엽지? 눈동자 색깔과 똑같은 황금색이야."

부드러운 인조가죽에 금색 플레이트가 달렸고, 거기에 이름이 새겨져 있었다. 작업복 차림의 우락부락한 남자가 펫 숍으로 달려가서, 주인을 재촉해가며 고양이 이름을 새겨왔다고 생각하자 뭔가 머릿속이 복잡했다.

"저, 진나이 씨. 이렇게까지 신경 써주셔서 감사합니다."

"뭐야, 넌. 아직도 있었어?"

슈타를 보는 진나이의 표정은 고양이를 볼 때와 전혀 달랐다. 하지만 다시 고양이에게 고개를 돌리면 순식간에 웃음 가득한 얼굴로 돌변한다.

"비 짱은 밥 먹었어? 아저씨랑 같이 밥 먹을까?"

"이미 줬어. 내가."

사쓰키가 콧방귀를 뀌었다.

"뭐라고? 제길. 남편이 땀 흘리며 일하고 있는데 자기 혼자 즐기다니."

"뭔 소리를 하는 거야. 그럼 비 짱이 당신 사정까지 봐줘야 해?"

진나이 부부는 고양이를 두고 말다툼을 시작했다. 고양이는 얌전하게 진나이에게 안겨 있었다.

집에 가고 싶다.

피로로 인해 온몸의 관절이 삐걱대는 걸 느끼면서, 슈타는 두 사람의 대화를 듣고 있었다. 이름표가 달린 목걸이까지 만들어오다니, 나중에 이 비용도 청구하는 건 아닐까.

시간은 순식간에 흘러서 날은 이미 어두웠고, 오늘 고양이를 돌려주러 가기는 어려울 듯했다. 슈타가 내일도 고양이를 맡아줄 수 있는지 묻자, 진나이 부부는 눈빛을 교환했다.

"뭐, 꼭 그러길 원한다면 난 상관없어."

"그래, 꼭 그러길 원한다면 나도 괜찮아."

두 사람은 그렇게 대답하고는 다시 고양이에게 장난을 치기 시작했다. 적어도 이 건축 사무실에 있는 동안만큼은 고양이가 외로워할 일은 없을 듯했다.

멀리서 알람이 울리고 있었다.

무언가가 이상했다. 일어나려고 하는데 아까부터 몸이 움직이지 않았다. 마치 가위에 눌리고 있는 것 같았다.

발밑에서 냐앙, 냐앙 하는 작은 소리가 들렸다. 고양이는 이미 깨어 있었고, 배가 고픈 모양이었다.

"으으윽……."

목소리는 나왔다. 얼굴도 움직여진다. 하지만 목 아래부터는 전혀 말을 듣지 않았다. 몇 번이나 몸을 일으키려고 했지만 실패했다. 끝내 눈물이 살짝 흘렀다.

지금까지 정신적으로는 힘들어도, 몸은 튼튼했었는데. 그 기이한 병원에 다녀온 뒤로 모든 게 이상한 방향으로 흘렀다. 침대에 반듯이 누워 훌쩍거리고 있는데 밖에서 사람 말소리가 들렸다.

"전 정말 모릅니다. 책임지세요."

들어본 적이 있는 목소리는 관리인이었다. 그리고 또 다른 남자의 커다란 목소리.

"상관없어. 이 집 주인은 내 동생이야."

진나이였다. 자물쇠가 돌아가고 문이 열렸다.

"아, 사장님. 역시 예상대롭니다. 저 녀석, 아직도 자고 있습니다."

진나이와 고스케가 성큼성큼 집 안으로 들어왔다. 슈타는 간신히 고개만 들었다.

"도, 도와줘."

고양이가 냐앙 하고 울며 진나이의 다리에 유연하게 몸을 비볐다. 진나이는 쪼그려 앉더니 고양이의 이마를 쓰다듬었다.

"오, 그래, 그래. 가엾게도 집 안에 갇혀 있었구나."

진나이는 그렇게 말하더니 고양이만 데리고 집 밖으로 나가려고 했다. 슈타는 힘없이 애원했다.

"저, 저도 도와주세요. 움직일 수가 없습니다."

"뭐? 어디서 어리광이야."

"사장님."

고스케가 웃으면서 침대를 들여다보았다.

"그래서 제가 말했잖아요. 저도 첫날은 근육통으로 일어나지 못했다니까요."

"하여간 요즘 젊은것들은 약해 빠졌다니까. 어이, 자네는 애초에 너무 말랐어. 다음에 고기 사줄 테니 살 좀 찌워."

고기 따위 먹고 싶지 않았다. 그보다 이 근육통이나 좀 어떻게 해줬으면 했다. 슈타는 일어나려고 몸을 부들부들 떨었지만, 소용없었다. 진나이의 혀 차는 소리가 들렸다.

"어이, 고스케. 차에서 기다릴 테니까 저 녀석 끌고 와."

진나이는 고양이를 안고 나가버렸다. 고스케의 부축을 받아 일어난 슈타는 고통스러운 근육통을 견디며 간신히 옷을 갈아입었다.

"고스케, 고마워."

"괜찮아, 괜찮아. 여하튼 당신은 정말 운이 좋아. 난 전에 집에 숨어 있다가 사장님이 문을 걷어차서 부숴버렸다니까. 현장까지 질질 끌려갔지. 고양이가 있다는 것만으로 이렇게 대우가 다르다니. 나도 고양이나 키울까."

"저 고양이는 내 고양이가 아니야. 임시로 맡고 있을

뿐이야."

고양이를 처방받았다고 해봐야 귀찮아지기만 할 뿐이다. 슈타는 빈 이동장을 들었다. 그러자 고스케가 말했다.

"아, 그거 필요 없지 않아?"

"집에 데려올 때는 여기에 넣어야지. 계속 안고 올 수는 없어."

"아침 일찍, 사무실에 뭔가 호화로운 가방이 왔어. 폭신폭신한 쿠션 같은 거랑 같이."

"음……."

조금 지긋지긋한 기분이 들었다.

"좀 지나치지 않아? 그렇게 고양이가 좋으면 직접 키우든가."

"예전에는 키웠대."

슈타는 고스케를 따라 집을 나왔다. 다리가 굳어서 저절로 게걸음이 되었다.

"그렇구나. 죽었어?"

"아마도."

"그러면 다시 키우면 되지."

남의 고양이에 돈을 쓰는 것보다는 훨씬 낫다. 여하튼

이곳에서 일하는 동안에는 비를 사무실에 데려가야겠다고 슈타는 생각했다. 그래야만 문이 부서지는 걸 막을 수 있을 것이다.

"오늘 현장은 어제보다 훨씬 힘들 거야."

고스케가 히죽 웃었다. 슈타는 소름이 끼쳤다. 근육통이 심해진 기분이 들었다.

슈타는 매일 아침 진나이가 사준 이동장에 비를 넣어 사무실로 데려갔다. 튼튼하고 기능적이고 세련된 이동장은 슈타가 증권회사에서 사용했던 가방보다 훨씬 비쌀 듯했다. 이동장째로 사쓰키에게 맡기면 곧바로 파트타임 여직원들이 다가왔다.

"요 녀석이 온 뒤로 회사가 즐거워졌어. 사쓰키 씨, 그냥 이대로 사무실에서 키워요."

"맞아요. 이 녀석 얌전하고 사람도 잘 따르고. 비가 있으면 사장님도 기분이 좋으시잖아요. 비, 비 짱. 귀여워라."

직원들이 예뻐해줘도 비는 모른 척이다. 친근하게 다가올 때도 있지만, 책장 위로 올라가서 꿈쩍도 안 할 때도 있다. 그래도 비가 있으면 진나이 사장의 기분이 좋은 건 분명했다.

진나이뿐만이 아니다. 표정이나 태도에는 드러내지 않지만, 사쓰키도 상당한 애묘가였다. 사쓰키의 발밑에는 고양이가 웅크리고 잘 수 있는 폭신폭신한 침대가 놓여 있었다. 하지만 비는 그곳에는 가지 않고 사무실 벽 쪽에 쌓여 있는 종이 상자 안에, 엉덩이를 이쪽으로 향한 채 파묻혀 있다.

슈타는 왠지 사쓰키에게 미안한 마음이 들어서 비에게 말했다.

"비, 그렇게 너덜너덜한 상자보다 저쪽이 더 편할 거 같은데."

하지만 비는 고개도 돌리지 않았다. 분명히 들릴 텐데도 이렇게까지 사람 말을 무시할 수 있는 고양이의 신경 구조가 대단하다.

"안 돼, 안 돼." 사쓰키는 전표를 쓰면서 말했다. "고양이는 자기가 마음에 드는 곳에만 있어."

"하지만 일부러 이렇게 좋은 침대를 사주셨는데."

"괜찮아. 이거 열선이 있는 거야. 조금만 지나면 추워질 거고, 그러면 여기서 나가려고도 안 할걸?"

아직 업무 시작 전이어서 다른 파트타임 직원들은 담

소를 나누고 있었지만 사쓰키는 이미 책상에 앉아 업무를 보고 있었다. 엄격하지만, 유능한 여성이었다.

슈타가 이 사무실에서 일하기 시작한 지 일주일이 지났다. 3일 정도 지나자 근육통은 없어졌지만, 매일 기진맥진이었다. 일당이 좋아서 차 수리비는 언젠가 모일 것이다. 하지만 비의 처방 기간은 열흘이다. 추워질 무렵이면 비는 이곳에 없다.

"저기, 사쓰키 씨는 전에 고양이를 키우셨어요?"

"응. 5년 전에 죽었지만. 꽤 오래 살았어. 열아홉 살. 굉장하지?"

19세. 고양이가 그렇게까지 오래 사는지는 몰랐다. 분명히 많은 사랑을 받았을 것이다. 그렇게 좋아한다면, 하는 생각에 물어보았다.

"다시 안 키우세요?"

"하지만 우리 아이는 죽어버렸으니까."

사쓰키는 전표에서 눈을 떼지 않고 대답했다.

목소리도 표정도 변하지 않았지만, 그 이상은 들어오지 말라는 경고가 느껴졌다. 마침 고스케랑 다른 직원들이 출근했고, 슈타는 짐 옮기는 일에 배치되었다. 그날도 퇴근 무렵에는 녹초가 되어 있었다.

증권회사를 나온 지 오늘로 열흘째였다.

슈타는 유이나의 연락을 받고 역 근처의 카페로 나왔다. 테이블 밑에는 이동장이 놓여 있었다.

"내가, 입원을요?"

"네, 그렇게 들었어요."

유이나는 작은 망사 창문 너머로 보이는 비가 궁금한지 흘깃흘깃 시선을 주었다.

"에모토 과장님이 직접 와서 가가와시가 위장이 안 좋아서 입원했다고 했대요. 인사부에 있는 친구에게 들었어요."

"아직 해고되지 않았구나."

슈타는 당황스러웠다. 회사 물품까지 갖고 있는데도 연락 한번 오지 않아서 이상하다는 생각은 하고 있었다. 아직도 재직 상태로 있다는 걸 알고 나니 마음이 복잡했다.

"과장님의 그 기세를 봐서는 그날 당장 해고 처리했을 줄 알았는데."

"과장급에게는 함부로 직원을 해고할 권리가 없어요. 게다가 아무리 우리 회사가 악덕 기업이라고 해도 당일 해고는 불가능하죠. 근로자에게도 권리가 있어요."

"그야 그렇지만……."

날마다 무능한 사람 취급을 받아온 슈타로서는 권리 따위 없는 거나 마찬가지였다. 게다가 재직 중이라면 계속 무단결근한 것이 된다. 이제는 잘려도 어쩔 수 없다.

"과장이 왜 그런 거짓말을 했는지는 알 수 없지만 분명 내가 먼저 그만두기를 기다리고 있을 겁니다. 내가 나서서 절차를……."

"저기, 서두르지 않는 게 좋을 것 같아요."

유이나가 말했다. 그 진지한 눈빛에 슈타는 가슴이 두근거렸다. 유이나는 우아한 동작으로 천천히 커피를 마시고는 한숨을 쉬었다.

"가가와시 씨가 부탁했던 그 영수증 있잖아요, 정식으로 발행한 이력이 하나도 없었어요. 내가 조사해보다가 상사에게 걸렸거든요. 그 바람에 상사가 직접 에모토 과장님을 추궁했는데, 에모토 과장님은 실수니 어쩌니 하면서 황급히 그 고객 리스트를 낚아채 갔대요."

"그렇군요. 그래서 과장님이 그걸 갖고 있었군요."

"하지만 내가 몰래 복사를 해두었어요. 이 문제는 이미 내 손을 떠나 윗선에서 조사하고 있고요. 하지만 돈을 취급하는 회사의 직원이 직접 영수증을 작성했다면 생각해볼 수 있는 건 한 가지죠."

유이나는 눈을 위로 떴다.

그 눈이 무엇을 의미하는지 슈타도 이해했다. 사실은 처음부터 알고 있었다. 저절로 목소리가 어두워졌다.

"횡령?"

"아마도. 그러니까 퇴사를 서두를 필요 없어요. 그만두는 건 저쪽이어야죠."

슈타가 침묵하자 유이나는 다시 발밑을 보았다.

"이 고양이, 병원에 데려가는 거예요?"

"응? 아니, 이 녀석은······."

아차 싶었다. 갑자기 다른 문제가 생각났던 것이다.

"네, 맞아요. 별일은 아닌데 혹시나 해서 병원에 데려가던 중이었어요."

"몇 살이에요? 이름은?"

"비. 여덟 살이고, 암컷이에요."

"비구나. 귀여운 이름이네. 비, 비—."

이름을 불러도 비는 모른 척이다. 슈타는 유이나에게 인사를 하고 고코로 병원으로 향했다. 건물 앞은 여전히 어두컴컴했고, 우중충했다. 손에 든 이동장의 묵직한 무게에 마음이 아파왔다.

건물 입구에서 슈타는 비에게 말했다.

"비야. 너, 그 사무실에 있을 때 즐거웠니? 다들 잘해줬어?"

비는 역시나 모른 척이다. 비는 다정할 때랑 그렇지 않을 때의 차이가 명확한 고양이였다. 아침에 일어나면 빨리 밥 달라며 몸을 쓱쓱 비벼댔다. 손바닥을 내밀면 그 손바닥에 스스로 머리를 묻었다. 슈타의 손바닥에 쏙 들어오는 크기인데, 가볍게 힘을 주어 주무르면 폭식폭신 기분이 좋았다. 그럴 때면 비도 눈을 감는다. 눈을 감고 있는 고양이는 웃고 있는 것처럼 보여서 따라 웃게 된다.

매일 아침, 잠깐의 웃음.

그런 소소한 일조차 할 수 없는 나날이었는데, 지금은 비가 웃게 해주었다.

병원에 들어가자 접수창구에 지토세라고 했던, 그 무뚝뚝한 간호사가 앉아 있었다. 슈타가 말을 걸기 전에 힐긋 눈길을 주었다.

"가가와시 씨죠? 안쪽으로 들어가세요. 선생님이 기다리고 계십니다."

좁은 진료실로 들어가자 의사가 기다리고 있었다.

"안녕하세요, 가가와시 씨. 오! 오늘은 안색이 무척 좋군요."

생글생글 웃는 의사를 보며, 슈타는 그렇게 티가 나나 싶어 무안해졌다. 병원에서 해준 건 없지만, 육체노동 탓에 매일 숙면했고, 식욕도 돌아왔다. 체중도 늘었다.

의사는 키보드를 두드리더니 응, 응 하며 고개를 끄덕였다.

"경과 양호하고 부작용 없음. 그러면 고양이도 반납하세요. 예약 환자가 있어서 그럼 이만."

"잠깐만요."

"네? 다른 문제라도?"

또 쫓겨나는가 싶어 슈타는 초조했다. 스스로도 아직 생각이 정리되지 않았다. 무릎 위에는 여전히 이동장이 놓여 있었다.

"저기…… 앞으로 며칠만 더 이 고양이를 데리고 있을 수 없을까요."

그러자 의사는 이상하다는 듯 고개를 갸웃했다.

"흐음. 하지만 가가와시 씨는 이미 증상이 개선되었으니 더 처방할 필요는 없다고 생각합니다만."

"아니, 그게……."

진나이와 사쓰키의 얼굴이 떠올랐다. 꿀이 떨어질 듯

한 눈으로 비를 바라보던.

"확실히 상태는 좋아졌습니다. 하지만 새로운 근무처 말인데요, 나쁜 곳은 아니지만, 계속 다닐 만한 규모는 아닙니다. 가능하면 좀 더 크고 안정적인 회사에서 일하고 싶은 마음이……. 그러니까 이대로 고양이를 조금만 더……."

"좀 더 크고 안정적인 회사에서 일해 보셨잖아요."

의사는 쾌활하게 말했다.

"가가와시 씨가 말하지 않으셨습니까. 광고도 하는 제법 큰 증권회사에 다닌다고. 크고 안정적인 기업에서 일해보신 거네요."

의사의 웃는 얼굴을 보고 슈타는 한 대 얻어맞은 기분이었다. 돌고 돌아, 결국 같은 곳으로 돌아가려 하고 있었다. 이건 교토 시내의 바둑판을 돌고 있는 것과 마찬가지다. 출구가 보이지 않는다.

침묵하고 있는 슈타를 보고 있기 힘들다는 듯 의사는 쓴웃음을 지었다.

"계속 다닐 수 있는 직장이라……. 뭐, 괜찮겠죠. 부작용도 없는 것 같으니 이대로 고양이를 맡겨도. 하지만 이 고양이의 처방은 이제 최대 5일까지만입니다. 원래 보건소에서 안락사가 결정된 고양이라서."

"……안락사?"

"네. 보건소에 수용된 고양이입니다. 보호 기간이 끝나면 안락사입니다."

슈타는 머리가 멍해졌다. 의사는 상냥하게 미소를 지으며, 온화한 교토 사투리로 말을 이어갔다.

"이 고양이는 고령이었던 주인이 사망해서 며칠이나 집에 갇혀 있었는데, 인근 주민이 신고했죠. 형제 고양이가 두 마리 더 있었는데, 위에부터 에이, 비, 시라는 이름을 붙여줬죠. 재밌죠?"

비. 귀여운 이름. 비, 비.

사쓰키와 사무실 파트타임 사원들이 웃는 얼굴로 비를 바라보았다. 모두가 상냥하게 비를 불렀다. 비는 조금 전까지도 귀여움을 한 몸에 받았다.

묵직한 이동장 안에서 무언가 뜨거운 것이 치솟아서 슈타의 가슴을 가득 채웠다. 숨쉬기조차 힘들 정도였다.

"하지만 비는 이 병원의 치유 동물이잖아요. 그러면 보건소에 돌려주지 말고 이대로 병원에서 키우면 되는 거 아닌가요? 실제로 전 비 덕분에 나았어요."

"우리는 보호시설이 아니니까요. 역할을 끝낸 고양이

는 있어야 할 곳으로 돌아가게 됩니다."

 의사는 상냥하게, 하지만 무심하게 말했다. 그의 옅은 미소에는 정이 보이지 않았다. 슈타의 마음은 혼란스러웠다. 지금 비는 이렇게 무릎 위에 있는데.

 "그러면…… 그렇다면 다른 입양처를 찾아보거나 뭔가 다른 방법이 있지 않습니까? 예컨대 처방받았던 환자에게 맡겨본다거나, 또는…… 맞다, 인터넷에서 찾아보면 키울 사람이 나타날지도 모르잖아요. 비는 이렇게 귀여운 고양이니까."

 너무 급작스러워서 생각이 정리되지 않았다. 슈타는 자신이 비난할 수 있는 처지도 아니고, 자신의 말이 아무것도 모르는 사람의 얄팍한 의견이라는 것도 알고 있었다. 그럼에도 의사의 냉정한 태도에 화가 났다. 슈타는 끌어안고 있던 이동장을 바라보았다.

 "같이 열심히 찾아보면 누군가 나타나지 않겠어요? 적극적으로 찾아보면 분명 있을 겁니다."

 "그야, 적극적으로 찾아보면 입양처가 있을지도 모르지요."

 "그, 그렇습니다!"

 퍼뜩 고개를 들었지만, 의사는 여전히 무심한 미소 짓

고 있었다.

"하지만 이 고양이뿐만이 아닙니다. 펫 숍에서도 보호시설에서도 안간힘을 써가며 맡아 줄 곳을 찾고 있어요. 보건소에서도 온갖 방법을 알아보고 있습니다. 그렇게 해도 이처럼 갈 곳 없는 아이들이 끊이지 않습니다. 입양 조건은 따로 없지만, 감정이 움직이지 않으면 고양이의 진짜 주인은 찾을 수 없습니다."

감정이 움직인다? 무슨 뜻인지 알 것도 모를 것도 같았다. 하지만 그것이 답이라면, 그 답에 도달할 방법을 알고 싶었다.

"그러면 어떻게 해야 감정이 움직입니까?"

"그걸 모르니까 당신도 이곳에 온 것입니다. 환자분, 그렇게 울 것 같은 표정 짓지 마세요. 남은 5일이면 확실하게 치료될 겁니다. 걱정마세요. 이게 마지막이니 끝까지 잘 챙기시고요."

앞으로 5일. 그것으로 끝.

간신히 구출된 고양이를 기다리는 가혹한 현실을, 슈타는 받아들일 수가 없었다. 왜, 구조된 목숨을 다시 잃어야 하는가.

"비의 다른 형제는요? 그 아이들도 여기에?"

슈타는 떨리는 목소리로 물었다. 의사 뒤쪽에는 커튼이 쳐져 있었다. 간호사 지토세가 늘 저곳에서 이동장을 들고 나왔다. 그 안쪽이 어떤 식으로 되어 있는지 궁금했다.

"형제 고양이들은 구조된 후 바로 죽었습니다. 이미 쇠약해 있었죠. 현실은 그런 것입니다."

슈타는 의사의 눈치에 어쩔 수 없이 진료실을 나왔다. 접수처 앞을 지나갔지만 지토세는 고개도 들지 않았다.

"쾌차하시길 바랍니다."

지토세의 인사는 냉정하고 쌀쌀맞은, 아무도 따르지 않는 고양이처럼 느껴졌다.

어떻게 해야 할지 모른 채 이틀, 사흘이 지났다. 슈타는 날마다 비를 건축 사무소에 데려갔다. 갈 때마다 레이저포인터니 물고기 모양의 전동 쿠션이니 회사에 있을 리 없는 물건들이 늘어갔다. 그걸 볼 때마다 위를 쥐어짜는 기분이었다. 처방 나흘째. 내일은 그 기묘한 병원에 비를 돌려주러 가야 했다.

의사는 아무렇지 않게, 비가 있어야 할 곳에 돌려보낼 거라고 했다. 그 길 끝의 운명을 알고도……. 의사도 간호사도 의문투성이였다. 하지만, 정말로 냉정한 사람이라는 느낌은 들지 않았다.

"어이! 거기 애송이!"

커다란 고함 소리에 슈타는 현실로 돌아왔다. 사무실에서 가장 연장자인, 새까맣게 그을린 초로의 남자가 흙자루를 옮기면서 이쪽을 노려보고 있었다.

"늙은이가 꼭 이런 걸 옮겨야 쓰겠나? 젊은 놈이 나서야지. 눈치 없는 놈 같으니라고!"

"죄송합니다."

슈타는 황급히 일손을 도왔다. 멍하니 있으면 곧바로 고함이 날아온다. 그것도 익숙해졌지만, 오늘은 특히 더 얼이 빠져 있는 바람에 몇 차례나 꾸중을 들었고, 결국에는 머리통을 얻어맞았다.

작업이 끝나고 밴으로 복귀하는 중에 고스케가 살며시 위로해주었다.

"신경 쓰지 마. 노친네들은 성격이 급해서 그래."

"고마워. 하지만 저 나이에 현장은 좀 무리긴 해."

"어쩔 수 없지. 대신 머리를 쓰면 되니까. 몸만 건강하면 어떻게든 돼. 사장이 저래 보여도 인정이 있어. 저런 노친네도 내쫓진 않아. 가가와시도 이곳에서 계속 일하면 좋을 텐데. 봐, 꽤 멋지게 그을렸잖아."

고스케는 친근하게 웃으면서 자신의 팔을 뻗어 슈타의 팔과 비교했다. 고스케가 훨씬 검긴 했지만, 슈타의 피부도 어느새 갈색이 되어 있었다. 슈타는 눈을 끔벅였다.

계속 이곳에?

생각도 해보지 않았다. 슈타가 대답을 못 하자, 고스케는 쓴웃음을 지었다.

"하하하, 아니지. 넌 대졸인데. 이런 시시한 건축 사무소 따위 싫을 거야."

사무실에 돌아오자 사쓰키 주위에 여직원들이 모여 있었다. 사쓰키의 무릎 위에는 비가 몸을 말고 있었다.

"사쓰키 씨, 좋겠다. 내 무릎에도 앉으면 좋으련만."

"엄청 기분 좋게 자고 있네. 귀여워."

"좋긴 뭐가 좋아. 아까부터 다리가 저려 죽겠는데. 움직일 수도 없고 골치 아파. 비 짱, 저리로 갈래?"

말은 그렇게 해도 사쓰키는 득의양양했다. 비를 무릎에 앉히고도 일을 계속하고 있었다. 슈타에게도 꽤 친근하게 구는 비였지만, 무릎 위에 올라온 적은 없었다. 조금 부러웠다.

자동차 소리가 들리고, 다른 작업반이 돌아왔다. 진나이는 사무실에 들어오자마자 큰 소리로 말했다.

"오이구! 비 짱, 이렇게 착하게 있었어요오?"

비는 사쓰키의 무릎에서 내려오지는 않았지만, 놀란 듯 눈을 동그랗게 뜨고는 귀를 쫑긋 세웠다. 진나이는 싱글벙글 웃으면서 쪼그려 앉았다.

"오구, 똑똑해. 오구오구, 귀여운 우리 애기."

듣다 못한 고스케가 큭큭 웃음을 터뜨렸다. 순간 진나이의 표정이 변했다.

"니들 뭐 해! 들어왔으면 빨리 기계 안 씻어?"

"네, 네."

우물쭈물하다가는 불똥이 튈 것 같아서 고스케는 황급히 뛰어나갔다. 슈타도 고스케 뒤를 쫓았다.

주차장으로 가서 포클레인과 트럭 타이어에 호스로 물을 뿌렸다. 두 사람은 묵묵히 일했지만 결국 고스케가 먼저 입을 열었다.

"오구오구, 귀여운 우리 애기."

"고스케, 그만해!"

슈타의 어깨가 들썩였다. 안 그래도 힘겹게 참고 있었던 것이다. 고스케는 장난꾸러기처럼 히죽히죽 웃고 있었다.

"아니, 그건 아니지 않아? 사장의 그 얼굴로 그건 반칙이지. 더구나 착한 건 또 뭐야. 누님 무릎 위에서 잠이나 자다니."

안 돼! 여기서 웃었다가는 사무실에도 들린다. 하지만 참지 못하고 결국 두 사람은 동시에 웃음을 터뜨렸다. 소리를 질러 가며 배를 부여잡고 웃었다. 사무실에서 진나이의 고성이 들려왔지만 웃음을 멈출 수 없었다.

이렇게 큰 소리로 웃어본 게 몇 달, 아니, 몇 년은 됐을 것이다.

환복과 일당 수급을 끝내고 다른 작업자들과 함께 사무실을 나올 무렵에는 이미 날이 어두워져 있었다. 교토 시내의 밤은, 큰길 외에는 사람도 차도 드물다. 번화가라고 할 수 있는 건 메인 거리뿐이었다.

슈타는 밤길을 걸으면서 손에 든 이동장을 쳐다보았다.

"비야, 괜찮아. 넌 계속 나랑 있으면 돼."

큰 소리로 웃었던 탓일까. 몸이 따뜻하고 기분도 고조되어 있었다. 왜 이다지도 간단한 사실을 깨닫지 못했던 걸까. 비는 이대로 자신이 입양하면 되는 것이다. 필요한 물품은 전부 갖춰져 있고, 바뀔 건 아무것도 없었다.

손바닥에 쏙 들어오는 비의 머리 감촉을 떠올렸다. 그 이상한 의사가 뭐라고 한들 물러서지 않을 것이다.

감정이 움직인다는 건, 이런 것이었구나. 비가 있으면 즐겁다. 매일 그 귀여움에 치유받는다. 비는 앞으로도 계속 나를 행복하게 해줄 것이다.

어느덧 집이 보였다. 슈타는 갑자기 우뚝, 걸음을 멈췄다.

어슴푸레한 외등 아래에 에모토가 서 있었다. 에모토는 이미 슈타를 보고 있었는지 옅은 웃음을 짓고 있었다.

"에모토 과장님."

"가가와시, 아주 건강해 보이는데?"

에모토는 평상시와 달리 비굴한 웃음을 지으며 다가왔다. 목소리에도 힘이 없었다. 슈타는 불안한 마음에 그 자리에서 꼼짝하지 못했다. 에모토는 코앞까지 오더니 슈타의 어깨에 손을 얹었다.

"많이 걱정했네. 자네가 그렇게 갑자기 뛰쳐나가서 말이지. 하지만 괜찮아. 내가 적당히 둘러대줄 테니까. 하하하."

에모토는 부자연스럽게 웃더니, 주위를 의식하듯 목소리를 낮췄다.

"그리고 말이지, 가가와시. 자네가 오해하고 있는 것 같아서 확실히 말해두려고 왔네. 그 자식, 기지마 말이야. 그 자식이 멋대로 내 고객에게 수상한 짓을 한 모양이야."

"과장님. 전 그 건에 대해서는 더 이상……."

"아니, 좀 들어 봐. 기지마 자식이 갑자기 나오지 않길래 이상하다고 생각했는데, 고령의 고객에게 좋은 투자 건이 있다는 식으로 속여서 현장에서 자금을 징수한 모양이야. 당연히 회사에는 비밀로 말이지. 나도 그 자식에게 속았어. 그 자식 성과 좀 올려주겠다고 내 고객을 맡긴 나한테도 책임은 있지만."

"과장님……."

친해진 할머니가 자신이 오기를 기다린다. 그렇게 말했던 기지마의 얼굴이 떠올랐다. 그리고 에모토의 뻔한 거짓말과 변명에도 가슴이 아팠다. 그렇게도 싫었던 사람인데 가엽다는 생각조차 들었다.

"과장님. 그런 말씀을 하셔봐야 제가 할 수 있는 게 없습니다. 회사는 이미 그만두려고……."

"무슨 말을 하는 거야, 가가와시. 나도 자네도 피해자 아닌가. 기지마 자식. 기지마가 멋대로 한 거잖아. 자네가 회사에 얘기해주란 말이야! 알겠어?"

에모토의 목소리가 커졌다. 슈타는 뒤로 한 발 한 발

밀리다가 마침내 등이 건물 벽에 닿았다.

"과장님, 진정하세요."

"뭘 진정하라는 거야! 자넨 좋겠어. 그만두면 그만이니까. 난 인생이 걸렸다고!"

평상시에 옥박지를 때보다 훨씬 다급한 에모토의 목소리가 도로에 울렸다. 이동장 안에 있던 비도 두려움 때문인지 비명 같은 소리를 지르며 마구잡이로 날뛰고 있었다. 슈타는 이동장을 두 손으로 가슴에 안았다.

"비, 비. 가만히 있어."

"제발 부탁이네, 가가와시. 내게는 가족이 있잖아. 행여 고발이라도 당하면 큰일이라고. 잠시라도 좋으니 말을 좀 맞춰주게. 시간을 벌어주면, 그 사이에 돈은 전부 고객에게 돌려줄 테니까."

에모토는 두 손으로 싹싹 빌었다. 하지만 슈타는 고개를 저었다.

"에모토 과장님. 전부 정직하게 말하면 회사에서도 용서해줄지 모릅니다. 저도 제가 아는 건 전부 말하겠습니다."

슈타는 날뛰는 비를 진정시키면서, 되도록 직선적으로 이야기했다. 에모토의 얼굴에서 표정이 사라졌다. 그러고는 슬쩍 웃음을 비쳤다.

"정직하게? 참 잘나셨네."

"과장님."

"아니, 자네 말이 맞아."

금속을 긁어대는 듯한 비의 울음소리와 대조되게, 에모토는 묘하게 온화한 말투였다. 어둡게 그늘진 눈빛이 이동장을 향했다.

"고양이군. 자네, 고양이 키우나?"

"아…… 저, 뭐."

슈타는 왠지 심장이 덜컥했다. 무의식적으로 이동장을 안고 있는 손에 힘이 들어갔다. 비의 울음소리는 끊이지 않았다. 에모토는 뺨을 일그러뜨리며 씨익 웃고는 연립주택 건물을 올려다보았다.

"가가와시, 이곳에 사나? 이런 연립은 보통 고양이를 못 키우게 할 텐데. 몰래 키우는 건가? 그건 뻔뻔한 짓 아닌가?"

슈타는 놀라서 정신이 멍해졌다. 에모토는 의기양양하게 턱을 치켜들었다.

"내일 아침 일찍, 이곳 관리 회사에 전화하겠네. 자네도 정직하게 말하면 되겠군. 전부 정직하게 말하면 돼.

어때, 내가 나쁜 놈인가? 돈을 횡령하는 건 안 되지만, 몰래 고양이를 키우는 건 괜찮고? 자네도 뻔뻔한 놈이야. 혼자 정직한 척은 그만하지 그래."

마지막에는 자포자기했는지 울 것 같은 얼굴로 웃고 있었다.

슈타는 이동장을 꼭 껴안고 에모토에게서 도망치기 시작했다. 뒤에서 들리는 웃음소리가 멀리 사라져갔다.

사무실 불이 켜져 있는 것을 보고 슈타는 안도의 한숨을 쉬었다. 사무실 안으로 뛰어들어 가자 진나이와 사쓰키가 있었다. 슈타를 본 사쓰키가 놀라서 달려왔다.

"무슨 일이야, 가가와시 씨."

"이거…… 고양이……."

달려왔더니 숨이 가빴다. 슈타는 바닥에 주저앉아 이동장을 내밀었다. 사쓰키가 의아한 듯 받아 들었다.

"당신, 무슨 일 있었어? 땀범벅이야."

"이 고양이…… 비를…… 키워주세요. 사장님네서 키워주세요."

그렇게 띄엄띄엄 말하며 이동장을 보다가 작은 창문을 통해 자신을 보고 있는 금색 눈동자와 마주쳤다. 눈물이 솟아올랐다.

진나이가 일어서더니 진지한 얼굴로 슈타를 내려다 보았다.

"무슨 말이야. 제대로 설명해."

"비는 제 고양이가 아닙니다. 보건소에 수용된 고양이입니다. 내일이 공고 기간 마지막 날이라서 안락사 당하게 됩니다."

"안락사? 그게 무슨 말이야?"

사쓰키의 목소리가 뒤집어졌다. 진나이는 침묵했다.

"그러니까, 전 이대로 비를 키우려고 했습니다. 그러는 게 좋겠다고 생각했죠. 하지만 과장님이…… 아니 건물 관리 회사에 들통나서 더는 비를 데리고 있을 수 없게 됐어요. 비를 거둬주시면 안 될까요? 두 분 모두 고양이를 좋아하시고, 비도 잘 따르잖아요. 부탁합니다."

슈타는 바닥에 이마를 대고 애원했다. 얼마 후 고개를 들어보니 진나이는 심각한 표정으로 입을 꾹 닫고 있었고, 사쓰키는 곤혹스러운 표정으로 진나이를 응시하고 있었다.

"여보……"

"안 돼. 고양이는 안 키워."

진나이는 나지막하게, 괴로운 듯 말했다. 슈타의 몸이

떨렸다.

"왜, 왜요?"

"우리는 더 이상 고양이를 키우지 않기로 결심했어. 전에 키우던 아이가 죽었을 때, 앞으로는 절대로 고양이를 키우지 않겠다고. 어떤 사정이 있어도 그 맹세는 깰 수 없어."

"사장님."

망연자실한 슈타 앞에 진나이는 한쪽 무릎을 꿇고 앉았다. 엄숙한 눈으로 슈타를 가만히 응시했다.

"잘 들어. 자넨 비를 키우려 했다고 말했어. 그렇지?"

"네, 네. 하지만……."

"그렇다면 자네가 끝까지 책임을 져야겠지? 키울 수 없으면 키울 수 있는 상황이 되도록 노력해야 하는 거 아닌가? 평생 같이 있기 위해서, 우리에게 맡기기 전에 할 수 있는 일이 있어. 안 그런가?"

평생 같이 있는다.

슈타는 비를 보았다. 무의식적으로 손을 가볍게 쥐었다. 보드랍고 따뜻한 감촉이 생생하게 떠올랐다. 폭신폭신한 테니스공. 어느새 고양이는 손안에 있었고, 절대로 사라지지 않을 것이다. 진나이와 사쓰키의 마음속에 어느 고양이가 영원히 있는 것처럼. 부드러운 감촉은 언제든 되살아날 것이다.

비는 아직 실제로 이곳에 있다. 작은 창문을 통해 슈타를 보고 있는 금색 눈동자에는 아무런 걱정도 없다. 그렇게 보인다.

쫓겨날지도 모르는 집. 일도 불안정하고 모아둔 돈도 별로 없다. 하지만 비가 계속해서 안심하고 평온하게 살 수 있도록 자신이 할 수 있는 일. 지금, 내가 할 수 있는 일. 고양이와의 생활이 즐겁다거나, 고양이가 귀엽다거나 하는 문제가 아니다.

솟아오르는 감정에 밀려, 슈타는 다시 바닥에 이마를 대었다.

"사장님! 저를 계속 이곳에 있게 해주십시오! 차 수리비를 다 갚은 뒤에도 이곳에서 일하게 해주십시오! 저는 내일 당장 이사하겠습니다. 고양이를 키울 수 있는 집을 찾아서 비를 키우겠습니다. 그러니까 앞으로도 제가 일하는 동안 비를 맡아주실 수 없겠습니까. 더욱 열심히 일하겠습니다."

그렇게 말하고 이마를 바닥에 눌렀다. 허락할 때까지 절대로 물러서지 않을 생각이었다.

"흠."

진나이의 콧숨 소리가 들렸다.

"자넨 이사를 해."

"네?"

슈타가 얼굴을 들었다.

"네, 네. 내일이라도 부동산에 가서……."

"자네 바본가? 고양이를 키울 수 있는 집이 그렇게 바로 나타나겠나? 아는 부동산에 말해놓을 테니, 일단 짐만 들고 이 사무실로 옮겨. 잠깐만이라면 비 짱은 우리가 보살피지. 그지, 비 짱— 오늘은 아저씨랑 같이 잘까?"

진나이는 이동장을 들고 가죽 소파에 몸을 깊숙이 묻고는 테이블 위로 다리를 뻗었다. 거만한 태도와는 달리 표정은 녹아들 듯 다정했다.

슈타는 정신이 없었지만, 그럼에도 마침내 무언가에 뿌리를 내린 듯한 느낌을 음미하고 있었다. 사쓰키가 미소를 지었다.

"그러니까 가가와시. 빨리 이전 회사 일을 깨끗하게 정리하고 와. 집도 빨리 결정하고. 안 그러면 저 아저씨 일도 안 나갈 거야."

"네."

슈타는 웃음을 참고 고개를 끄덕였다. 이상한 인연이다. 나카교의 거리를 빙글빙글 돌았던 것이 바로 얼마 전의 일이었다. 거기에서 이곳으로 오게 된 것이다.

앞으로 바빠질 것이다. 이사와 퇴사 절차와 새로운 직장 등 할 일이 산더미였다. 하지만 일단은 그 병원에 가서 비를 입양하겠다고 말해야 한다. 그 기묘한 의사는 뭐라고 할까…….

퇴사를 결심했다고 하자, 유이나는 곧바로 연락을 주었다.

"에모토 과장은 출근 안 해요. 조사 결과가 나올 때까지 자택 근신이래요."

두 사람은 도미노코지 거리를 걷고 있었다. 아침 일찍 증권회사로 가서 퇴사 절차를 끝냈다. 비와의 일을 이야기하자 유이나는 업무를 일단락 짓고는 병원에 같이 가주겠다고 했다.

"근신이군요. 정직하게 이야기하면 좋을 텐데."

슈타는 이동장을 단단히 움켜쥐고 걷고 있었다. 안에 있는 비는 얌전했다.

"결국 가장 큰 불똥은 당신에게 튀었네요. 그만두지

않아도 됐을 텐데."

"아니. 지금이 아니더라도 언젠가 도망쳤을 겁니다."

"맞아요, 우리 회사는 악덕 기업이니까."

유이나는 조금 복잡한 표정이었다.

"하지만 조금이라도 나아지도록 노력할 거예요. 전 지금 일을 좋아하거든요. 불평하기보단 뭐라도 행동해 보려고요. 진심으로 노력하면 분명히 변하겠죠."

"네. 변할 겁니다."

슈타는 웃었다. 진나이의 회사를 다니기 전에는 건축 회사는 전부 악덕 기업이라는 선입견에 빠져 있었다. 하지만 일해보니 의외로 적성에도 맞았고, 사실은 처음부터 싫지 않았다.

"저기, 그 평판 좋은 병원은 대체 어디에 있는 거예요? 우리 아무래도 아까부터 같은 곳을 돌고 있는 거 같은데?"

몇 개의 교차로를 지났을 때, 유이나가 걸음을 멈추었다. 자신만만하게 앞장섰던 슈타는 아직까지 길을 헤매고 있었다. 유이나는 기가 막혔다.

"주소가 뭔데요?"

"그게, 방향으로 장소를 가리키는 교토 특유의 방식

이라서요. 후야초 거리에서 북쪽으로, 롯카쿠 거리에서 서쪽으로 들어가서, 도미노코지 거리에서 남쪽으로, 다코야쿠시 거리에서 동쪽으로 들어가라니, 정신이 하나도 없다니까."

"북상했다가 서쪽으로 가서 남하해서 동쪽으로 꺾으라고? 그럼 한 바퀴 도는 것뿐이잖아요."

"아, 응? 그러네요."

그래도 전에는 찾아갔었다. 부근을 돌다 보면 갑자기 그 어두컴컴한 골목길이 눈에 들어왔다. 하지만 오늘은 골목길도 건물도 나타나지 않았다. 몇 번이나 같은 곳을 지나치다가, 두 사람은 결국 길 한가운데 멈춰 섰다. 이동장 안에서 비가 울었다. 비는 뭔가 불편한지 가만히 있질 못하고 꿈지락거렸다.

"배고픈 거 아닐까요?"

유이나는 방금 왔던 길을 훑어보며 이어 말했다.

"그 병원은 없네요."

"응, 그러게요."

꿈도 환영도 아니었다. 손에 달린 고양이의 묵직함은 현실이었다. 하지만 그 기묘한 병원은 이제 없다. 바둑판 같은 길에 일단 들어서고 나면, 목적지가 실재할지 어떨지는 때에 따라 다르다. 교토의 거리에는 그런 애매함이 있는 것이다.

유이나를 보니, 웃으면서 고개를 갸웃하고 있었다. 슈타도 웃었다. 두 사람은 더는 돌아가지 않고 곧게 직진했다.

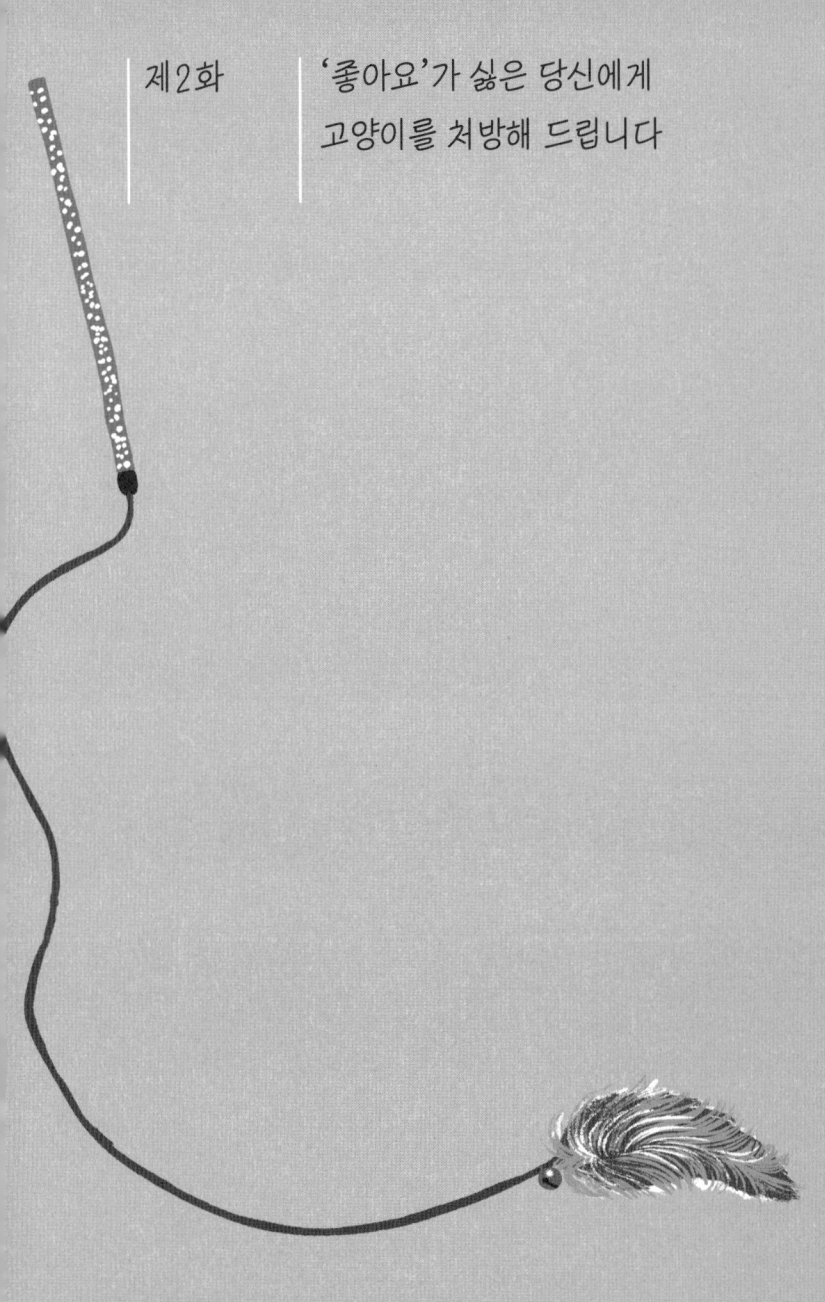

제2화 '좋아요'가 싫은 당신에게 고양이를 처방해 드립니다

으슥한 골목길 막다른 곳에 그 건물이 있었다.

"이건 너무 허름한데."

고가는 께름칙한 듯 중얼거렸다. 디귿자 꼴로 되어 있는 골목길의 양쪽에도 마찬가지로 오래된 건물이 비좁게 자리하고 있었다. 지나가는 길이었다면 그냥 틈새로 보였을 것이다.

건물 자체도 음침한 분위기였다. 올려다본 하늘은 쾌청한데, 그 주변만이 잿빛이었다. 완전히 지금의 자신과 같았다.

출입구에서 안쪽을 들여다보니 길게 뻗은 복도 또한

어두컴컴하고 적막이 흘렀다.

"내가 왜 이런 곳엘 와야 하는 거야, 제길……."

투덜거리면서 건물 안으로 들어가 복도 끝에 있는 계단을 올라갔다. 2층, 3층까지 올라가자 숨이 가빠졌다.

"왜, 내가, 이런, 정신과 같은 곳에…… 와야 하는 건데. 짜증 나네."

온통 마음에 안 드는 것뿐이다. 5층까지 올랐을 무렵에는 헉헉거리며 어깨를 들썩이고 있었다. 두꺼운 안경알이 숨결에 흐려졌다.

"애초에 뭐냐고, 이 이상한 주소는……. 엉망진창이잖아."

교토시 나카교구 후야초 거리로 올라가서,

롯카쿠 거리 서쪽으로 들어가서,

도미노코지 거리로 내려가서,

다코야쿠시 거리 동쪽으로 들어간다.

행정구역상의 주소와는 별개인 동서남북의 표기법은 원래 바둑판 같은 교토 시내를 이해하기 쉽도록 주요 도로를 기준으로 삼은 것이다. 하지만 이 표기는 엉망진창이었다. 분명 교토를 잘 모르는 사람이 적당히 말로 설명했을 것이다. 고가는 누군가의 대화를 엿듣고 '고코로 병원'이 좋다는 것을 알았을 뿐, 찾아올 생각은 없었다. 이렇게 문 앞까지 왔는데도 여전히 망설여졌다.

에이, 그만두자. 아니야, 큰맘 먹고 여기까지 왔는데. 잠깐의 위안이든 뭐든 일단 진료를 받아보자.

하지만 오십을 넘긴 고가는 정신과에 대한 강한 거부감이 있어서, 작은 규모의 클리닉이라고 해도 쉽게 문을 열지 못했다.

역시 돌아갈까. 하지만 일부러 월차까지 내고 왔는데…….

고가가 망설이며 문 앞에 서 있는데, 복도 끝에서 한 남자가 걸어왔다. 남자는 등 뒤로 지나가더니 옆방의 문에 손을 뻗었다. 그 느긋한 동작 사이로 고가를 힐끔힐끔 보고 있었다. 수상한 사람을 보는 듯한 눈길이었다.

고가는 의심을 받고 있다는 생각에 서둘러 고코로 병원의 출입문을 열었다. 낡고 육중해 보이던 문은 이상하게 가벼웠고 실내도 의외로 청결했다. 조그마한 접수처에는 아무도 없었다. 고가는 얼떨결에 들어오긴 했지만 작은 창구 너머로 말을 걸 용기가 없었다. 그냥 나갈까.

뒷걸음질을 치고 있는데 타닥타닥하는 소리가 나더니 이십 대 후반 정도의 간호사가 나타났다.

"네, 환자분이시죠. 들어오세요."

"아, 아뇨. 저는……."

"안으로 들어오세요."

간호사가 눈길도 주지 않고 손으로 가리키는 바람에 어쩔 수 없이 대기실로 들어갔다. 대기실에는 작은 소파뿐이었다. 그곳에 앉으려고 하자 간호사가 날카롭게 말했다.

"그곳은 예약 환자 전용입니다. 선생님은 안에 계시니까 들어가세요."

교토 특유의 억양은 온화한 듯하면서도, 어딘가 뾰족한 부분이 있었다. 꽤 성깔 있어 보이는 여자네. 고가는 불쾌했다. 요즘 자신을 괴롭히는 상대가 떠오르자 고가는 괜히 간호사를 노려보았다.

하지만 간호사는 이쪽을 보고 있지도 않았다. 고가는 불쾌한 기분 그대로 진료실에 들어갔다. 책상과 컴퓨터, 간이 의자 두 개뿐인 협소한 방이었고, 안쪽으로 커튼이 있었다. 병원치고는 심하게 간소한데, 어떤 구조로 되어 있는 걸까. 커튼을 열고 들어온 흰 가운의 의사를 보자 고가는 더욱 의심스러웠다.

서른 살 정도의 마른 남자였다. 자신보다 훨씬 젊고, 더구나 딸 에미리가 좋아할 듯한, 여자처럼 생긴 말끔한 얼굴이다. 이런 애송이 같은 청년이 상담을 할 수 있는 걸까. 배가 나왔다는 둥 홀아비 냄새가 난다는 둥 아내에게 온갖 잔소리를 듣는 고가로서는, 왠지 의사가 마음에 들지 않았다.

"안녕하세요. 저희 병원은 처음이시네요?"

의사가 부드럽게 말했다. 교토 사투리를 그대로 드러내는 억양은, 마치 나이 든 동네 의사 같았다.

"아, 네."

"혹시 저희 병원은 누구에게 소개를 받으셨습니까?"

"지인의 지인이랄까. 정확하게 누구라고 하기에는······."

고가는 제대로 대답하지 못했다. 실제로 누구에게 들었는지 기억이 나지 않았다. 좋은 정신과가 있다는 누군가의 대화에 열심히 귀를 기울였을 뿐이다.

의사는 묘하게 경박한 느낌으로 웃었다.

"그러십니까? 난처하네요. 가끔 이런 식으로 누군가에게 들었다면서 불쑥 찾아오시는 분들이 계십니다만,

보시는 바와 같이 이곳은 저와 간호사 둘이서 운영하고 있어서 새로운 환자는 받지 않고 있습니다."

"아니, 그런······."

고가는 조금 전까지만 해도 의사를 미심쩍어 했으면서도, 거절당하자 갑자기 초조해졌다.

"일부러 반차 내고 온 겁니다. 이곳은 멘탈 케어인지 심리 치료인지 하는 병원이 아닙니까. 고민이 있습니다. 진료 좀 해주세요."

"멘탈 케어? 심리 치료?"

의사는 이상하다는 듯 고개를 갸우뚱했다.

"하하하, 그거 멋지네요. 하하하."

의사는 소리를 내어 웃었다. 황당해하는 고가에게 의사가 미소를 지으며 말했다.

"뭐, 애써 와주셨으니, 특별히 해드리겠습니다. 그러면 이름과 나이를."

"네? 네······. 고가 유사쿠, 다음 달이면 52세가 됩니다."

"오늘은 어떻게 오셨습니까."

결국은 진료해 줄거면서 거드름 피우기는. 고가는 불쾌한 표정을 지었다. 어차피 말해봐야 내 기분 따위 알리가 없다. 의사도, 가족도, 동료도.

어차피 난 없는 사람 취급이다.

무릎 위의 두 손을 꽉 쥐고 눈길을 떨구었다.

"직장 문제입니다. 석 달 전쯤에, 도저히 성격이 맞지 않는 사람이 우리 사무실에 배치되었습니다. 그 뭐, 있지 않습니까. 여성 인력 활용 어쩌고 하는 캠페인. 그래서 여자 상사가 배치되었는데, 그 여자가 뭐랄까…… 아양을 떠는데, 여하튼 마음에 안 듭니다."

그렇다. 그 여자, 나카지마 히나코.

히나코는 이미 마흔다섯 살로, 아양을 떨 만큼 젊지도 않았다. 그런데도 여하튼 경박하다. 독신이라서 그런지 옷차림은 지나치게 화려하고, 목소리는 크고, 몸짓도 호들갑스럽다. 그리고 늘 크게 웃는다.

그 웃음소리를 떠올리기만 해도 속이 메스꺼웠다.

"저희 회사는 도급계약으로 운영되는 콜센터라서 저 외의 직원은 거의 여성입니다. 그러다 보니 원래도 쓸쓸한 직장 생활이었죠. 하지만 그런 건 괜찮습니다. 직원의 불만을 들어주고, 블랙 컨슈머 처리에 고생하면서도 나름 잘 해냈습니다. 그런데 그 여자가 온 이후로 직장 분위기가 완전히 바뀌었어요. 이유는 모르겠지만 자꾸 그 여자 목소리가 귀에 들러붙어 미치겠습니다."

콜센터는 커다란 공간에 수많은 전화회선을 끌어와 상담원이 직접 소비자와 통화하는 구조다. 전화를 걸어오는 상대는 다양해서 상담원의 스트레스가 상당했다.

그것을 책임지고 관리하는 것이 중간 관리자인 고가의 업무였다. 때로는 직접 전화 응대에 나서서 싹싹 빌어야 할 때도 있다. 같은 직장에서 이미 15년이 흘렀지만, 만년 계장. 고객이 화를 낼 때는 있어도, 직장에서 누군가와 분쟁이 생긴 일은 없었다. 시시한 나날이지만 평화로웠다. 센터장은 고가 못지않게 출세와 거리가 먼 남자이고, 내년에 정년을 맞는다. 그리고 모두가 그 자리에 고가가 앉을 거라고 확신했다.

그런데.

갑자기 도쿄에서 나카지마 히나코가 나타난 것이다. 부센터장이라는, 지금까지 없었던 직함이 히나코를 위해 만들어졌고 고가에게는 갑자기 상사가 한 명 더 생겼다.

"좋네요, 좋네요, 좋네요."

무릎 위에 놓인 주먹에 힘이 들어갔다.

"그 말. 그 말이 귀에서 떠나질 않습니다. 특히 한밤중에요. 자려고 하면 '좋네요, 좋네요'가 주문처럼 들려옵니다."

고가는 꽉 쥐고 있던 주먹을 풀고 고개를 들었다. 그러고는 깜짝 놀랐다.

남은 열심히 이야기하고 있는데, 젊은 의사는 멍하니 딴 곳을 보면서 코를 후비고 있었다.

"선생님, 어딜 보고 계십니까. 제 얘기 듣고 있습니까?"

"네? 아, 물론이죠. 네네, 콜센터라고요. 스트레스가 많을 것 같은 직장이군요. 그래서, 오늘은 어떻게 오셨습니까?"

의사의 경박한 웃음에 고가는 화가 머리끝까지 치밀었다.

"그래서 잠을 잘 수 없다는 말입니다! 그 여자 목소리가 꿈에서도 나오는 바람에 벌써 몇 주 동안이나 제대로 잠을 못 잤다고요! 근무 중에도 집중을 할 수가 없습니다. 이대로라면 정신이 이상해질 겁니다!"

고가는 소리를 지른 탓에 얼굴이 빨개지고 숨이 가빠졌다. 그런데도 의사는 아무런 동요도 없이 느긋했다.

"그렇습니까. 잠을 못 자는 건 괴로운 일이지요."

의사는 책상을 향해 몸을 돌리고는 컴퓨터 키보드를

두드렸다.

"고양이를 처방해드릴 테니 얼마간 상태를 지켜보죠. 아, 운이 좋으시네요. 효과가 탁월한 고양이가 이제 막 돌아왔습니다."

그리고 의자를 돌려 뒤를 향했다.

"지토세 씨, 고양이 데려오세요."

"네."

대답 소리와 함께 조금 전의 그 간호사가 들어왔다. 한 손으로는 검정과 밝은 갈색이 섞인 얼룩 고양이를 안고, 다른 한 손으로는 이동장을 들고 있었다. 간호사는 책상 위에 이동장을 내려놓고 얼룩 고양이를 의사에게 건넸다. 의사는 고양이를 받아 들더니 머리부터 등까지 천천히 쓰다듬었다.

"이 고양이의 효과는 절대적입니다. 다음 예약이 있어서 열흘밖에 반출이 안 되지만, 열흘이면 충분할 겁니다. 자, 받으세요."

의사는 고가에게 고양이를 떠맡기려고 했다. 당황한 고가는 자신도 모르게 의자를 뒤로 뺐다. 하지만 좁은 방에서는 도망갈 곳이 없었다. 고가는 얼떨결에 고양이를 받아버렸다.

"자, 잠깐만요. 이게 뭡니까?"

"고양이입니다. 효과가 아주 좋답니다. 처방전을 써줄 테니 접수처에 주고 가세요. 그럼, 쾌차하시길 바랍니다."

"아니, 쾌차라니요. 이렇게 작은 고양이 따위가 무슨 도움이 된다는 겁니까. 방귀에도 날아갈 것 같은데."

"방귀는 안 됩니다. 고양이는 냄새에 예민하니까요. 걱정하지 마세요. 대부분의 고민은 고양이로 치료되니까요. 아, 맞다. 혹시 진료실 밖에 예약 환자가 기다리고 있으면 안으로 들어오시라고 전해주시겠습니까?"

의자는 작은 종이 한 장을 건네고는, 이동장도 떠맡겼다. 내쫓기듯 진료실을 나왔지만 대기실 소파에는 아무도 없었다. 접수처에서 간호사가 종이 가방을 내밀었다. 고가는 어렵사리 고양이를 이동장에 넣었다. 아주 잠깐 만졌을 뿐인데도 옷이 온통 고양이 털이었다.

오십이 넘은 나이에 불면증이라니. 어차피 고가는 직장에서도, 집에서도 없는 사람 취급이었다. 부하 직원들의 정신건강을 책임져야 하는 고가 자신이 정신적 문제가 있다는 사실을 주변에 알리고 싶지 않았다. 오로지 그 마음으로 남의 눈을 피해 찾아온 곳에서 고양이 털만 잔뜩 묻히고 있었다.

"이게 뭐야……."

고가는 허탈하게 중얼거렸다.

교토 시내에서 조금 떨어진 JR 선로 변에 고가의 자택이 있었다. 역에서 도보로 20분. 차 한 대를 간신히 세울 수 있는 주차장. 주택 담보 대출금은 아직 15년 이상 갚아야 했다.

고가는 자신이 가정의 주인이라고 생각했다. 아내는 전업주부. 외동딸은 대학생. 거기에 고양이 한 마리쯤 더한다고 해서 문제 될 것은 없겠지만, 고가는 왠지 집 안을 살피면서 들어갔다.

"……나 왔어."

조그마한 목소리로 말하면서 현관문을 열자, 거실에서 텔레비전 소리가 들렸다. 보나 마나 아내 나쓰에가 소파에서 빈둥대고 있을 것이다.

고가는 자신의 손에 들린 이동장을 보자 막막한 기분이 들었다. 투덜거리면서도 결국 집까지 데리고 와버렸다. 지금까지 동물을 키워본 적 없어서 가족의 도움도 받아야 한다.

하지만 뭐라고 설명해야 좋을지 알 수 없었다. 불면증

이라고 했더니 고양이를 처방해줬다? 대부분의 고민은 고양이로 치유된다더라?

고가가 머뭇거리고 있는 동안 나쓰에가 거실에서 나왔다.

"어, 여보. 벌써 왔어?"

"아, 응."

고가는 커다란 짐을 재빨리 등 뒤로 숨겼다.

"일찍 올 거면 연락을 하라니까. 아직 전기밥솥에 불도 안 켰는데."

"미안, 미안. 서두르지 않아도 돼."

이미 나쓰에의 기분을 망쳐버렸다. 이럴 때는 딸을 먼저 아군으로 만들어야 한다.

"에미리는? 모처럼 일찍 왔는데 가끔은 같이 밥도 먹고 해야지."

"무슨 소릴 하는 거야. 에미리는 어제부터 동아리 애들이랑 엠티 간다고 했잖아. 몇 번을 말했는데."

"그, 그랬나."

"하여간……. 늘 사람 말을 안 듣는다니까."

나쓰에는 노골적으로 불만을 드러내며 한숨을 쉬었다. 이미 기분이 나빠진 나쓰에를 더는 화나게 하고 싶지 않았다. 고가는 어떻게든 이동장을 감추고 조용히 2층으로 올라가려고 했다. 하지만 이내 발각되었다.

"뭐야, 그 커다란 짐은? 또 프라모델 샀어? 그만 좀 사라니까. 둘 데도 없는데."

"아, 아니야. 아니라니까. 이건 회사에서 맡긴 거야. 별거 아니야."

그 순간 나쓰에가 크게 재채기를 연발했다. 커다란 소리에 놀랐는지 이동장이 덜컹덜컹 흔들렸다.

"앗, 이런. 가만히 안 있을래?"

"잠깐, 여보. 혹시……."

나쓰에는 이동장을 들여다보다가 다시 재채기를 했다.

"뭐야! 고양이잖아!"

"마, 맞아. 고양이야. 사실은 오늘, 병원에서……."

"저쪽으로 가! 나 고양이 알레르기 있어!"

나쓰에는 옷소매로 코를 누른 채 눈물을 글썽이며 노려보았다. 고가는 깜짝 놀랐다.

"알레르기? 진짜야? 언제부터?"

"결혼 전부터지! 몇 번이나 말했잖아!"

나쓰에는 소리치면서 황급히 도망갔다. 고가는 잠시 망연자실한 채 서 있다가, 어쩔 수 없이 거의 창고로 사용하는 2층 방으로 이동장과 종이 가방을 옮겼다. 이동장을 바닥에 내려놓고 자신도 그 옆에 주저앉았다.

"알레르기라니, 망했네. 재채기 엄청 심하던데, 안 되겠는걸."

순간 이동장의 망사 창문으로 내다보고 있던 고양이와 눈이 마주쳤다. 고양이는 마치 이쪽의 태도를 살피기라도 하듯 눈을 치켜뜬 채 꼼짝 않고 있었다.

"뭐, 뭐야. 그런 눈으로 보지 말라고. 괜찮다니까. 난 이 집의 세대주야. 내가 해결해줄 테니까 얌전히 있어. 부탁이야."

1층으로 내려가자 나쓰에가 거실에서 목을 빼고 기다리고 있었다. 그 표정을 보니 쉽게 해결될 것 같지는 않았다.

"있지, 여보. 사실 저 고양이는 병원에서 처방해줬어. 정신건강 어쩌구 하는 데 있잖아. 그곳 의사 말로는 대부분의 고민은 고양이로 치유할 수 있다고······."

"무슨 말도 안 되는 소리야!"

나쓰에는 머리끝까지 화가 나 있었다.

"설마 아무런 상의도 없이 키울 생각은 아니지?"

"아니, 아니야. 임시로 맡았을 뿐이야. 딱 열흘만. 열흘이 지나면 돌려줄 거야. 응? 열흘만. 뒤처리는 내가 다 할게."

고가가 필사적으로 설득하자, 나쓰에는 어쩔 수 없이 승낙했다.

"하지만 집 안을 알짱대는 건 안 돼. 거실이나 침실에도 못 들어오게 해. 알레르기 때문에 절대 안 돼. 예전부터 고양이를 만질 때마다 코가 간질간질하고…… 엣취! 여보, 온통 고양이 털이잖아. 나가서 털고 와!"

"알았어, 알았어."

고가가 밖으로 나가서 옷을 털고 있자 주위 사람들이 이상한 눈으로 쳐다보았다. 한 집안의 주인인 내가 왜 이런 취급을 받아야 한단 말인가. 이참에 한번 화를 내볼까.

하지만 주방에서 식사 준비 중인 나쓰에의 등에서 노여움이 피어오르고 있었다. 불평 따위 늘어놓을 때가 아니었다. 고가는 슬금슬금 2층의 창고 방으로 올라갔고, 그제야 처음으로 이동장의 문을 열었다.

고양이는 안쪽 깊숙이에서 나오질 않았다. 병원에서 건네준 가방에는 사료와 물그릇, 화장실 등 필요한 물품 일체가 들어 있었다.

고가는 다다미 바닥에 책상다리를 하고 앉아서 설명서를 읽었다.

☑ 이름: 마루고. / 암컷. 추정 나이 3세. 잡종.
☑ 식사: 아침과 저녁에 적정량.
☑ 물: 상시.
☑ 배설물 처리: 적당한 때.

기본적으로 혼자 둬도 문제는 없습니다. 취침 시, 고양이가 있는 방의 문은 닫아주세요. 단 고양이가 갇혀 있는 걸 싫어할 때는 집 안의 방문을 열어서 자유롭게 오게 해주세요. 이상.

간단한 내용이었다. 하지만 방문을 닫아야 할지 열어야 할지 고민이었다. 나쓰에 앞을 알짱거리면 안 되니 계속 열어둘 수는 없었다. 역시 밤에는 닫아두는 수밖에 없다.

고가는 세면대에서 물을 받고, 그릇에 사료를 담아 구석에 놓았다.

"그리고 또 뭐가 필요하지?"

고양이를 키우는 데에 필요한 정보를 핸드폰으로 검색하고 있자, 고양이가 이동장 귀퉁이에서 얼굴을 아주 조금 내밀었다. 방 안을 두리번두리번 훑어보고는 천천히 밖으로 나왔다.

잡종답게 검정과 적갈색 털이 섞여 있었다. 한쪽 다리 끝과 목덜미에는 색이 빠진 듯 하얀 부분도 있었다. 예쁘다고는 할 수 없지만 강인함이 느껴졌다.

특히, 눈. 녹차처럼 옅은 초록색에 검은색 세로줄이 들어가 있었다. 눈꼬리가 올라간 날카로운 눈매는 야성적이었다. 긴 다리에 몸통은 가늘고 단단했다. 근육질의 경량급 복서를 연상시켰다.

"뭐냐, 너. 암컷인데도 엄청 강해 보이잖아. 잡종이라고 적혀 있지만, 뭔가 종이 있지 않을까."

검색해보니 카오스 고양이가 가장 비슷해 보였다. 똑똑하고 경계심이 강하고 애정이 풍부……

무엇이듯 꿰뚫어 보는 듯한 녹차색 눈빛의 고양이가 어느새 바로 옆에 다가와 있었다. 고양이는 가만히 고가를 응시하고 있었다.

"뭐, 뭐야. 조금 무서운데. 그러니까, 마루고라고 했지. 이봐 마루고, 여기서는 내가 주인이야. 이 집에서는 내가 제일 높은 사람이니까 할퀴면 안 돼."

마루고의 눈에 특별한 감정은 보이지 않았다. 마루고

는 고개를 살짝 갸우뚱하더니 구석으로 가서 사료를 먹기 시작했다. 고가는 마음을 놓았다. 고양이가 사흘 동안 사료를 먹지 않으면 동물병원에 데려가라고 인터넷에 나와 있었다.

"하긴 그렇기도 하겠네. 낯선 곳에 맡겨지는 녀석이니까 기본적인 건 잘하겠지. 아무리 그래도 이상한 얘기야. 잠을 잘 자게 해주는 고양이라니."

고양이는 등을 돌린 채 뽀독뽀독 사료를 먹고 있었다. 기다란 꼬리가 좌우로 휘익휘익 흔들렸다. 꼬리를 보고 있자니 정말로 최면 효과가 있는 것 같았다. 최근 몇 달 동안의 수면 부족 탓도 있어서인지 고가의 눈꺼풀이 무거워졌다.

냐양, 냐앙, 냐앙.
냐앙, 냐앙, 냐앙.
귀를 막아도, 베개로 머리를 감싸도 허사였다. 참지 못하고 이불 밖으로 뛰쳐나온 게 벌써 몇 번째인가.

어둠 속에서, 마루고는 창문을 보며 계속 울고 있었다. 아내의 알레르기 때문에 마루고를 침실로 데려갈 수는 없었다. 하지만 불면증 개선을 위해 빌려 온 고양이를 다른 방에 재우기도 아까워서 고가 혼자 이불 한 채를 들고 이 창고방으로 들어왔다.

처음에는 마루고도 얌전했었다. 잠자리로 준 방석 귀퉁이를 마치 마사지하듯 작은 발로 꾹꾹 눌렀다. 그 모습이 너무 귀여워서, 오십을 넘긴 고가조차 심장이 아팠다. 딸이 어렸을 때가 떠올랐다.

하지만 얼마 후, 그치지 않는 울음소리에 고가는 견딜 수 없이 괴로워졌다. 마루고는 지치지도 않고 울었다. 어디 아픈 건 아닌지 핸드폰으로 검색해보니, 생활환경이 정돈되지 않으면 스트레스를 받아서 밤새 우는 경우도 있다고 한다. 그래, 갑자기 낯선 집에 끌려왔으니 마루고도 잠이 오지 않겠지.

처음에는 가여웠지만 두 시간, 세 시간이 지나자 더는 견딜 수 없었다.

냐앙, 냐앙, 냐앙, 냐앙, 냐앙, 냐앙. 고양이는 창문을 향해 계속 울어댔다.

"야, 적당히 좀 해. 난 내일도 출근해야 된다고."

편히 잠을 자지 못하기야 했지만, 그래도 이불 속에 들어가면 졸음이 와서 꾸벅꾸벅 졸기는 했었다. 신기하게도 날이 밝을 무렵에는 대체로 잠들어 있었고, 알람

소리에 깨어났다. 수면 시간은 짧았지만 완전히 못 잔 것은 아니었다.

하지만 오늘 밤은 달랐다. 한숨도 자지 못했다. 평상시라면 옅은 잠 속에서 나카지마 히나코가 꿈에 나와 '좋네요'를 연발하겠지만, 오늘은 그 대신에 마루고가 울어대고 있었다.

"이 녀석, 조용히 좀 해. 왜 안 자는 거야. 그 방석만으로는 춥니?"

고가는 어둠 속에서 손으로 더듬더듬 가운을 찾아 마루고에게 던졌다. 하지만 울음소리는 멈추지 않았다. 에라, 모르겠다. 고가는 머리까지 이불을 뒤집어썼다.

자자. 자자. 잠 좀 자자고.

냐앙, 냐앙, 냐앙.

자야 돼. 자야 돼. 안 자면 몸이 못 견뎌.

어느새 창밖이 완전히 환해졌다. 그제야 마루고는 가운 속에서 몸을 웅크리고 눈을 감았다. 알람 시계가 울려도 모른 척이었다.

고가는 단 1초도 자지 못했다.

눈은 충혈됐고 머리는 부스스했고 속은 울렁거렸다. 고가가 세면대에서 헛구역질을 하자, 나쓰에가 얼굴을 찡그리며 말했다.

"여보. 저 고양이 어쩔 거야? 난 못 해. 만질 수가 없는 걸."

"우왝……. 사료랑 물은 새로 채워줬고, 화장실도 치워뒀으니까 그냥 놔두면 돼. 내가 갔다 와서 또 치울게."

"하지만……. 고양이를 방에 가둬놔도 돼? 가엾잖아."

그러면 방문을 열어놔. 머리가 잘 돌아가지 않아서, 그렇게 말을 했는지 안 했는지도 모르겠다. 고가는 휘청거리며 출근 준비를 했다. 효과가 절대적이긴, 무슨. 돌팔이 의사 같으니라고.

콜센터에 출근하자, 여느 때와 마찬가지로 나카지마 히나코가 먼저 와 있었다.

"고가 계장님, 좋은 아침입니다!"

수면 부족으로 몽롱한 머릿속에 히나코의 밝은 목소리가 뚫고 들어왔다.

"어머, 좋네요! 그 넥타이, 엄청 젊어 보이세요!"

고가가 대답하기도 전에 히나코는 출근한 다른 사원을 반겼다.

"좋은 아침입니다! 어머, 앞머리 잘랐어요? 좋네요!

너무 잘 어울려요. 좋은 아침입니다! 와, 신발 멋져요. 좋은데요? 좋은 아침입니다! 어제 늦게까지 야근해줘서 고마워. 보고서도 완벽했어. 의욕이 넘치니까 좋네!"

"별걸 다 칭찬하고 있네."

고가는 자신의 자리에서 중얼거렸다. 어젯밤엔 한숨도 자지 못했지만, 덕분에 히나코의 '좋네요'가 꿈에 나올 일도 없었다.

히나코는 부임한 이래 계속 저런 상태였다. 상대가 상사이건 부하이건 가리지 않고 저런 사소한 것에 칭찬을 해댔다. 외모, 업무 방식, 어떨 땐 편의점 도시락이나 마시고 있는 캔 음료까지, 그거 좋네요, 하고 칭찬을 쏟아 냈다.

"날마다 의욕이 넘치는군. 저러면 주변 사람들이 피곤한데."

고가 앞에 앉은 센터장 후쿠다가 나지막하게 말했다. 매사 무기력하고 무사안일주의인 사람이라서 히나코에 대한 평가는 자신과 같을 것이다. 후쿠다도 환경의 변화에 약한 남자였다.

"도쿄 본부는 갑자기 왜 그렇게 압박을 주는지 모르겠군. 센터 퇴사율이 이러니저러니 하지만, 누가 위에 있건 마찬가지야. 그만둘 사람은 어차피 그만두게 되어 있어."

"아."

고가는 애매하게 얼버무렸다.

평상시라면 만족스러운 웃음을 지을 테지만, 오늘은 졸려서인지 후쿠다의 말에 맞장구칠 기분이 들지 않았다. 히나코는 지금도 출근하는 직원들에게 활기차게 인사하고 있었다.

"그냥 내버려둬도 조만간 사라질 거야. 개혁인지 쇄신인지 모르겠지만, 결과가 나오지 않으면 본부도 생각을 바꾸지 않겠어? 여하튼 평온했으면 좋겠어."

우중충한 후쿠다에게 동조하기 싫어서 고가는 아무 말도 하지 않았다.

후쿠다를 딱히 좋아하지도 싫어하지도 않았다. 하지만 히나코는 부센터장의 직함으로 홀로 도쿄에서 교토로 왔다. 고양이도 장소가 바뀌면 불안해서 잠을 자지 못하는 법이다. 히나코도 나름 노력하고 있을 것이다. 그녀에게 조금은 협조적인 태도를 보일 수 없는 것일까.

그런 생각을 하다가 고가는 깨달았다. 자신도 후쿠다와 마찬가지로 히나코에게 비협조적이라는 사실을. 고가는 자기도 모르게 중얼거렸다.

"좋네요라…… 흐음."

고가는 수면 부족으로 휘청거리면서도 간신히 업무를 해내고 있었다. 점심시간이 되자 고가는 여느 때처럼 사내 식당 구석에서 혼자 도시락을 먹었고, 히나코는 많은 여직원에게 둘러싸여 있었다.

"히나코 씨, 이것 좀 보세요. 우리 아이 운동회예요."

히나코는 한 직원이 내민 스마트폰을 보고 눈을 휘둥그레 떴다.

"와아, 리나구나. 2학년이죠? 정말 열심히 달리네!"

"히나코 씨, 우리 아이 피아노 발표회도 봐주세요."

"이즈미, 정말 잘 치네요! 드레스도 멋지고! 장래희망이 피아니스트인가요?"

끊임없이 보여주는 동영상과 사진에 히나코는 하나하나 반응해주고 있었다. 그래서 히나코 주변은 늘 사람들로 북적였다. 히나코가 오기 전에는 저런 식으로 직원들이 모여 떠드는 걸 본 적이 없었다.

"좋네요……. 좋네, 좋네, 좋네."

자자. 자자. 자자. 냐앙, 냐앙, 냐앙.

문득 정신이 들고 보니 눈을 뜬 채 의식이 저 멀리로

날아가 있었다. 옆 테이블에는 점심 식사 중인 젊은 여직원 둘이 핸드폰을 들여다보며 큭큭거리고 있었다.

"봐봐, 이거. 엄청나지 않아?"

"그러게. 이 정도는 돼야 남자친구도 좋아하지 않겠어?"

큭큭, 큭큭.

냐앙, 냐앙, 냐앙.

자꾸 감기려는 눈을 부릅떴다. 질까 보냐. '좋네요' 정도는 나도 할 수 있다. 무조건 칭찬을 하면 된다. 히나코처럼.

고가는 휘청거리면서 두 여직원 뒤에 섰다.

"그거 좋네. 좋아!"

그러자 여직원들이 깜짝 놀라며 뒤를 돌아보았다. 핸드폰 화면에는 새빨간 레이스가 달린 브래지어와 팬티가 떠 있었다.

"……좋네, 오늘은 날씨가 좋아."

고가는 먼 곳을 보는 척하면서 그 자리를 떠났다. 절로 식은땀이 났다. 그녀들이 지금 무슨 말을 하고 있을지 생각하자 무서워서 돌아볼 수도 없었다.

좋네, 좋아.

미친, 뭐가 좋네야. 바보도 아니고. 고가는 입술을 깨물었다.

히나코를 따라 하는 게 아니었다. 수면 부족 탓에 머리가 멍해서 그런 실수를 저지른 것이다. 오늘은 그 고양이를 다른 방에 가둬버리겠어.

잔뜩 화가 난 채 집에 돌아오자, 즐거운 듯한 웃음소리가 들렸다. 나쓰에와 에미리였다. 거실에서 두 사람이 같이 웃고 있었다.

"나 왔어."

고가는 조그맣게 말을 걸었지만, 두 사람은 뒤도 돌아보지 않았다. 뭐가 그리 즐거운지 궁금해진 고가는 목을 길게 빼고 보았다.

두 사람이 보고 있는 건 마루고였다. 마루고는 카펫 위에 그저 누워 있을 뿐이었다.

"어머? 여보! 왔어?"

나쓰에는 고가를 힐긋 보고는 곧바로 마루고에게 시선을 돌렸다.

"마루고, 너무 귀엽다. 아이, 착해. 얌전하기도 해라."

나쓰에는 옆으로 길게 누운 마루고의 몸을 천천히 쓰다듬었다. 마루고는 심기가 불편한 표정이었지만, 그래도 피하지는 않았다. 나쓰에는 재채기도 하지 않았고, 눈도 충혈되지 않았다.

"당신, 고양이 만져도 돼? 알레르기는?"

"어쩔 수 없어서 병원에 갔다 왔어. 그렇게 심한 알레르기는 아니래. 안약이랑 먹는 약 처방받았고, 빠진 털이 날리지 않도록 빗질을 해주고 화장실도 자주 청소해주는 게 좋다고 해서 모래도 갈아뒀어. 불쌍한 마루고, 온종일 가둬두다니 아빠도 너무하다, 그치?"

"아니, 그건 당신이 집 안을 돌아다니게 하지 말라고 해서……."

병원에서 준 설명서는 어느새 테이블 위에 나와 있었고, 사료 그릇과 물그릇도 거실로 옮겨져 있었다.

"아빠, 이 아이 키울 거야?"

에미리의 웃는 얼굴을 보고 고가는 깜짝 놀랐다. 딸이 이렇게 웃는 얼굴을 본 게 얼마 만인지. 대학생이 된 후, 아니 고등학생 무렵부터 어쩌다 이야기를 주고받았을 뿐 이렇게 웃어준 적은 거의 없었다.

"아, 아니. 얘는 임시로 데려온 거야. 며칠 후엔 돌려줘야 해."

"그런 거야? 계속 우리 집에 있으면 좋을 텐데. 엄청 귀여워. 보들보들해서 기분 좋아."

에미리도 마루고의 몸을 옆으로 쓰다듬었다. 마루고는 여전히 언짢은 표정이었지만 얌전히 있었다.

"엄마, 우리도 고양이 키우자. 내가 보살필게."

"말도 안 돼. 넌 수업이랑 동아리 활동으로 바쁘잖아. 결국 뒤치다꺼리는 내 차지겠지."

"안 그런다니까. 내가 할게. 그치, 마루고!"

에미리는 두 손으로 마루고의 옆구리를 잡고 들어 올렸다. 마루고의 몸이 놀랄 만큼 길게 뻗었다.

"엄마, 이거 봐. 재밌어! 무지 길어!"

"어머, 굉장한데?"

두 사람은 신이 나서 떠들었지만, 고가는 왠지 마음에 들지 않았다.

이러면 평상시와 다를 바가 없었다. 나는 또 없는 사람 취급이다. 회사에서도, 집에서도.

에미리는 행복한 표정으로 마루고를 품에 안았다.

"마루고, 내 침대에서 같이 자자—."

"안 돼!"

고가는 번개같이 에미리에게서 마루고를 빼앗았다. 아니, 빼앗았다고 생각했지만, 마루고의 몸이 황당할 만큼 길게 늘어져서 쉽사리 들어 올려지지 않았다. 고가는 비틀거리면서 간신히 마루고를 끌어 올렸다.

"얘는 내가 데려온 고양이야. 아빠 고양이니까 아빠가 같이 잘 거야."

"엥?"

에미리가 얼굴을 찡그렸다. 나쓰에도 미간에 주름을 잡았다.

"여보, 치사하게 그게 무슨 소리야."

"안 돼, 안 돼. 마루고는 저 방에서 잘 거야. 그치, 마루고? 오늘도 둘이 사이좋게 자자―. 오구 그래. 마루고도 아빠가 좋아? 오구 그래."

나쓰에와 에미리가 황당하다는 듯 쳐다봤지만, 고가는 마루고를 놓지 않았다. 고가는 저녁을 먹고 목욕을 마친 후 마루고를 데리고 2층으로 올라갔다. 이불도, 던져 놓은 가운도 어제 그대로 그 자리에 구겨져 있었다.

하지만 묘한 만족감을 느꼈다. 나쓰에와 에미리를 골려주었기 때문이다. 집안의 기둥인 자기를 없는 사람 취급한 대가였다.

"좋아, 마루고. 오구 착해라. 우리 집에 온 지 벌써 이틀째야. 오늘은 조용히 자야 해."

고가의 말에 마루고가 녹차색 눈으로 올려다보았다. 마치 사람의 말을 알아듣는 것 같았다.

하지만 그것은 착각이었다.

그날 밤에도 마루고는 끊임없이 울어댔다. 냐앙, 냐앙, 냐앙, 냐앙, 냐앙. 귀를 막아도, 머리에 이불을 뒤집어써도 헛수고였다. 마루고를 방에서 쫓아낼까. 아니면 내가 침실이나 거실로 도망갈까. 하지만 같이 자겠다고 큰소리쳤으니 그럴 수 없었다.

결과적으로 고가는 이틀 밤 연속 한숨도 자지 못했다. 아침에 세면대에 있는 고가를 보고 나쓰에가 깜짝 놀랐다.

"여보, 얼굴빛이 안 좋아. 힘들면 오늘 회사 쉬는 게 어때?"

"우웩……. 오늘은 회의가 있어서 못 쉬어. 그보다 마루고 좀 잘 보살펴줘. 혼자는 아무것도 못 하니까."

"그건 알았고, 조심해. 그러다 쓰러질라."

"괜찮아, 괜찮아……."

고가는 거의 눈이 뒤집어져 흰자위만 보였다.

냐앙, 냐앙, 냐앙. 좋네, 좋네, 빨간 팬티 좋네.

냐앙, 냐앙, 냐앙. 그 사진 좋네. 그 빨간 브래지어도 좋네.

"……손님, 손님."

어딘가 멀리서 목소리가 들렸다. 고가는 칠칠치 못하게 입을 헤벌리며 웃었다. 조용히 해, 지금 난 칭찬해주느라 바쁘다고.

마치 우주에 둥실 떠 있는 느낌이었다. 기분이 무척 좋았다.

"손님!"

누군가가 어깨를 흔들자 고가는 그제야 눈을 떴다. 역무원이 고가의 얼굴을 들여다보고 있었다.

"……어?"

"손님, 이곳이 종점입니다."

낯선 역의 플랫폼이었다. 교토역 다음에서 내렸어야 했는데, 지나쳐버린 듯했다. 아까 전 고가는 너무 기운이 없어서 사람이 많은 급행 전철을 피해 일반 전철을 탔다. 하지만 빈자리에 앉았던 것이 실수였다. 이러다 지각하겠다 싶어 얼른 손목시계를 보았다.

"뭐?"

말도 안 돼. 고가는 눈을 비볐다. 수면 부족으로 눈이 잘 안 보이는 거겠지. 하지만 몇 번을 봐도 똑같았다. 역에 있는 커다란 시계도 열 시를 넘어서고 있었다. 교토에서 오사카를 넘어 효고현까지 와버린 것이다.

완전히 지각이다.

플랫폼에서는 파란 하늘이 보였고, 고가가 있는 곳에도 햇살이 눈부시게 내리쬐고 있었다. 당연했다. 태양은 이미 높이 떠 있었다. 잠시 하늘을 바라보고 있었지만, 시간을 되돌릴 수는 없었다. 고가는 마음을 굳히고 회사에 전화했다. 갑자기 몸이 안 좋아서 오전에는 쉬겠다고 거짓말을 하는 수밖에 없었다.

이 무슨 한심한 꼴인가. 이것도 저것도 전부 그 돌팔이 의사 탓이다. 이를 박박 갈면서 교토행 특급전철을 탔다. 한마디 해주지 않으면 분이 안 풀릴 것 같았다. 고가는 교토의 좁은 길을 빠르게 통과해서 고코로 병원으로 뛰어 들어갔다.

접수처에는 지토세라던 간호사가 새침한 얼굴로 앉아 있었다.

"고가 씨. 고양이는 열흘 치를 처방해 드렸습니다만."

"열흘 치라니, 누가 들으면 진짜 약인 줄 알겠네."

고가는 이를 갈았다.

"거기에 동조한 나도 문제지만, 여하튼 마루고라는 고양이 때문에 한숨도 못 잤단 말입니다."

"고양이 교체를 원하시면 선생님과 직접 상담하시기 바랍니다. 진료실로 들어가세요."

간호사의 냉담한 대응에 고가는 하고 싶은 말을 꾹 삼켰다. 이렇게 쌀쌀맞은 여자는 상대하기 버거웠다. 고가는 힘없이 진료실로 들어갔다.

커튼이 열리고 젊은 의사가 생글생글 웃으며 들어왔다.

"와아, 고가 씨. 푹 주무셨나 봅니다."

"뭐요?"

조금은 냉정함을 되찾았던 고가였지만, 의사의 경박한 태도에 다시 분노가 치솟았다.

"무슨 소리입니까! 전혀, 못 잤다고요! 이틀 동안 고양이가 죽어라 울어대는 통에 한숨도 못 잤단 말입니다!"

"한숨도 말입니까?"

"네, 한숨도요!"

"그거 참 이상하네요."

의사는 고개를 갸웃했다.

"고가 씨, 머리는 부스스하고, 옷은 구깃구깃하고, 입가에 침 자국도 있어서 조금 전까지 숙면을 취하고 오신

줄 알았습니다. 마치 푹 잔 것처럼 얼굴색도 좋고……. 한숨도 못 주무셨다고요. 이틀 동안 단 한숨도?"

의사는 몇 번이나 고개를 갸우뚱했다.

방금 잠에서 깬 자신의 모습을 지적당하자 고가는 당황했다. 여기에 오기 전에 최소한 역 화장실에서 거울 정도는 보고 올 걸 그랬다고 후회했다. 흔들리는 전철에서 몇 시간이나 숙면을 취했던 것이다. 최근 며칠 동안의 수면 부족이 해소될 만큼 기분 좋은 잠이었다.

"꿈도 그렇습니까?"

의사의 질문에 고가는 다시 깜짝 놀랐다.

"뭐, 뭐가 말입니까."

"꿈이요. 꿈에 누군가의 목소리가 나온다고 하지 않으셨습니까. 그 부분도 고양이로는 호전되지 않았습니까?"

의사는 태평스럽게 물어보았다.

"그것은……."

그러고 보니 이틀 동안 잠을 자지 못한 탓에 꿈에 시달리는 일도 없었다. 이 병원에 오기 전에는 밤마다 히나코가 새된 목소리로 '좋네요'를 연발했고, 조소와 실소가 뒤섞인 악몽에 시달렸었는데.

아까 전철에서 꾼 꿈은 꽤 기분 좋은 꿈이었다. 고가

자신이 아무런 거부감도 없이 '좋네요' 하고 엄지를 치켜들고 있었다. 나쓰에와 에미리, 히나코와 센터 직원들이 대거 등장했다. 모두 고가가 '좋네'라고 하면 기쁜 듯 웃었다.

고가가 대답하지 않자, 의사는 다시 고개를 살짝 갸우뚱했다.

"흐음. 꼭 그래야겠다면 다른 고양이를 처방해드리죠."

의사는 키보드를 두드리기 시작했다.

"같은 효과가 있는 고양이 중에서 지금 병원에 있는 건……."

"저, 저기."

"네."

"효과가 없다고 그렇게 바로 바꾸는 건 아무리 그래도 가엾지 않습니까?"

"그런가요? 하지만 효과가 없을 때 교체하는 건 흔히 있는 일입니다. 대체할 건 얼마든지 있습니다."

의사는 당연하다는 듯 미소 지었다.

그게 고양이를 말하는지 약을 말하는지, 아니면 처우나 인재를 뜻하는 건지는 알 수 없었다. 하지만 의사의 말은 고가의 가슴에 깊숙이 박혔다. 의사가 다시 키보드를 두드리기 시작하자 고가가 황급히 말했다.

"그 고양이…… 마루고는 끝까지 맡겨주세요. 아내랑 딸도 마루고를 좋아하니 그대로 괜찮습니다. 수면 부족도 앞으로 8일 정도면 되니 참아보겠습니다."

"그러시겠습니까? 알겠습니다. 그러면 고양이는 그대로 하고 적용 방법을 바꿔보겠습니다. 처방전을 드릴 테니 접수처에서 지급품을 받아 가십시오."

의사가 내민 작은 종이를 받아 들고 진료실을 나왔다. 소파에는 아무도 없었고 고요한 정적만이 감돌았다.

"고가 씨."

접수처에서 간호사가 불렀다. 처방전을 건네자 종이 가방을 고가에게 내밀었다. 안에는 낡은 쿠션 같은 것이 들어 있었다.

"이건 뭔가요?"

"그 고양이가 평소 사용하던 잠자리입니다. 고양이를 반납할 때 이것도 함께 가져와주세요. 절대 잊지 않도록 부탁드립니다."

친절함은 느껴지지 않았지만, 중요한 물건임을 전하는 말투였다. 나이도 훨씬 어릴 텐데 뭔가 고가를 주눅 들게 만드는 구석이 있었다.

고가는 쿠션을 든 채 콜센터로 출근했다. 회의에는 늦지 않았지만 노골적으로 한숨을 쉬는 후쿠다와 달리, 히나코는 몸은 괜찮은지 걱정해주었다. 어딘가 거북한 기분이 들었다.

하지만 집에 돌아가자 암담했던 기분은 깨끗하게 날아갔다. 나쓰에와 에미리가 거실에서 웃고 있는 건 여느 때와 같았지만, 이번에는 거기에 마루고가 있었다. 두 사람은 마루고를 향했던 웃는 얼굴 그대로 고가를 봐주었다. 지금까지와는 다른 분위기였다.

마루고는 몸을 길게 뻗고 바닥에 누워 있었다. 하지만 고가를 보더니 몸을 일으켜 고가의 발밑으로 다가왔다.

"오, 마루고! 똑똑하기도 하지. 주인님 마중 나왔쩌?"

신이 나서 코맹맹이 소리가 나왔다. 하지만 고가의 발냄새를 맡은 마루고는 눈을 크게 뜨고, 입을 벌린 채 깜짝 놀란 표정으로 얼어붙었다. 마치 발냄새가 너무 심해서 충격을 받았다는 듯이. 사람도 이렇게 노골적인 표정은 짓지 않는다.

"너, 그게 무슨 표정이야."

"그거, 플레멘 반응이라고 하는 거야."

에미리는 핸드폰을 들었다.

"냄새에 반응해서 보이는 행동이래. 마루고, 너무 귀여워. 한 번만 더 해줘. 아빠, 발냄새 맡게 해봐."

"싫어. 저 표정 보면 상처받는다고. 진짜 내 발에서 냄새나는 거 같잖아."

예의 없는 놈이라고 생각하면서도, 혹시나 해서 고가는 양말 냄새를 맡아보았다. 온종일 구두 속에 갇혀 있던 발에서는 강렬한 냄새가 났다.

"윽 냄새나! 안 되겠다. 고양이가 놀랄 만해."

"냄새가 지독해서 그런 건 아닌가 봐. 상대방을 확인하고 있는 거래. 아빠, 마루고 동영상 찍을 거니까 발 좀 치워줘."

"진짜야?"

고가는 방해물 취급을 받아도 에미리가 말을 걸어준 것이 기뻤다. 마루고는 이번에는 병원에서 받아 온 종이 가방에 흥미를 보였다. 고가는 종이 가방 안에서 상자처럼 생긴 옅은 분홍색 쿠션을 꺼냈다. 여러 번 빨았는지 보풀이 일어나 있었다.

"어머, 그게 뭐야? 엄청 낡아 보이는데."

나쓰에가 물었다.

"고양이 침대야. 이 녀석, 밤에는 전혀 잠을 안 자. 혹시 이걸 주면 잘지도 몰라서. 마루고, 보렴. 네 침대 빌려 왔단다."

마르고는 분홍색 쿠션에 코끝을 가져다 댔다. 그리고 다시 눈을 동그랗게 뜨고는 입을 크게 벌린 채 충격받은 표정을 지었다.

"나왔다! 마루고, 그 표정에서 스톱!"

에미리가 핸드폰을 가져다 대며 셔터를 눌렀다.

"아빠! 발, 발! 치워!"

"뭐, 뭐?"

고가는 황급히 발을 치웠다. 마루고는 이미 아무 일도 없었다는 듯 예의 바르게 앉아 있었다.

"에이. 모처럼 귀여운 영상을 찍을 수 있었는데 아빠 양말이 찍혔잖아. 포토샵으로 지워버릴까. 아니야, 오히려 있는 게 더 재밌을까. …… 아빠 양말을 마주한 마루고의 우스꽝스러운 표정, 이렇게."

에미리는 웃으면서 핸드폰 자판을 누르고 있었다. 비록 우연히 찍힌 양말 끄트머리라고 해도 딸이 자신의 사진을 보고 웃어주는 것이 기뻤다. 나쓰에도 두 사람의 모습을 보면서 미소 짓고 있었다.

에미리는 마루고를 붙잡아 바닥에 눕히고는 배 부근

을 손으로 어루만졌다.

"있지, 아빠. 애를 왜 마루고라고 하는지 알았어."

"그야 설명서에 적혀 있으니까."

"아니. 이름의 유래 말이야. 봐, 분명 이거야. 하얀 부분이 몇 곳 있잖아. 배 부분에 두 개, 허벅지 위에 한 개랑."

이번에는 마루고를 뒤집어서 등 쪽을 보이게 했다.

"엉덩이와 등에 하나씩. 하얀 점이 다섯 개 있어서 마루고[•]."

"에이 그건 우연이지. 게다가 전혀 동그랗지도 않잖아."

"분명히 맞다니깐. 아마도 처음에는 동그라미에 가까웠을 거야. 크면서 늘어진 거지."

"그럴까?"

"그렇다니까."

같은 화제로 가족 세 사람이 웃는 게 몇 년 만인지. 어른이 됐어도 예전과 같은 시선으로 바라보고 그 감정을 표현하면 자연스럽게 얘기할 수 있는 것이다. 딸이 커가

• 일본어로 '마루'는 '동그라미', '고'는 '다섯'을 뜻함.

면서 잃어버렸던 무언가가 되돌아온 듯했다.

"조금은 도움이 되었나? 방귀에도 날아가는 쓸모없는 존재인 줄 알았는데."

아무런 도움도 되지 않는다고 생각했던 고양이가 이 작은 변화를 불러온 것이다. 고가가 중얼거리는 말을 들은 나쓰에가 얼굴을 찡그렸다.

"뭐야, 여보. 방귀 꼈어? 저리 가."

"아냐, 아냐. 안 꼈어. 어? 마루고! 뭐야, 그 표정은."

마루고가 눈을 동그랗게 뜨고 입을 크게 벌리고 있었다. 에미리도 얼굴을 찡그리고 손으로 코를 막았다.

"아빠, 냄새나. 마루고, 저쪽으로 가자."

"냄새 안 나. 안 꼈다니까. 전부 작당을 했어, 아주. 진짜 안 꼈다고."

하지만 에미리는 마루고를 안고 2층으로 올라갔고, 나쓰에도 주방으로 숨어버렸다. 방금까지도 떠들썩했는데, 순식간에 고가 혼자 거실에 남겨졌다.

그날 밤부터 설명서대로 방문을 전부 열어두었고, 마루고는 이곳저곳 옮겨 다니며 잠을 잤다. 거실에 둔 분홍색 쿠션에서 몸을 말기도 했고, 에미리의 이불 속으로 파고들기도 했다. 나쓰에의 베개와 침대 사이의 좁은 공간에 끼어서 자기도 했다.

마루고는 고가 옆에 있을 때면 유난히 밀착해서 잤다.

마루고가 가슴 위로 올라오는 바람에 몇 번이나 밀어냈지만, 아득바득 다시 올라왔다. 숨쉬기가 힘들어서 엎드리면 이번에는 등에 올라탔다. 다시 밀어내면 겨드랑이로 밀고 들어와서 몸을 뒤척일 수도 없었다.

어쩔 수 없어서 가슴 위로 팔짱을 끼고 직립 자세로 자면, 마루고는 고가의 턱 밑에 축 늘어져 목을 서서히 조여왔다. 아침에 눈을 떴더니 입안에 털이 가득했다.

지난밤에는 걸어둔 코트를 끌어당겨 떨어뜨리고는 그 위에 몸을 말았다. 회사용 코트가 고양이 털로 범벅이 되자 가족들이 다시 웃음을 터뜨렸다.

"이 녀석, 왠지 자꾸 나만 괴롭히는 것 같은데?"

"하지만 아빠 옷이 엉망이 된 사진을 올렸더니 '좋아요' 수가 엄청났어. 역시 고양이는 막강해. 조회 수 단위가 달라졌어."

이전에는 저녁 식사가 끝나면 각각 다른 방으로 흩어졌지만, 마루고가 온 뒤로는 마루고가 있는 곳으로 가족이 모였다. 에미리는 핸드폰으로 마루고의 동영상을 촬영하고 있었다. 고가도 멋진 동영상을 찍으려고 카펫 위를 기어다니다가, 에미리의 말에 울컥했다.

"여기도 저기도 그저 좋아요, 좋아요. 에미리. 그깟 싸구려 칭찬에 무슨 가치가 있다는 거냐?"

"아니거든. 아빠가 뭘 모르시네."

"뭐? 뭘 모르는데?"

"남을 칭찬하는 건 굉장히 어려운 일이야."

에미리도 카펫 위를 기어가더니 반대쪽에서 마루고를 촬영하기 시작했다. 고가는 핸드폰 화면에 담긴 마루고를 보면서 화가 난 듯 말했다.

"어렵긴 뭐가 어려워. 칭찬 따위 간단하잖아. 옷이 예쁘니 헤어스타일이 멋지니 하고 적당히 칭찬해주면 그만인데."

"아빠, 아주 위험한 발상이야. 그런 건 아주 미묘하거든."

"미묘하다니 뭐가."

두 사람은 핸드폰을 든 채 마루고를 사이에 두고 대화했다. 둘 다 눈은 화면을 좇고 있었다.

"거짓 칭찬은 눈빛이나 말투로 들통나거든. 정말로 좋다고 생각하는지, 말로만 그러는 건지. 특히 옷은 가장 어려워. 자칫하면 비웃는 걸로 생각할 수도 있고, 아빠가 하면 성희롱이 될 수도 있어."

"서, 성희롱."

관리직 중년 남성에게 가장 무서운 단어였다. 어제의 빨간 속옷 건은 잘 넘어갔다고 믿고 싶었다.

"게다가 정말로 그렇게 생각한다고 해도, 남을 칭찬하는 데에는 힘이 필요해. 본인이 지쳐 있을 때는 핸드폰 화면을 터치하는 것조차도 귀찮잖아. 특히 상대방이 관심 없는 동영상을 보내왔을 때는 속으로 진절머리가 나. 하지만 무시할 수 없으니까 억지로 대답할 때도 있어."

"어머, 어른이네."

나쓰에가 말하자 에미리는 어깨를 으쓱해 보였다.

"뭐, 사람은 다 마찬가지잖아. 누구나 자기가 좋아하는 걸 보여주고 칭찬을 받고 싶어 하니까. 그걸로 서로 행복해진다면 싸구려 칭찬이라도 '좋아요'에는 가치가 있어. 아빠도 회사 직원들에게 마루고 사진 보여주면 어때? 고양이는 막강하니까."

에미리는 웃고 있었다. 고가는 딸의 어른스러운 의견에 내심 놀랐다. 머리를 한 대 얻어맞은 기분이었다.

콜센터의 점심시간은 여느 때와 같았다. 직원들이 늘 어놓는 자랑에 히나코는 웃는 얼굴로 칭찬을 하고 있었다. 하지만 그런 히나코를 봐도 고가는 화가 나지 않았다. 오히려 성숙한 대응 같아 감탄스럽기까지 했다. 악몽도 불면도 어느새 해소됐지만, 꼭 고양이 덕분만은 아닌 듯했다. 자신의 꼬인 마음이 풀리자 히나코의 목소리도 귀에 맴돌지 않게 되었다.

고가는 그날 웬일로 히나코가 혼자 쉬고 있는 모습을 발견했다. 예전에는 흡연실로 사용했던 복도 구석이었다. 히나코는 등을 돌려 창밖을 보고 있었다.

고가는 주변에 아무도 없는 것을 확인하고 히나코에게 다가갔다.

"나카지마 씨."

"어머, 고가 계장님."

히나코가 돌아보았다.

"저, 이거."

고가는 머뭇거리며 핸드폰을 내밀었다.

"제가 집에서 찍은 동영상인데요, 한번 보시겠습니까? 힐링이 된달까."

"아⋯⋯. 고가 계장님의 자녀분도 아직 어렸던가요?"

히나코는 지친 기색이 역력한 표정으로 웃다가 흠칫 숨을 들이마셨다.

"죄송합니다. 듣기 거북한 말투였죠. 잠깐 딴생각을 하는 바람에. 자녀분 동영상인가요? 보여주세요."

히나코는 이미 평상시처럼 밝게 웃고 있었다. 고가의 핸드폰 동영상을 본 히나코는 더욱 환하게 웃었다.

"어머, 고양이네. 고가 계장님, 고양이 키우세요?"

동영상 속 마루고는 잠자고 있었다. 사람처럼 똑바로 누워서 앞발을 가슴 위에 모으고 있었는데, 뒷다리 사이로 꼬리가 삐져나와 있었다. 고가가 마루고 때문에 취했던 취침 자세와 똑같았다.

"하하하! 이게 뭐야. 자는 거예요?"

"네, 투탕카멘 같죠?"

"너무 귀여워! 정말 좋아요!"

히나코가 커다란 소리로 웃었다. 평상시보다 한층 밝은 웃음을 지으며 눈을 크게 뜬 채 동영상을 들여다보고 있었다. 고가는 그런 히나코를 보고 있었다.

남을 칭찬하는 데에는 힘이 필요해. 에미리가 말했던 대로였다. 히나코는 수많은 직원을 관리하기 위해 도쿄에서 왔고, 결과물을 요구받고 있다. 그런데도 직장 동료라는 남자들은 비협조적으로 삐딱하게 굴었다. 지쳐서 혼자 있고 싶을 때도 있을 것이고 당연히 칭찬하고 싶지 않을 때도 있을 것이다.

"동물은 정말 힐링이 되네요."

히나코는 동영상을 보면서 웃었지만, 역시 조금은 지친 기색이었다.

"아이들이나 아기도 물론 좋아해요. 하지만 전 독신이라서 때로는 어떻게 반응해야 할지 모를 때가 있어요. 제 반응 따위 어떻든 상관없겠지만요."

"모두 기뻐합니다."

어느새 고가는 진심으로 그렇게 말하고 있었다.

"나카지마 씨가 칭찬해줘서 모두 기뻐하고 있습니다. 좋은 일이라고 생각합니다. 전 그렇게 생각합니다."

히나코는 순간 멈칫하더니 부끄러운 듯 웃었다.

"어머, 칭찬받았네요. 기쁘다는 거 정말이군요."

아, 정말이구나 싶었다. 익숙하지 않은 일을 하는 데에는 힘이 필요하다. 하지만 이런 기쁨이라면 서로 조금씩 칭찬해주는 정도는 남는 장사다.

"저, 이런 것도 있습니다. 보실래요?"

플레멘 반응이라고 하던 충격받은 고양이 얼굴을 보

여주자, 히나코는 평상시의 컨디션을 되찾았는지 과할 정도로 귀엽다고 칭찬해주었다. 히나코 주변에 사람들이 모이는 이유를 알 것 같았다. 집에서 마루고 주변에 가족들이 모이는 이유와 마찬가지다. 조그마한 행복에, 마음이 온화해진다.

유리로 된 부스에서는 새끼 고양이들이 서로 장난을 치고 있었다. 전부 실뭉치처럼 포근포근하고 귀여워 보였다. 하지만 표시된 가격은 조금도 귀엽지 않았다.

휴일이라서인지 쇼핑몰 안에 있는 펫 숍에는 어린아이를 데려온 가족이 많았다. 매장 내부는 환하고 개방감이 있었다. 커다란 이동장 속에서 강아지가 뛰어다녔고, 새끼 고양이도 넓은 공간에 있었다. 장난치는 고양이도 있고, 유리창에 달라붙은 손님을 무시하고 숙면 중인 고양이도 있었다.

직원은 각자 고양이나 개를 안고 있다가 손님과 눈이 마주치면 곧바로 만져보게 해주었다. 그 유혹을 견디기 힘들 것 같아서 고가는 다가가지 않기로 했다.

에미리는 유리창에 손을 댄 채 새끼 고양이를 보고 있었다. 털이 긴 연갈색의 고양이는 보석처럼 파란 눈이었다.

"엄마, 이 고양이 너무 귀엽지 않아?"

"어머, 정말 예쁘네. 근데 너 스코티시폴드가 좋다며. 귀 접힌 게 귀엽다고. 여기 있어."

처음에는 진지하게 보고 있던 고가였지만, 이내 지겨워졌다. 너무 다양한 종류와 너무 긴 이름, 그리고 상상을 뛰어넘는 높은 가격. 에미리와 나쓰에는 직원과 이야기 중이어서, 고가는 혼자 소파에 앉았다.

고양이를 키우자고 말을 꺼낸 건 나쓰에였다. 마루고를 보낸 직후였다. 겨우 열흘뿐이었는데도, 너무도 강렬한 존재감을 드러낸 마루고는 가족의 분위기를 완전히 바꾸었다. 마루고와 가장 오랜 시간을 보낸 이는 종일 집에서 함께 지낸 나쓰에였다. 상실감이 너무 커서 초조했던 것도 충분히 이해되었다.

고가는 마루고를 돌려주러 갔을 때를 떠올리고 있었다. 진료실에서 이동장을 건네줄 때 의사에게 물었다.

"저, 마루고는 좋은 곳으로 돌아갑니까?"

"네?"

의사는 고개를 갸웃했다.

"그게, 아내가 걱정해서요. 마루고의 침대가 낡았지만 꽤 여러 번 세탁된 걸 보면, 아마도 마루고가 좋아하는 걸 소중하게 대해준 사람에게 컸을 거라고 했습니다만. 어떤지 궁금해서요."

"아, 네네. 그렇습니다. 고양이는 비싼 물건이건 싼 물건이건 신경 쓰지 않죠. 냄새가 마음에 드는지가 중요하죠. 안심하고 잘 수 있는 좋은 집의 아이니, 걱정 안 하셔도 된다고 전해주세요."

의사의 대답은 담백하고 건조했다. 하지만 이동장을 받아 든 손길은 다정했다. 이동장 안의 마루고는 전혀 아쉬워하는 것 같지 않았고, 오히려 시원하다는 듯 맑은 눈을 하고 있었다. 녹차색의 산뜻한 눈동자였다.

마루고 같은 얼룩 고양이는 이곳에 없었다. 성묘도 없었다. 원래는 마루고처럼 강인한 고양이를 원했지만, 선택한다는 것 자체가 뭔가 잘못인 듯한 기분이 들었다.

"아빠."

에미리와 나쓰에가 다가왔다. 아마도 결정을 한 듯했다. 고가는 영차, 하고 일어섰다.

"그래. 가격은 신경 쓰지 마. 마음에 드는 녀석으로 해도 돼. 다음 자동차 검사 때까지 차 바꾸는 걸 미루면 그만이니까."

"그게 아니라."

에미리는 조금 복잡한 표정으로 가게를 둘러보았다.

"여기에 있는 애들은 다 귀여운 애들이고, 손님도 많으니까 우리가 아니라도 누군가 좋은 사람이 데려가줄 거 같아. 그러니까 펫 숍 말고 이런 곳은 어떨까."

에미리가 핸드폰을 보여주었다. 어딘가의 홈페이지인 듯했다. 다른 펫 숍인가 싶었지만, 그게 아니었다.

"유기묘 센터?"

"응. 대학 친구도 이곳에서 데려왔대. 오늘 견학회가 있다는데 가도 돼?"

"유기묘라."

보건소랑 뭐가 다른 걸까. 펫 숍의 번잡함에 넌덜머리가 났던 고가는 에미리 말대로 유기묘 센터에 가기로 했다.

동물보호단체가 운영하는 유기묘 센터 '도시의 집'은 시내에서 조금 떨어진 조용한 곳에 있었다. 창고형 마트처럼 소박한 건물이었지만, 상상했던 것만큼 황량한 분위기는 아니었다. 넓고 환했다. 견학용 이동장에 담긴 고양이들이 나란히 놓여 있었고, 가족이나 부부 동반으로 온 사람들이 많았다.

"고양이가 엄청 많네. 애네들이 전부 유기묘?"

"다양한가 봐. 구조된 애들도 있고 유기된 애들도 있고."

"유기……. 그런 지독한 짓을 하는 인간들이 있다니."

에미리와 나쓰에가 쪼그리고 앉아 고양이를 찬찬히 보고 있어서, 고가는 센터 안을 어슬렁거렸다. 견학 장소 외에도 수많은 고양이가 있었다. 치료 중이나 입양 불가의 증서가 붙은 이동장에는 펫 숍에서 보았던 매끄러운 털에 반짝이는 눈을 가진 고양이는 없었다. 얼굴에 상처가 있거나 털이 뭉텅이로 빠져 있는 고양이들이었다.

견학 장소로 돌아와보니 두 사람은 다시 첫 이동장부터 돌아보고 있었다.

"전부 큰 애들뿐이네. 괜찮아?"

"새끼가 귀엽기는 하지만, 그만큼 어렵잖아. 개나 고양이를 키워본 적이 없어서 조금 불안해."

"그렇기는 하지만, 이렇게 다 큰 애들이 사람을 따를까?"

"따릅니다."

뒤에서 들리는 목소리에 고가가 고개를 돌렸다. 그리고 깜짝 놀랐다.

"어? 당신이 왜 이곳에 있습니까?"

목소리의 주인공은 그 이상한 병원의 의사였다. 옅은 미소도 병원에서 봤던 그대로였다. 하지만 의사 가운을 입지 않았고, 발에는 장화를 신고 있었다. 그리고 팔에는 흑갈색 고양이가 안겨 있었다.

"여기서 일하십니까? 아, 그렇구나. 수의사도 겸하시는군요. 그래서 고양이를……."

"네?"

남자는 고개를 갸우뚱했다. 그 시침을 떼는 듯한 행동도 병원에서 본 그대로였다.

"저는 이곳의 부센터장인 가지와라라고 합니다. 조금 전 말씀하셨던 부분 말인데요, 견학회에 나온 고양이는 사람을 잘 따르는 아이들뿐이라서, 시간을 들여 애정만 준다면 문제없습니다. 혹시 고양이를 키워본 적이 있으십니까?"

가지와라라는 남자가 부드럽게 물었고, 에미리가 고가를 제치고 대답했다.

"없어요. 얼마 전에 아주 잠깐 맡았던 적이 있었는데, 너무 귀여워서 키우고 싶어졌어요."

"그러시군요. 그런 것도 다 인연이죠. 저희가 요구하는 입양 조건은 까다롭지 않습니다. 키워본 경험이 없는 가정이나 독신자에게는 입양을 제한하는 곳도 많습니다만, 저희는 의욕을 꺾기보다는 가능성을 넓히자는 방침입니다."

에미리는 가지와라의 붙임성 있는 미소에 반한 듯했다. 고가는 가지와라를 응시했다. 아무리 봐도 그 의사였다. 외모도 말투도, 친근하면서도 어딘가 차가움이 느껴지는 미소도 완전히 똑같았다.

가지와라가 안고 있던 흑갈색 고양이가 꼼지락거리며 고개를 이쪽으로 돌렸다. 고양이의 눈동자는 마루고를 꼭 닮은 옅은 녹색이었다. 코 한쪽에 커다란 검정 반점이 있고, 반대쪽에는 일그러진 줄무늬 반점이 있었다. 어지간히 복잡한 색 조합이다.

"그 애는 카오스 고양이입니까?"

고가가 가지와라에게 물었다.

"하얀 부분도 많아서 삼색 고양이에 가깝죠. 얼룩 고양이도 섞여 있고. 암컷입니다. 세 살 정도고요."

"그 고양이도 입양할 수 있습니까?"

"네. 얌전하고 착한 아이지만, 보시는 것처럼 얼굴 주변의 무늬가 산만해서 인기가 없네요. 그렇지, 로쿠?"

가지와라는 상냥한 말투로 고양이에게 말했다. 고양

이는 코끝을 들고 얼굴을 가까이 댔다. 고가도 에미리도 나쓰에도 모두 그 고양이를 뚫어지게 보고 있었다. 더 예쁘고 붙임성 좋은 고양이도 많은데 어째서인지 가지와라가 안고 있는 고양이만 눈에 들어왔다.

"이름은 이미 정해진 건가요?"

에미리가 물었다.

"조금 단순하긴 하지만 이곳 고양이는 번호로 이름이 정해집니다. 이 아이는 여섯 번째 이동장에 있어서 로쿠*라고 부릅니다. 진짜 이름은 입양 후에 반려인이 정하면 됩니다. 어때요, 한번 안아 보시겠습니까?"

"그래도 돼요?"

"그럼요."

가지와라는 에미리에게 고양이를 건넸다. 에미리는 어색하게 고양이를 안아 들고는, 찡그리듯 웃으며 고가와 나쓰에를 바라보았다.

"뭐야, 너무 따뜻해."

고양이가 다시 코끝을 들었다. 킁킁하고 냄새를 맡는 모습에 에미리는 함박웃음을 지었다. 고가도 웃었다.

• '여섯'을 뜻함.

"반점이 잔뜩 있는 여섯 번째 아이니까 부치•로쿠네. 하하하."

그러자 에미리가 미간을 찡그렸다.

"아빠, 너무해. 맘대로 이름 정해버리고."

"응? 아니, 난 그냥."

"난 좀 더 귀여운 이름으로 하고 싶었는데. 모카나 베리 같은."

"그러면 모카로 해도 돼. 베리가 더 나을까."

"이미 부치로쿠로밖에 안 보이잖아. 그치, 엄마?"

"그러게. 정말 부치로쿠로밖에 안 보여."

나쓰에는 고양이에게 뺨을 대며 웃었고, 고양이는 두 사람 사이에서 두리번거리고 있었다.

"혹시 이 아이에게 관심이 있으시면 시범 입양으로 며칠간 지내보고 서로 맞는지 확인해보십시오. 저쪽에서 간단한 서류 심사만 하시면 됩니다."

가지와라가 접수처를 가리키자, 나쓰에와 에미리는 그쪽으로 곧장 가버렸다. 고양이는 다시 가지와라에게 안겨 있었다. 아무래도 이 얼룩덜룩한 고양이가 고가의

• '반점'을 뜻함.

가족이 될 듯했다.

고가는 가지와라의 얼굴을 힐긋힐긋 살펴보았다.

"저기, 정말로 그 병원의 의사 선생님이 아니신가요? 롯카쿠와 후야초 거리 사이에 있는, 고코로 병원이라는 작은 병원입니다만."

"아, 저도 그곳을 압니다."

가지와라가 웃었다.

"고코로 선생님의 병원 말씀이시죠. 저도 예전에는 그곳의 신세를 졌었죠. 선생님이 가끔 센터에 오시기도 했고요."

"아, 그러니까…… 지금 정신의학과 말씀하시는 거죠?"

"정신의학과? 아니요, 나카교구에 있는 스다 병원 말입니다."

대화가 자꾸 어긋나자, 가지와라도 난처한 듯 웃었다. 그때 에미리와 나쓰에가 돌아왔다.

"부치로쿠……가 아니라 아무튼 이 고양이를 시범 입양으로 집에 데려가기로 했어. 아빠, 괜찮지?"

"응."

고가는 가지와라가 목에 걸고 있는 직원증을 슬쩍 보

았다. 가지와라 도모야. 겉모습은 그 의사랑 똑 닮았지만, 좀 더 침착한 분위기였다. 이렇게 대화를 해보니 역시 다른 사람이라는 생각이 들었다. 가지와라는 흑갈색 고양이를 에미리에게 건넸다.

"로쿠, 잘 지내렴."

그렇게 말하고는 고양이의 이마를 엄지손가락으로 긁었다. 고양이는 기분 좋은 듯 눈을 감았다. 센터에서 빌려준 이동장에 고양이를 넣자, 에미리는 들뜬 목소리로 말했다.

"임시 입양 중이라고 사진 올렸더니, 좋아요 수가 엄청나. 어머, 부치로쿠라는 이름도 좋대. 아빠, 왜 그런지는 모르겠지만 반응이 좋아. 잘됐다."

"흥. 아빠는 그런 싸구려 반응에 기뻐하는 사람이 아니야."

하지만 자신이 붙여준 이름에 '좋아요'가 많다는 말에 어쩔 수 없이 기분이 좋았다. 카오스 고양이는 아니지만, 어딘가 마루고를 닮은 강인한 고양이와 앞으로 함께 살 듯했다. 그것도 기뻤다.

집에 가면 나도 동영상이나 사진을 찍어야지. 그리고 누군가에게 보여주자.

그리고 그 누군가가 좋다고 칭찬해주면 나도 같이 칭찬해줘야지. 부치로쿠는 분명 많은 호응을 얻을 것이다. 그 이름을 붙여준 자신에게도 '좋아요'가 몰려들 것이다. 고가는 아내와 딸의 애정 공세를 받고 있는 고양이를 슬쩍 보며 싱긋 웃었다.

제3화 | 한때는 어린이였던 당신에게
고양이를 처방해 드립니다

미나미다 메구미는 롯카쿠 후야초 거리 구석에 있는 공원 앞에 멈춰 섰다.

뒤를 돌아보니 좁은 길 건너편에 딸 아오바가 고개를 숙이고 서 있었다. 그 모습을 보자 짜증이 났지만, 마음을 가라앉히기 위해 숨을 내쉬었다.

"아오바, 얼른 와. 주변 사람들에게 방해가 되잖아."

메구미의 차가운 말투에 아오바는 명백하게 풀 죽은 모습으로 터벅터벅 걸어왔다.

초등학교 4학년인 아오바는 아직 어린애였고 더구나 우울한 표정까지 짓고 있어서 차갑게 말한 자신이 나쁜 사람인 것처럼 느껴졌다. 하지만 아오바 때문에 헛걸음만 한 상황이라 상냥하게 대할 여유가 없었다. 딸이 친구에게 듣고 온 애매한 주소에 분명히 병원은 있었다. 있기는 했지만…….

"……하지만 리제랑 도모미가 그랬단 말이야. 기코의 엄마 친구 딸도 고코로 선생님이 이야기를 들어줬다고."

"그래서 거기에 갔다 온 거잖아. 근데 다른 병원이었잖아."

제대로 확인하지 않은 자신도 잘못이 있다. 알면서도 메구미의 말투에는 가시가 있었다.

아오바가 4학년이 되면서 갑자기 다루기 힘들어졌다. 학교가 재미없다느니 공부가 어렵다느니 하는 불평은 평상시에도 했지만, 요즘 들어 표정이 조금 우울해졌다. 그리고 며칠 전, 나카교구에 있는 고코로 선생님의 병원에 가고 싶다는 말을 꺼낸 것이다.

메구미는 초등학생에게 무슨 심리 치료인가 싶어서 아오바의 말을 무시했다. 하지만 다른 학부모 친구에게 슬쩍 이야기를 꺼냈다가 요즘은 유치원생도 멘탈 케어를 해주는 게 당연하다는 말을 들었다. 그 말을 듣자 메구미는 마음이 조급해졌다. 지금 당장 가지 않으면 자신이 시대에 뒤떨어진 못난 엄마가 될 것 같아서 불안했다.

그래서 찾아온 곳이 지역 앱으로 검색한, 나카교구에 있는 스다 고코로라는 의사가 운영하는 병원이었다.

하지만 그곳은 정신의학과가 아니었다. 소아과도 아니었다. 심지어 사람을 상대하는 곳조차 아니었다.

좁은 골목길에 있는 낡고 작은 병원을 들어가자마자 긴 의자 옆에 엎드린 커다란 개를 마주했다. 벽면에는 사진이 가득 붙어 있었는데, 전부 개와 고양이 사진이었다. 반려인과 함께 찍은 사진도 많았다.

그러니까 고코로 선생님의 병원은 동물병원이었다. 학부모 친구들에게 뒤떨어지기 싫어서 왔지만, 아오바의 말을 곧이곧대로 믿는 게 아니었다.

"그만 가자. 엄마 저녁 준비해야 돼."

"그러는 게 어딨어. 고코로 선생님의 병원 찾아야지. 나카교구 무슨 골목이라고 했는데."

아오바는 얼굴을 찡그리며 불만을 표시했다.

"스다 병원 찾았잖아. 동물병원이었지만."

"거기가 아니라니까. 무슨 건물의 꼭대기 층에 있고, 이야기를 잘 들어주는 선생님이 있다고 했어. 그리고 리제랑 도모미는 주치의 선생님도 있어서 언제든 전화해도 된다고 했단 말이야."

"애들한테 주치의라니."

메구미는 힘없이 웃었다. 완전히 친구 따라 강남 갈 판이다.

심리 상담이나 멘탈 서포트가 아이들 사이에 유행하고 있다는 것은 학부모 친구에게 들었다. 학원에 가고, 특기를 배우고, 스마트폰을 사고, 상담은 부모나 선생님이 아닌 전문의에게 한다. 아이들은 그런 것이 멋있다고 생각한다. 아이가 성장할수록 대화가 되지 않았고, 이해하기 힘들었다.

"……하고 싶은 말이 있으면 엄마가 들어줄게. 숙제 끝내고."

"말해도 엄마는 아무것도 몰라. 항상 내 얘기는 전혀 안 듣잖아."

아오바가 반항적으로 대꾸했다. 메구미는 자신도 모르게 화가 치밀었다.

"그럼 직접 찾아."

메구미는 차갑게 말하고 혼자 걷기 시작했다. 도로 하나를 지나고 도미노코지 거리의 모퉁이에 이르렀을 때 메구미는 뒤를 돌아보았다. 아오바는 오다 말고 어느 상점 앞에 서 있었다. 메구미를 본 아오바는 손가락으로 상점 옆을 가리켰다.

"엄마, 이쪽에도 좁은 길이 있어."

"길? 무슨 소리니? 거기에는 빠져나가는 길이 없어."

"있다니까!"

아오바는 발을 동동 굴렀다.

"주차장 같은 거겠지. 사유지에 함부로 들어가면……."

메구미는 짜증을 내면서 아오바에게 돌아갔다. 그런데 정말로 길이 있었다. 어두침침한 골목길이 좁게 뻗어 있었다.

"봐, 있지? 내 말이 맞지?"

아오바는 의기양양하게 말했지만, 지나가는 길이었다면 그냥 틈새로 보였을 것이다. 메구미는 못 본 게 당연하다고 생각하면서 말없이 골목길을 들여다보기만 했다. 낡은 건물로 막혀 있는 골목길은 왠지 으스스한 기분이 들어 선뜻 발이 떨어지지 않았다. 그러자 아오바가 골목길 안쪽으로 달리기 시작했다.

"엄마, 내가 병원 찾을게."

"아오바, 기다려. 그런 이상한 건물에 들어가면 안 돼."

"그치만 엄마가 직접 찾으라고 했잖아."

아오바는 힘차게 건물 안으로 들어갔다. 당황한 메구미는 그 뒤를 황급히 쫓아갔다.

문이 쓸데없이 무거웠다. 그것만으로도 들어가기 꺼려지는 병원이라고 생각했는데, 안에 있는 간호사는 눈을 내리깐 채 뚱한 표정을 짓고 있었다. 간호사가 안내해준 진료실에는 환자용 의자가 하나밖에 없어서 메구미는 어쩔 수 없이 서 있었다.

곧 있으면 다섯 시였다. 자칫하면 중학생인 첫째가 먼저 귀가할 수도 있다. 첫째는 한창 자랄 나이라서 먹는 생각밖에 없었고, 항상 동아리 활동으로 나온 빨랫감을 잔뜩 들고 집에 왔다.

메구미는 슈퍼마켓에 들를 생각이었지만, 그만두기로 했다. 냉장고에 뭐가 있더라. 그러고 보니 다음 주 학부모 다과회에는 뭘 가져가면 좋을까. 배달시킬 만한 것도 별로 없는데.

온갖 생각들이 머릿속을 스쳤다. 아오바는 병원에 와서 신이 나 보였다.

"아까 그 간호사 언니, 엄청 예쁘지? 나, 그 언니 어디선가 본 거 같아. 연예인 닮았나?"

"아오바, 조용히 해."

메구미가 살짝 노려보자, 아오바는 고개를 숙였다.

커튼이 열리고 흰 가운을 입은 남자가 들어왔다. 이렇게 젊고 잘생긴 의사는 처음이었다.

"우와, 깜짝이야. 선생님, 엄청 잘생기셨어요."

아오바가 천진하게 말했다. 메구미는 자신의 속마음을 아오바가 그대로 말해 뜨끔했다.

"아오바, 실례야. 조용히 해."

메구미는 자신도 모르게 꾸짖는 말투로 말해버렸고, 아오바는 뾰로통해져 다시 고개를 숙였다. 정신과 의사 앞에서 아이를 야단치는 엄마라니. 메구미는 불편한 마음이 들었다. 사소한 일로도 학대니 뭐니 시끄러워지는 세상이다. 힐긋 의사를 보았다.

의사는 생글생글 웃고 있었다.

"자리가 바뀌었네요."

"네?"

"어머니가 앉으셔야죠. 환자분이시니까."

순간 무슨 뜻인지 이해할 수 없었다. 이내 메구미의 얼굴이 붉어졌다.

"아니요, 제가 아닙니다. 진료는 딸이 받을 거예요."

"어? 그렇습니까? 따님은……."

의사는 아오바의 얼굴을 빤히 들여다보았다.

"아무런 문제도 없어 보입니다만. 꼬마 아가씨, 나이랑 이름은?"

"미나미다 아오바, 열 살입니다."

"그래요. 오늘은 어떻게 왔어요?"

"그게요."

아오바는 고개를 갸웃하면서 다리를 대롱거렸다.

"학교 문제로 고민이 있는데, 얘기해도 돼요?"

"물론이죠. 해보세요."

"선생님, 저희 반에 파벌이 있어요. 파벌이 뭔지 아세요?"

스스럼없는 아오바의 질문에 메구미는 눈을 동그랗게 떴다.

"잠깐만, 아오바. 그런 이야기를 의사 선생님께……."

"어머니, 괜찮습니다. 파벌이라. 어려운 단어를 알고 있네요. 물론 알죠. 난 의사니까요. 그래서 파벌이 왜요?"

"네. 지금 우리 반에 리더가 둘이 있는데, 반드시 어느 한쪽의 파벌에 들어가야 해요. 원래는 그런 거에 휘말리기 싫지만, 진 쪽이 카스트의 하위가 되는 거라 진지하게 고민하고 있어요. 친한 친구인 리제랑 도모미는 주치의 선생님께 상담하고 있어서, 저도 선생님께 이야기를 하고 싶었어요."

아오바는 마치 애니메이션 이야기라도 하는 것처럼 해맑았다.

메구미는 깜짝 놀랐다. 아오바가 최근에 우울해하는 것은 알고 있었다. 그래서 기분 전환 겸 일부러 데리고 나왔다.

하지만 설마 이런 실없는 이야기를 할 줄이야.

"아오바, 이곳은 그런 쓸데없는 이야기를 하는 곳이 아니야. 고민이나 걱정거리를 들어주는 병원이잖아. 의사 선생님은 바쁘신 분이니까 좀 진지한 이야기를 하렴."

"아, 괜찮습니다. 어머니."

의사는 가볍게 웃었다.

"소문을 듣고 멋대로 찾아오는 사람들이 많을 뿐입니다. 제가 기다리는 사람은 예약 환자지만요. 근데 아마 오늘도 오지 않을 것 같군요. 이렇게 계속 기다리고 있는데도 말이죠."

"예약을 했는데 안 와요?"

아오바가 물었다.

"그렇단다. 아주 오래전부터 기다리고 있는데도 말이지. 왜일까. 문이 무거워서 그럴까."

의사는 이상하다는 듯 턱을 치켜들었다.

기묘한 의사였다. 말투는 고리타분한데 행동은 그 나이대의 젊은이들처럼 경박했다. 메구미는 잘못 왔다는 생각이 들었다. 애초에 아오바는 상담할 내용도 없었을 것이다. 그저 정신과 병원을 구경하고 싶었겠지.

아오바가 웃는 얼굴로 메구미를 보았다.

"엄마도 여기 문이 엄청 무겁다고 화냈잖아."

"쓸데없는 소리 그만해, 아오바."

메구미가 미간을 찡그리자 아오바는 다시 고개를 숙였다. 분위기가 불편해졌지만, 메구미는 더 이상 눈치만 보고 있을 수는 없었다. 집에는 해야 할 일이 산더미다.

"선생님, 쓸데없는 일로 찾아와서 죄송합니다. 딸은 그냥 병원에 와보고 싶었던 것 같아요. 학교에도 상담 교사가 있으니 그곳에서 상담을 받을게요."

"쓸데없지 않아."

아오바가 고개를 숙인 채 불쑥 말했다.

"엄마는 늘 내 이야기를 쓸데없다고만 해."

"엄마 말이 틀려? 그만 가자. 엄마 저녁 준비해야 해. 카스트 이야기는 나중에 들어줄게."

하지만 아오바는 움직이지 않았다.

"안 들어주잖아. 엄마는 왜 늘 내 이야기를 안 들어줘?"

"들어주잖아. 밥 먹을 때 늘 들어주고 있잖아."

"엄마는 아무것도 몰라. 어떤 말을 해도 어차피 내가 잘못했다고 하고, 다 쓸데없는 소리라고 하잖아. 우리 반 파벌 이야기도 이미 했어. 그랬더니 그런 쓸데없는 일에 끼어들지 말라고, 그렇게 말했어."

"그건……."

들었던가? 말했던가?

들었다고 해도 기억할 리가 없다. 초등학생의 고민은 날마다 바뀌고, 그걸 일일이 고민해줄 만큼 한가하지 않았다.

"흐음, 이거 안 되겠는데요."

의사는 팔짱을 끼고 중얼거렸다.

"문이 무겁습니까? 그러면 안 되는데. 조금 강한 고양이를 처방하죠. 지토세 씨, 고양이 데려와요."

그러자 커튼 뒤쪽에서 간호사가 들어왔다. 손에는 이동장을 들고 있었다.

"니케 선생님, 이래도 돼요? 어쩌면 곧 예약 환자가 올지도 모르잖아요."

간호사가 불만스러운 듯 미간을 찡그리자 의사는 쓴웃음을 지었다.

"하하, 만약 오신다면 조금 기다리시게 하죠. 지금까지 우리가 충분히 기다려 줬으니까 조금은 양해해주겠죠."

"전 모릅니다."

간호사는 차갑게 말하고는 이동장을 두고 나갔다.

메구미는 어이가 없었다. 의사 앞에서 저렇게 잘난 척을 하는 간호사라니. 게다가 메구미와 아오바가 빨리 나가기를 바라는 눈치였다.

"엄마."

아오바가 속삭였다. 메구미는 아오바가 자신과 같은 생각을 했나 싶었지만, 그게 아니었다. 아오바는 이동장을 손가락으로 가리켰다.

"봐봐, 고양이가 있어."

"고양이? 말도 안 되는 소리. 동물병원도 아닌데."

"그러니까 보라고!"

아오바는 화를 냈다.

"내가 하는 말 좀 제대로 들어봐!"

메구미는 거의 진이 빠진 느낌으로 허리를 굽혔다. 플라스틱으로 된 간이 이동장이었다. 측면의 망사를 통해 하얀 물체가 보였다.

하얀 털의 고양이였다.

조그마한 고양이. 털이 곤두서 있어서인지 가늘고 흐트러진 듯 보였다. 코의 연한 핑크빛이 애처로웠고, 가냘픈 몸에 눈만 커다랬다. 한쪽 귀에는 검은 털이 섞여 있었다.

"……유키."

메구미가 중얼거리자 아오바가 고개를 들었다.

"엄마, 이 고양이 알아?"

"아니, 근데…… 그럴 리가 없지……. 그 아이는……."

메구미는 어리둥절했지만, 작고 하얀 고양이에게서 눈을 뗄 수도 없었다. 마치 민들레 꽃씨 같아. 불면 날아갈 것 같아. 그렇게 생각했던 기억이 생생하게 떠올랐다.

초등학교 3학년 때였다.

***

"메구미, 마미, 빨리, 빨리!"

레이코가 부르는 소리에 메구미는 책가방을 크게 흔들며 달려갔다.

하굣길에 늘 다니는 길보다 조금 먼 길로 돌아가면 공터가 하나 있었다. 공터의 콘크리트 벽돌담 구석에 종이 상자가 버려져 있었다. 메구미는 상자 앞에 쪼그려 앉은 레이코의 등 뒤로 상자 안을 들여다보았다. 지저분한 수건과 신문지, 그리고 새끼 고양이 세 마리가 꼬물거리고 있었다.

"와아, 고양이다!"

메구미는 순간 가슴이 벅찼다. 이웃집 개를 쓰다듬어 본 적은 있지만, 고양이를 만져본 적은 없었다. 난생처음 가까이서 보는 고양이는 봉제 인형만큼 작았다.

냐앙 냐앙. 새끼 고양이는 조그마한 입을 벌리며 가녀린 소리로 울었고, 벌린 입속으로 엄니가 보였다. 플라스틱 조각처럼 하찮은 엄니였다.

"귀여워!"

세 아이는 가방을 던져 버리고 정신없이 고양이에 빠져들었다. 새끼 고양이는 하품도 하고 짧은 다리로 머리를 긁기도 하는 등 무척 귀여웠다. 공터에는 노란 민들레가 가득 피어 있었고, 조금 일찍 피어 이미 하얀 솜털이 된 것도 있었다. 새끼 고양이들은 꼭 그 하얗고 폭신폭신한 민들레 꽃씨 같았다.

레이코가 가장 먼저 고양이에게 손을 뻗었다. 레이코는 함께 노는 여자아이들 사이에서 리더였는데, 똑똑하고 공부도 잘했다.

레이코가 상자에서 새하얀 고양이를 들어 올렸다. 마미도 고양이 한 마리를 꺼냈다. 그다음은 너라는 듯한 두 사람의 눈길에 메구미는 조금 주저하면서 마지막 한 마리를 상자에서 꺼냈다.

깜짝 놀랄 만큼 가볍고, 부드러웠다.

조그마한 고양이는 가느다란 털을 곤두세웠는데, 불면 날아갈 듯 가냘프기만 했다. 한쪽 귀에 검은 털이 아주 조금 섞여 있었다. 그 외에는 온통 새하얬다. 핑크빛 코는 조그맣고, 눈만 커다랗다.

세 사람은 한참을 그 자리에서 고양이를 안고 있었다. 마침내 레이코가 일어섰다.

"나, 이 고양이 키울래."

"뭐?"

메구미와 마미는 얼굴을 마주 보았다.

"응, 키울 거야. 불쌍하잖아."

레이코는 단호하게 말했다. 그리고 아직 앉아 있는 두 사람을 내려다보았다.

"난 엄마한테 부탁할 거야. 너희도 그렇게 해."

"하, 하지만."

메구미는 고양이를 안은 채 고개를 숙였다.

"우리 엄마는 안 된다고 할 거야. 우린 집도 좁고."

"물어보기 전에는 모르는 거야. 우리 엄마는 일도 하잖아. 학교 선생님이니까 다른 엄마보다 바빠."

"그렇지만……."

메구미의 집에는 동물이 없었다. 여름방학 때 남동생이 채집해온 장수풍뎅이 정도가 전부였다. 그것도 현관 앞에 곤충채집통째로 놓여 있었을 뿐, 누가 돌봤는지도 모른다.

메구미는 엄마 얼굴을 떠올리자 도저히 새끼 고양이를 데리고 갈 자신이 없었다. 하지만 레이코의 시선이 따가웠다. 그때 마미가 힘차게 일어섰다.

"나도 키울래. 엄마에게 부탁해볼 거야."

"정말? 마미는 착하구나."

"응, 이대로 두면 고양이가 불쌍하잖아. 엄마가 안 된다고 하면 아빠한테 부탁할래."

레이코와 마미의 보이지 않는 결탁을 느끼자 메구미는 초조했다. 메구미는 벌떡 일어났다.

"나도 키울래. 나도 엄마가 안 된다고 하면 아빠한테 얘기할래."

"정말? 좋아, 셋이 키우자."

"응, 그래. 셋이 키우자."

레이코에게 인정받았다는 기쁨에 용기가 솟았다. 품속의 고양이는 바둥거렸지만, 도망칠 정도는 아니었다. 메구미는 갑자기 그 고양이가 자신의 것처럼 느껴졌다.

"그럼 이름을 정할까?"

레이코의 제안에 셋은 그 자리에서 고양이의 이름을 생각했다. 메구미는 고양이에게 유키라는 이름을 붙여 주었다. 하얀 눈 같아서 유키*. 귀에 까만 털이 섞여 있지만, 그것조차도 귀엽게 느껴졌다.

유키는 내가 지킨다. 그렇게 결심하고 메구미는 작은 고양이를 품에 안았다.

집에 돌아오니 마침 엄마는 외출 중이었다. 메구미는 지금이 기회다 싶어서 현관 안쪽에 신문지를 깔고 그 위

• '눈(雪)'을 뜻함.

에 유키를 놓았다. 먼저 집에 와 있던 남동생 요시히토는 계단 입구에서 입을 떡 벌렸다.

"누나, 고양이 키울 거야?"

"응. 귀엽지? 유키라고 해."

"괜찮아? 엄마한테 혼날 텐데."

메구미는 걱정스러운 표정의 요시히토를 한번 흘겨 주었다.

"시끄러워. 내가 돌볼 거니까 괜찮아. 넌 만지면 안 돼. 내 고양이니까."

메구미의 단호한 말에 요시히토는 곧바로 울먹였다. 한 살 밑인 동생은 툭하면 울었다.

"넌 왜 맨날 우니? 알았어, 너도 만져도 돼."

"응."

요시히토는 신발도 신지 않고 현관으로 내려오더니 쪼그리고 앉아 작은 고양이를 바라보았다.

"진짜 쪼그매. 누나, 너무 귀엽다."

"그치?"

남동생과 둘이서 조그마한 유키를 바라보았다. 유키는 두 사람을 올려다보며 냐앙, 냐앙 하고 울었다. 무언가를 호소하듯 계속해서 냐앙, 냐앙 울었다.

밖에서 인기척이 나더니 현관의 미닫이문이 열렸다. 양손에 슈퍼마켓 봉투를 든 엄마가 돌아왔다. 커다랗게 튀어나온 배 때문에 동작이 둔해 보였다. 두 달 후면 또 한 명의 남동생이 생긴다.

엄마는 후우 하고 크게 숨을 내쉬었다. 그리고 쪼그려 앉은 메구미와 요시히토 사이에 있는 고양이를 보더니 얼굴색이 변했다.

"너희! 이게 뭐니!"

그 목소리가 너무 크고 날카로워서 메구미는 몸이 굳었다. 조금은 혼날 줄 알았지만, 유키가 이렇게 귀여우니까 엄마도 유키를 보면 미소 짓지 않을까, 하고 쉽게 생각했었다.

하지만 엄마의 반응은 강력한 거절이었다. 엄마는 짐도 내려놓지 않고 현관 앞에서 소리를 질렀다.

"돌려주고 와! 빨리!"

"엄마, 그, 그게. 이 아이가 불쌍해서."

"무슨 소리야! 우리 집에서 어떻게 고양이를 키우겠다고 데려와, 데려오길! 당장 원래 있던 곳에 갖다 놔!"

엄마는 눈꼬리를 치켜뜨고 화를 냈다. 숙제를 안 했거나 요시히토와 몸싸움을 할 때마다 혼이 나긴 했지만,

이렇게까지 화가 난 엄마를 본 건 처음이었다.

요시히토가 울음을 터뜨렸다. 얼굴을 엉망으로 일그러뜨리고 으아앙 하고 소리 높여 울었다. 메구미도 울음이 나올 것 같았지만 참았다.

"엄마, 들어봐. 얘는 레이코가 발견한 거야. 세 마리나 있었는데, 레이코가 자기 엄마한테 부탁하면 키우게 해줄 거라면서, 마미와 나도 그렇게 하면 된다고 해서……."

"여기서 레이코가 왜 나와! 네가 데려왔으니까 네가 가져다 놔!"

엄마는 매섭게 말하고는, 벌벌 떨고 있는 메구미를 무시한 채 집 안으로 들어섰다. 그러곤 다시 뒤를 돌아보더니 날카롭게 말했다.

"요시히토, 언제까지 울고 있을 거야! 이제 곧 형아가 되잖니. 툭하면 우는 버릇 좀 고쳐!"

엄마에게 혼난 요시히토는 더 큰 소리로 울었다. 유키의 조그마한 울음소리는 들리지도 않을 만큼 소리가 컸다. 메구미의 눈에서 눈물이 흘러 발밑에 깔아둔 신문지에 뚝뚝 떨어졌다. 엄마는 그래도 여전히 무섭게 얼굴을 찡그릴 뿐이었다.

"어두워지기 전에 원래 있던 곳에 두고 와."

그렇게 말하고 집 안으로 사라졌다.

메구미는 신문지째로 유키를 품에 안고 느릿느릿 공터로 향했다.

엄마는 마귀야. 마귀할멈.

엄마에 대한 원망으로 눈물이 멈추지 않았다. 유키는 작은 발톱을 세워 옷을 꼭 붙잡고 있었다. 이렇게도 자신에게 의지하는 작은 생명체를 버리고 오라니, 정말 너무해.

공터에 도착하니 콘크리트 벽돌담 옆에 사람이 있었다. 마미가 종이 상자 앞에 쪼그리고 앉아 있었다.

"마미."

마미는 새빨개진 얼굴로 울면서 돌아보았다. 상자 안에는 마미가 데려갔던 새끼 고양이가 있었다.

메구미도 마미 옆에 쪼그리고 앉았다.

"너희 집도 안 되는구나. 우리 집도 안 된대."

"응. 아빠가 오시면 엄청 화내시니까 얼른 가져다 놓으래."

"우리 엄마도 그랬어. 엄마, 너무 싫어. 마귀할멈 같아."

"맞아. 우리 엄마도 마귀할멈이야. 하지만 레이코 엄마는 학교 선생님이니까 버리지는 않겠지. 처음부터 레이코가 세 마리 다 데려갔으면 좋았을 텐데. 처음 발견한 사람도 레이코잖아."

"맞아, 맞아."

메구미는 마음이 놓였다. 마미가 있어서 훨씬 마음이 가벼워졌다.

마미는 옷소매로 눈물을 훔치고는 일어섰다.

"나 그만 가야 해. 피아노 연습 안 하면 엄마한테 혼나."

"나도 갈래."

메구미는 혼자 남기 싫어서 유키를 떼어 상자 안에 내려놓았다. 두 마리의 새끼 고양이는 필사적으로 울고 있었다.

"미안해. 안녕."

마미가 먼저 달려갔다. 메구미도 황급히 그 뒤를 쫓았다. 종이 상자도, 공터의 민들레도 시야에서 사라졌다. 마미와는 곧 헤어졌고 메구미는 그대로 달려서 집으로 돌아갔다.

집에 오자 엄마는 주방에 있었다. 등을 돌린 채 부드

러운 목소리로 말했다.

"고양이 어디에 두고 왔니?"

"모퉁이에 있는 공터. 벚나무 있는 곳."

"그래. 숙제 있지? 저녁 먹기 전에 해놓으렴."

"네."

메구미는 재빨리 거실로 도망갔다. 집에 오면 또 혼날 거라고 생각했는데, 엄마는 이상하게 조용했고 그게 더 무서웠다. 더 이상 유키 이야기는 꺼내지 말자. 숙제도 빨리 해야지.

저녁을 먹을 때는 원래의 엄마로 돌아와 있었다. 당근을 남긴다고 혼났고, 늦게 먹는다고 혼났고, 요시히토랑 텔레비전 리모컨 쟁탈전으로 소란을 피우다가 혼났다. 아직 유키 생각을 하고 있던 메구미였지만, 내일 학교에서 피리 발표가 있다는 사실이 떠오르자 그 일로 머리가 꽉 찼다. 보고 싶은 애니메이션이 있는데 연습해야 한다는 사실이 서러워서 피리를 부는 내내 눈물을 흘렸다.

아빠는 밤에 일을 했기 때문에 쉬는 날 외에는 얼굴을 보기 힘들었다. 밥도 셋이 먹었고, 목욕도 셋이서 했다. 메구미는 잠을 자기 위해 평상시처럼 요시히토와 둘이서 다다미방에 이불을 깔고 누웠다. 얼핏 잠이 들려는 순간, 메구미는 이상한 소리에 눈을 떴다.

뭐지? 옆에 누운 요시히토를 보니 호쾌하게 이불을 걷어차고 자고 있었다. 메구미는 잘못 들었나 생각하며 다시 잠을 청했지만, 잠시 후 또렷하게 소리가 들렸다. 현관문이 닫히는 소리였다. 오래된 집이라서 미닫이문을 여닫을 때는 2층까지 울렸다. 누군가가 들어온 것이다.

아빠인가? 메구미는 엉금엉금 기어 창밖을 내다보았지만 어두워서 아무것도 보이지 않았다. 잠에서 깬 메구미는 한기가 느껴졌고 이어 화장실이 가고 싶어졌다. 졸린 눈을 비비면서 아래층으로 내려갔다.

아래층은 어두컴컴했다. 계단을 내려가면 바로 연결되는 좁은 거실에 엄마가 있었다. 엄마는 자신의 팔에 얼굴을 묻고 책상에 엎드려 있었다.

"엄마."

엄마는 깜짝 놀란 듯 어깨를 움찔하고는 고개를 들었다. 어두컴컴해서 잘 보이지 않았지만, 손으로 뺨을 닦는 것 같았다.

"아, 왜? 화장실?"

"응……."

여느 때의 엄마였다. 하지만 어딘가 달랐다. 조금 쓸

쓸해 보였고, 목소리에 힘이 없었다. 메구미는 불안해졌다. 엄마가 어딘가로 사라져 버릴 것 같아 두려웠다.

"엄마, 왜 그래?"

"뭐가? 아무 일도 없어. 쓸데없는 소리 하지 말고 얼른 자. 요시히토가 이불 걷어차면 잘 덮어주고. 네가 누나니까."

짜증 난 말투로 빠르게 말하는, 평상시의 엄마였다. 안도감과 동시에 화도 났다. 또, 쓸데없는 소리. 무슨 말을 해도 전부 그 말로 막아버린다.

메구미는 화장실을 다녀와 이불 속으로 들어갔다. 요시히토가 배를 드러내놓고 자고 있었지만, 일부러 무시했다.

엄마 따위 싫어. 내가 하는 말은 들어주지도 않고 맨날 화만 내.

메구미는 머리 위로 이불을 뒤집어쓴 채 눈을 꼭 감았다.

***

"그 고양이…… 어떻게 됐어?"

조심스럽게 물어보는 아오바의 목소리에 메구미의 가슴이 옥죄여왔다.

새끼 고양이는 이동장 안에서 자신의 발을 할짝할짝 핥고 있었다. 발가락 사이의 틈새가 또렷하고 체구에 비해 큼직한 발이었다. 그 불균형이 애처로웠다.

새끼 고양이가 메구미의 존재를 눈치챘는지, 움직임을 멈추고 가만히 응시했다. 아직 경계심조차 모르는 순진무구한 눈빛이다.

같은 고양이일 리가 없다. 유키를 몇 시간 만에 버린 게 벌써 30년도 더 된 일이다. 그런데도 똑같아 보였다. 하얀 솜털. 귓가에 있는 검은 반점. 회청색의 반짝이는 눈동자.

왜 지금까지 잊고 있었을까. 그때 자신이 무슨 짓을 했는지, 얼마나 잔혹한 짓이었는지.

"……그 이후의 일은 별로 기억나지 않아. 하지만 아마도 금방 잊고 아무것도 하지 않았던 것 같아. 함께 고양이를 주운 친구들이 어떻게 했는지도 기억나지 않아. 유키가…… 그 고양이들이 어떻게 됐는지 엄마는 몰라."

메구미는 멍하니 기억을 더듬었다. 어렸던 자신은 그

뒤로 고양이 일에 마음을 쓰지도 않았다. 그러니까 공터에 고양이를 보러 가지도 않았을 것이다. 적어도 그런 기억은 없었다.

얼마나 박정하고 무지하고 무책임했던가. 그 당시 집의 상황을 생각하면 엄마가 화를 낸 것도 당연했다.

그리고 지금은 알고 있다. 그날 밤, 엄마가 보여준 행동의 의미를.

엄마는 아마도 혼자 고양이를 보러 갔었을 것이다. 내가 버린 고양이가 어떻게 되었는지를.

키울 수도 없고 도와줄 수도 없다. 하지만 확인하러 가지 않을 수 없었을 터다. 공터의 종이 상자 안에서 고양이들이 어떻게 지내는지 무시할 수 없었을 터였다. 부모로서가 아니라, 인간으로서.

냐앙냐앙, 하고 지금도 고양이는 울고 있었다. 그때도 분명 쓸쓸하고, 배고프고, 추웠을 것이다. 메구미는 그런 것조차 모르면서 고양이를 데리고 와버렸다. 악의는 없었지만 어렸다. 어린아이였던 자신의 어리석음을 이제야 깨달았다.

그때까지 말없이 듣고 있던 의사가 이동장을 들어 올려 이동장 문을 열었다.

"즉효가 있는 고양이입니다."

의사는 그렇게 말하고는 새끼 고양이를 꺼냈다. 한 손으로 고양이의 복부를 쥐고, 다른 한 손으로 허벅지 위쪽을 눌렀다.

"고양이는 이렇게 안아야 합니다. 몸이 아주 유연하니까 걱정하지 말고 꽉 잡으세요. 자, 안아보세요."

"어……."

의사는 당황하는 메구미에게 고양이를 건넸다. 그 동작이 너무도 자연스러워서 마치 물 흐르듯 고양이가 메구미의 품에 안겼다. 작고 따뜻했다. 이렇게 안아보니 그때의 유키보다 제법 컸다. 새끼 고양이의 천진난만함은 있지만, 체구는 단단했다.

하지만 고양이는 자세가 불편했는지 이내 버둥거렸다. 도망가려고 발버둥 쳤다.

"어머, 어떡해. 떨어뜨릴 것 같아요."

"좀 더 세게 잡아도 괜찮습니다."

"말이 쉽지요……."

고양이는 싫어서 도망가려는 것이다. 하얗고 가는 털은 민들레 씨앗보다 강아지풀에 가까웠다.

"엄마, 나한테 줘봐."

아오바가 손을 내밀었지만, 메구미는 재빨리 몸을 틀어 비켜섰다. 이렇게 발버둥 치는 고양이를 아오바가 제대로 다룰 리 없었다.

"안 돼. 그러다 떨어뜨려."

말은 그렇게 했지만, 메구미 자신도 제대로 들지 못해 허둥댔다. 새끼 고양이는 옷에 발톱이 걸리자 마구잡이로 몸을 비틀었다.

"앗!"

새끼 고양이가 손에서 빠져나갔다. 하지만 아오바가 잽싸게 받아 들었다.

"세이프!"

아오바는 그대로 새끼 고양이를 끌어안았다.

"우와, 보들보들해. 너무 작아. 안 돼, 가만히 있어."

그리고 양손으로 새끼 고양이의 몸을 감싸 자신의 가슴팍에 눌렀다.

"니케 선생님, 이렇게 안으면 돼요? 맞아요?"

"맞아. 잘하네."

의사는 빙긋 웃었다. 아오바는 녹아내릴 듯한 미소로 새끼 고양이를 바라보았다.

"너무 귀여워. 아기 같아. 너무 작아서 무서워."

하지만 아오바의 손놀림은 거침이 없었고, 절대로 놓치지 않겠다는 듯 자신의 가슴에 꼭 껴안고 있었다. 아까는 불안해했던 새끼 고양이가 이제는 이상하다는 듯 고개를 들고는 아오바의 손을 작은 혀로 할짝할짝 핥았다.

"우와, 뭔가 까끌까끌해. 엄마, 고양이 혓바닥 이상해."

아오바가 웃는 얼굴을 보고 메구미는 깜짝 놀랐다. 딸의 이런 표정을 본 게 얼마 만인지.

웃는 얼굴뿐만이 아니었다. 새끼 고양이를 안고 있는 손도 듬직했다. 못할 거라고 확신했는데, 아오바가 자신보다 훨씬 능숙하게 고양이를 안고 있었다.

새끼 고양이도 그걸 아니까 얌전하게 있는 것이다. 지금까지 어리다는 이유로 무조건 부정해왔지만, 지금 이 새끼 고양이가 의지하는 사람은 메구미가 아니라 아오바였다.

"엄마, 혹시 이 고양이가 유키의 새끼가 아닐까? 완전히 똑 닮았다며."

아오바는 새끼 고양이와 코끝을 맞대고 천진하게 말했다.

그건 있을 수 없는 일이야. 무슨 쓸데없는 소리를.

평상시의 메구미라면 그렇게 말했을 것이다. 아오바

는 버려진 유키의 마지막을 짐작하지 못할 것이다. 설령 어떤 기적이 일어났다고 해도 지금 이곳에 있는 새끼 고양이와 유키는 관계가 없다.

혹시 공터 종이 상자에 있던 유키를 누군가가 발견하고 데려갔다면 그건 정말로 기적이다. 하지만 그런 해피엔딩은 일어나지 않는다. 분명 일어나지 않았을 것이다.

"……그래. 어쩌면 그럴지도 모르지."

메구미는 눈물을 삼키고 부드럽게 말했다. 그때 엄마가 남몰래 눈물을 삼켰던 괴로움을, 메구미도 삼켰다. 아오바는 기쁜 듯 밝은 표정을 지었다.

"분명히 그럴 거야! 그렇죠, 니케 선생님? 이 아이, 유키의 새끼 맞죠?"

"글쎄다. 어떨까?"

의사는 짐짓 시치미를 떼며 대답했다.

"고양이는 뻔뻔하고, 연약하고, 인간보다 수명도 짧지만, 줄어들기도 하고 많아지기도 하니까, 다시 되돌아오는 일도 가능하지 않을까?"

"그게 무슨 뜻이에요?"

아오바가 고개를 갸웃했다. 의사는 살짝 미소를 지었다.

"글쎄 어떤 의미일까. 여하튼, 어머니, 속은 어떠세요? 어지럽거나 울렁거리지는 않습니까?"

"네? 아니요."

메구미는 수상쩍었다. 정말로 이상한 의사다. 그냥 빙긋빙긋 웃고만 있을 뿐, 아무것도 한 게 없었다.

"그렇습니까? 다행이네요. 고양이 효과가 좋은 모양입니다. 대부분의 고민은 고양이로 치유됩니다. 하지만 고양이를 처방받으려면, 먼저 이 병원에 와서 스스로 문을 열지 않으면 안 되죠. 어머니처럼 문이 조금 무겁다고 느껴도 겁먹지 않고 들어와주시면 좋을 텐데 말입니다. 그러지 않으면 언제까지고 우리는 기다려야 하거든요."

"아……"

역시 무슨 말을 하는지 알 수 없었다. 의사가 아오바를 보았다.

"꼬마 아가씨의 고민은 어느 파벌에 들어갈까였죠?"

"네, 맞아요!"

아오바는 새끼 고양이를 소중하게 껴안은 채 힘차게 대답했다. 의사는 고개를 끄덕였다.

"간단해요. 보스가 강력한 쪽 파벌에 들어가면 됩니다. 강력한 보스는 얼굴이 커요. 얼굴이 크고 하관이 넓은 사람 쪽에 붙으면 돼요."

"하관?" 아오바는 고개를 갸우뚱했다.

"네. 얼굴 한가운데에 눈과 코와 입이 모여 있는 느낌이죠. 어느 보스의 얼굴이 크죠?"

"큭큭……. 그러니까, 레나가 얼굴이 커요."

"그러면 레나에게 붙으세요. 그럼, 부작용도 없는 듯하니 그만 가셔도 됩니다. 고양이는 돌려주시고요."

의사가 손을 내밀었다. 아오바는 주기 싫은 듯 마지못해 고양이를 건넸다.

"니케 선생님. 이 고양이는 선생님 고양이인가요?"

"아니요, 이 아이는 지인의 집에서 키우던 고양이가 낳은 새끼 중 한 마리예요. 새끼를 여러 마리 낳아서 입양할 곳을 찾는 중이죠. 인터넷으로 모집해볼까. 새끼라서 금방 지원자가 나올 텐데."

의사는 고양이를 이동장에 넣었다. 고양이는 냐앙, 냐앙 하고 울고 있었다.

"그러면 쾌차하시길 바랍니다."

의사는 빙긋 웃었다. 웃고는 있지만, 감정이 없어 보였다.

이걸로 끝인가. 메구미는 가슴에 구멍이 뻥 뚫린 듯한

상실감을 느꼈다. 아오바도 같은 기분이었는지 고개를 들고 자신을 올려다보았다.

"엄마, 이 고양이 키우면 안 될까?"

아오바의 애원에 목이 옥죄는 느낌이 들었다. 어린 고양이를 키우는 일이 얼마나 힘든 일인지, 어렸을 때는 몰랐지만 지금은 안다. 아마도 그때 엄마의 판단은 옳았을 것이다. 초등학생인 자신은 고양이를 돌볼 수 없었을 것이다.

메구미는 불현듯 이런 생각을 했다. 딸의 이야기를 진지하게 듣고 이해하려는 노력이 없으면, 다시 바쁜 일상에 중요한 무언가를 흘려버리게 될 것이다. 자신이 못했다고 해서 아오바도 그렇다고 판단해서는 안 된다.

메구미는 의사에게 물었다.

"선생님, 이 고양이는 어느 정도의 돌봄이 필요할까요. 스스로 밥을 먹을 수 있나요? 온종일 누군가가 같이 있어야 하나요?"

"이 아이는 태어난 지 두 달 반이 되었습니다. 건식 사료도 조금은 먹지만, 아직 이유식에서 일반 사료로 바꾸는 중이라서 식사 때는 혼자 두면 안 됩니다. 하루 세 번, 옆에서 지켜봐야 해요. 지금은 얌전하지만, 무척 활동적인 아이입니다. 손이 가지요. 손이 안 가는 고양이는 없습니다."

"세 번……."

낮 시간에 파트타임을 끝내고 집에 오면 가능할까. 아침 바쁜 시간에 돌봐줄 수 있을까. 밤에는 설거지에 쫓기면서 보살필 수 있을까.

아무리 생각해도 답이 나오지 않았다. 여러 가지 지식과 준비가 필요하다. 간단한 일이 아니다. 침묵하고 있는 메구미의 손을 아오바가 슬며시 잡았다.

"엄마. 내가 열심히 보살필게. 학교 끝나면 곧장 올 거고, 아침에도 일찍 일어날 거야. 내가 고양이 돌볼게. 내가 뒤처리 다 할게."

아오바는 진지하게 호소했다. 하지만 아무리 진지하다고 한들, 안 되는 부분도 있는 것이다.

"그만두는 게 좋겠습니다. 힘든 건 어머니입니다."

의사가 가볍게 웃으며 말했다. 맞는 말이라고 생각했다. 메구미는 고개를 숙이고 입술을 깨물었다.

유키, 미안해.

그때, 모른 척해서 미안해. 정말 미안해.

"……이 고양이 데려가게 해주세요. 열심히 키울게

요. 소중하게 대할게요."

"하지만."

"부탁합니다. 제가 잘 보살피겠습니다."

메구미는 깊게 고개를 숙였다. 의사는 온화하게 말했다.

"고양이는 제멋대로라는 말을 흔히 합니다만, 인간이 훨씬 제멋대로죠."

의사가 어떤 표정인지는 모른다. 하지만 그 목소리에서 전부 꿰뚫어 보고 있다는 것이 느껴졌다.

아오바가 일어나서 메구미 옆에 나란히 섰다.

"니케 선생님. 엄마가 아니라 제가 돌볼게요. 열심히 할게요. 부탁해요."

그리고 엄마처럼 고개를 숙였다. 그러자 의사는 호쾌하게 말했다.

"그렇습니까. 그렇다면 접수처에서 주의사항을 들어 주십시오. 나중에 도저히 안 되겠거든 다시 여기로 오시고요."

의사가 이동장에 얼굴을 가까이 대자, 엎드려 있던 고양이가 코끝을 들었다. 둘은 서로를 똑바로 응시했다.

"다녀와도 돼. 괜찮아. 돌아올 곳이 분명히 있으니까."

둘은 정말로 소통이 되는 듯했다. 의사는 "자." 하면서 아오바에게 이동장을 건넸다. 아오바는 이동장을 양손으로 단단히 받아 쥐었다.

진료실을 나오자 접수처의 작은 창구에서 간호사가 불렀다. 여전히 무뚝뚝한 태도였다. 종이 가방을 건네받은 메구미가 내용물을 들여다보았다.

"이건?"

"이 고양이가 사용하던 물건입니다. 최소한의 물품밖에 없으니 그 밖에 필요한 건 직접 갖춰주세요. 집 근처에 병원은 있습니까? 야간에도 진료해주는 동물병원을 알아두는 게 좋습니다."

"아, 그러고 보니 스다 동물병원에 응급도 받아준다고 분명히 적혀 있었어요. 거기 아세요? 여기에 오기 전 잘못 들어간 병원입니다만."

"아······."

간호사는 눈을 내리깔았다.

"알아요. 고코로 선생님의 병원이죠. 저도, 니케 선생님도 많은 도움을 받았거든요. 고코로 선생님 만나시면 지토세가 잘 부탁드린다고 했다고 전해주세요. 그럼 쾌차하시기 바랍니다."

무뚝뚝하긴 마찬가지였지만, 어딘가 수심이 있는 듯한 말투였다. 메구미는 더 이상 아무 말도 하지 않았다. 고양이를 키우는 데 필요한 지식은 전문가에게 묻는 편이 좋다. 내일이라도 스다 동물병원에 가보자.

　병원에서 나오자, 삭막하고 어두침침한 복도는 들어왔을 때와 마찬가지로 적막이 감돌았다. 두 손으로 이동장을 안고 있는 아오바가 말했다.

　"엄마, 생각났어. 저 언니."

　"뭐?"

　"가즈사가 춤 연습할 때 봤어. 뭐더라? 일본 무용이던가? 여하튼 교습실에 놀러 갔었는데, 거기에 있던 사람이야. 마이코*처럼 머리를 올리고 유카타를 입고 있었는데, 저 간호사 언니였어."

　"음……."

　메구미는 쓴웃음을 지었다. '쓸데없는 소리'라는 말이 버릇처럼 나올 뻔했다.

　"마이코는 간호사가 될 수 없지 않니?"

• '게이샤'가 되기 위해 수련하는 10대 견습생. '게이샤'는 교토 기온 등에서 전통 무용이나 연주 등으로 연회의 흥을 돋우는 일을 한다.

"흐음, 그런가. 진짜 똑같이 생겼는데, 다른 사람인가?"

아오바는 고개를 갸웃했다. 그때 복도 맞은편에서 한 남자가 걸어오고 있었다. 화려한 셔츠를 입은, 조금 불량스러워 보이는 남자였다.

메구미는 눈을 마주치지 않으려고 고개를 돌렸지만, 남자가 지나가면서 노골적으로 메구미를 쳐다보았다. 시비라도 붙으면 큰일이다 싶어, 메구미는 아오바를 재촉해서 빨리 나가려고 했다. 하지만 남자가 먼저 말을 걸었다.

"거기, 그 빈집에 들어갈 생각이야?"

남자는 의아한 듯 미간을 찡그리고 있었다. 거만한 태도였지만, 뭔가 걱정하고 있는 듯도 보였다. 메구미는 당황했다. 빈집이라면, 방금 나온 병원을 말하는 걸까.

"아, 아니요. 이곳은 빈집이 아니라, 멘탈 클리닉입니다만."

"거기는 벌써 몇 년 동안 비어 있어. 사연이 있는 집이거든. 임대인이 들어와도 금방 나가버려."

"엄마, 사연이 뭐야?"

아오바가 천진하게 묻자, 남성이 조금 장난스럽게 웃었다.

"꼬마 아가씨. 사고 물건이라고 알아? 예전에 그곳에서 무서운 일이 일어나서 귀신이 나와."

"네? 귀신요?"

"그래. 목소리가 들리기도 하고 모습이 보이기도 한대. 그러니까 그 빈집에 들어갈 거면, 나중에 왜 안 가르쳐줬냐고 하면 안 돼. 분명히 충고했다."

남자는 그렇게 말하고 옆방으로 들어갔다. 메구미가 고개를 빼고 문을 보니, '일본건강제일안전협회'라는 팻말이 붙어 있었다. 너무 수상쩍은 기분이 들어 얼굴이 굳어졌다.

"엄마, 귀신이래……."

아오바가 불안한 듯 말하자 메구미는 꺼림칙함을 떨쳐내고 웃었다.

"농담이야. 이상한 아저씨다, 그치? 그만 집에 가자. 오빠 벌써 왔을 거야. 고양이 밥도 줘야 하고."

"응."

아오바의 얼굴이 환하게 밝아졌다. 아오바는 안고 있는 이동장을 소중한 듯 바라보며 말했다.

"이 아이는 유키의 아기니까 이름을 고유키라고 해도 돼?"

메구미는 말없이 고개를 끄덕였다. 이제부터 힘든 나날이 시작된다. 불안과 두려움. 그래도 아오바랑 같이 열심히 해보자.

"있지, 아오바. 파벌이랑 카스트 얘기, 엄마한테 다시 해줄래?"

"에이." 아오바는 얼굴을 찡그렸다. "몇 번이나 했잖아."

"말했어도 한 번만 더. 이번에는 잘 들을게."

"어쩔 수 없지."

아오바는 건방지게 한숨을 쉬고는, 슬쩍 눈치를 보는 듯한 눈빛으로 말했다.

"그럼 엄마도 학부모 친구 얘기해줘."

"응?"

"엄마도 학부모 모임에 가기 전에는 늘 어두운 얼굴이잖아. 사실은 가기 싫지?"

마음속을 꿰뚫어 보는 바람에 메구미는 당황했다.

"무, 무슨 말이니? 전혀 아니야."

"뭐, 어쩔 수 없지. 파벌도 학부모 모임도 다 만남이니까. 고유키, 인간은 참 힘들겠지?"

아오바는 이동장 안의 고양이에게 말하고는 재빨리

앞서 걸었다.

메구미는 어이가 없었다. 소중하게 이동장을 들고 가는 뒷모습은 아직 작은 어린아이였지만, 여자아이는 정말 순식간에 성장하는 모양이었다.

"엄마, 빨리 와!"

건물 사이의 좁은 길 끝에서 아오바가 기다리고 있었다. 메구미는 조금 황당해하면서 딸과 새로운 가족에게 발길을 옮겼다.

***

'일본건강제일안전협회'의 사장이자 유일한 사원인 시나 아키라는 5층을 향해 계단을 올라갔다. 발걸음은 가볍고 숨도 가쁘지 않았다.

어찌 됐든 건강 제일을 외치는 회사의 사장이다. 이 회사에서 취급하는 안티에이징 게르마늄 목걸이의 효과를 검증하기 위해서라도 운동은 게을리하지 않았다.

삼십 대 후반치고는 피부도 탄력 있고, 몸매도 단단했다. 게르마늄 목걸이의 판매도 호조라서, 슬슬 이런 수상쩍은 건물을 떠나 사업을 확장해도 될 만한 시기였다.

'나카교 빌딩'이라는 거창한 이름이 붙은 상가 건물이지만, 골목 안쪽에 있어서 해가 잘 들지 않았고, 요즘 세상에 엘리베이터도 없었다.

더구나 옆 호실은 사고 물건이다. 시나가 이곳에 들어온 2년 전에는 이미 사건의 흔적도 없었지만, 처음 5층 복도에 들어섰을 때는 이상한 냄새가 코를 스쳤다. 그리고 옆 호실을 임대한 사람은 모두 정착하지 못했다. 시나는 정말로 귀신이 나온다고 믿고 있었다.

그 빈집에 사람들이 때때로 드나들었다. 인기척이나 소리가 들렸고, 실제로 문 앞에 사람이 있는 것도 몇 번 보았다. 부동산에서 온 것 같지도 않았고, 사무실을 보러 온 사람 같지도 않았다.

"느낌이 안 좋은 곳이야."

시나는 계단을 오르면서 중얼거렸다. 아까의 모녀는 그곳이 무슨 클리닉 어쩌고 했었다. 오지랖이라는 생각을 하면서도 말을 걸었을 때, 초등학생 정도의 여학생이 들고 있던 이동장 안이 살짝 보였다. 이동장 안에는 작고 하얀 고양이가 있었다.

부동산을 통해 그 사무실에서 일어난 사건을 들었던 터라 더욱 오싹했다. 설마 또 같은 일이 일어나고 있는 걸까.

 만약 그렇다면 더는 이곳에 있을 수 없었다. 딱히 동물을 좋아하지 않았지만, 악덕 업자의 악행에는 구역질이 나왔다.

 시나는 5층까지 올라가서 복도로 들어섰다. 자신의 사무실 바로 옆, 사고 물건 앞에 웬 여성이 홀로 서 있었다.

 순간 소름이 돋았다. 가냘프고 하얀, 버드나무 같은 느낌의 여자였다. 뒤를 지나갈 때 훔쳐봤는데, 앞머리를 올려 묶고, 뒷머리는 느슨하게 하나로 묶고 있었다. 평범한 분위기가 아니었다.

 엄청나게, 예쁜 여자였다.

 시나는 사무실 문을 열 때도 여자에게서 시선을 떼지 못했다. 연약해 보이는 느낌이 딱 시나의 취향이었다. 여자는 어두운 얼굴로 문 앞에 서서 눈을 내리뜨고 있었다.

 시나는 사무실로 들어갔다. 문을 닫기 직전에 여자 목소리가 들렸다.

 "돌아와. 돌아와, 지토세—."

 울음 섞인 가녀린 목소리였다. 문이 닫힌 후, 시나는 섬뜩함에 어깨를 떨었다.

"무서워……."

옆 사무실은 정말로 귀신이 나오는 집이었다. 머지않아 이곳에도 귀신이 올 것 같아서, 사무실 이전을 진지하게 고민했다.

제4화 | 완벽주의자인 당신에게
고양이를 처방해 드립니다

"저는 더 이상 못 쫓아가겠어요."

어시스턴트인 직원이 눈물을 글썽이며 말했다.

'또야?'

다카미네 도모카는 미간을 찡그렸다. 상대가 감정적일 때는 대화하고 싶지 않았다. 어차피 시간 낭비이며, 달래줄 마음도 없었다.

1층 매장에는 도모카가 디자인한 여성용 가방이 넓은 공간에 전시되어 있었다. 제작은 이곳 2층의 사무실 겸 아틀리에에서 하고 있었다. 어시스턴트에게는 업무량과 경력에 맞는 월급을 지급하고 있으니, 불만이 있다면 본인이 문제인 것이다.

"저도 못 하겠어요."

또 한 사람, 이번에는 사무 직원이 말했다.

두 사람 모두 이십 대 초반으로, 어느 정도 디자인을 공부했다. 본인들이 굳이 이곳에서 일하겠다고 지원해 놓고 조금만 엄격하게 대하면 저렇게 징징거린다. 지긋지긋하다.

하지만 두 사람이 동시에 반기를 들면 당장 내일 업무부터 지장이 생긴다. 대량 제작뿐만 아니라 특별 주문도 받은 상태라서 납기에 쫓기고 있는 상황이었다.

도모카는 한숨을 쉬었다. 논리적으로 따져서 할 말이 없게 만들어버리자.

하지만 그 전에 또 한 사람, 디자인 보좌를 맡고 있는 수석 어시스턴트가 말했다.

"저도 무리입니다."

"뭐?"

예상 밖의 세 번째 반기에 도모카는 깜짝 놀랐다.

"좀 진정해. 갑자기 왜 그래?"

"갑자기가 아닙니다. 도모카 씨의 완벽주의를 더는 못 맞추겠습니다. 오늘부로 그만두겠습니다."

"오늘? 그만둔다고? 그렇게 갑자기…….."

"수석이 그만두면 저도 그만두겠습니다."

"그러면 저도 그만두겠습니다."

가장 먼저 말을 꺼낸 어시스턴트와 사무 직원도 합세했다. 그리고 말릴 틈도 없이 세 사람은 사무실을 나갔다.

혼자 남은 도모카는 망연자실했다. 바깥은 이미 완전히 어두워져 있었다. 실내의 환한 불빛을 받아 유리로 된 벽에 자신의 모습이 비치고 있었다.

"으아…….."

탄식과 함께 공동경영자인 준코가 들어왔다.

"갑자기 세 사람이 그만두다니, 감당하기 힘든데. 어떻게 할래? 좀 져주고 다시 데려올까?"

그 제안에 도모카는 화를 벌컥 냈다.

"져주다니 싫어. 그 애들 일하는 꼴 보면, 완전히 얼렁뚱땅에 대충대충."

"하지만 너의 그 완벽주의를 누가 맞춰줄 수 있겠니?"

준코는 대학 때 만난 친구로, 둘 다 디자이너를 꿈꿨다. 준코는 디자인 실력은 부족했지만, 경리나 관리 능력이 뛰어났다. 둘이서 회사를 세우고 교토에 매장을 낸 것이 29세 때. 벌써 3년이 되어 간다.

시모교구의 중심가인 시조 거리에서 한 블록만 벗어나면 갑자기 상점과 건물의 규모가 작아진다. 도모카의 핸드백 전문점은 사카이마치 거리에 있었다. 젊은 층을 대상으로 하는 상점이 많은 신쿄고쿠가 인근에 있었고, 조금만 걸으면 노포인 다이마루 교토점이 있었다. 산책 겸 들르는 디자이너 브랜드 숍으로서, 도모카의 매장은 단골도 늘었고 멀리서 찾아오는 손님도 있었다.

이렇게 밤늦게까지 좋은 상품을 만들기 위해 노력한 결과물이다. 완벽주의의 문제가 아니다.

"나는 완벽을 추구하지 않아. 그저 제대로 하고 싶을 뿐이야. 그것도 상식선에서. 소재나 공정에 까다로운 게 뭐가 나빠? 저렴한 비용으로 빨리 재료를 조달하는 게 그 애들의 업무잖아. 그 정도 일은 누구라도……."

화를 내며 반박하다 보니 위 부근이 아팠다. 도모카가 몸을 수그리는 모습을 보고 준코가 말했다.

"봐봐, 그 제대로가 너를 괴롭히고 있잖아. 최근에는 결과물도 잘 안 나오고. 그러니까 조금만 힘을 빼."

"힘을 빼라니……. 어쩌라고. 이런 작은 가게는 쉬는 순간 문을 닫는 거라고."

"쉬라는 게 아니고. 상담을 좀 받아보면 어때? 건강에도 문제가 생기고 있잖아. 빨리 어떻게든 해야 해. 독특한 디자인을 좋아하는 클럽 여주인이 있는데, 그 여주인의 하청업자인 네일리스트의 손님이 재미있는 의사를 만났대. 기분 전환 삼아서 너도 한번 가봐."

"뭐야, 지인의 팔촌의 사돈도 아니고. 의사라면 정신과?"

"응. 우리 매장 근처야. 누가 이야기를 들어주는 것만으로도 좀 편해지지 않을까?"

예민하다고 비난받는 것 같아 기분이 언짢았다. 하지만 위통이 있는 것도 사실이고, 직원이 세 명이나 그만뒀다. 인원을 보충하는 건 준코의 몫이다. 그녀의 수고를 생각하면 의견을 무시할 수도 없었다.

"알았어."

도모카는 내뱉듯 말했다.

"어디로 가면 되는데?"

"그렇게 해서 이곳에 오게 되었어요."

도모카는 고개를 들었다. 정신과 의사와의 면담이라는 긴장감 때문에 고개를 숙이고 있었던 것이 아니었다.

분노 때문이었다.

비좁은 진료실에서 손을 뻗으면 닿을 거리에 앉아 있는 의사는 흐느적거리고 있었다. 그리고 끊임없이 딸꾹질을 해댔다.

"딸꾹! 그렇군요, 딸꾹. 그런, 딸꾹. 사연입니까."

의사의 눈은 흐리멍덩했고, 표정은 느끼했으며, 입은 헤벌쭉. 여기가 정말 평판 좋다는 멘탈 클리닉일까? 술에 취한 게 분명했다.

"저기, 선생님. 술 드셨지요? 취하셨죠?"

"아뇨, 아뇨."

의사는 실실 웃었다.

"술이 아니라 차입니다. 개다래나무 차. 조금밖에 안 마셨는데 엄청나네. 강력해……. 그러니까, 누구시죠?"

"다카미네입니다. 제 이야기 듣고 계셨나요?"

"네, 물론 들었죠. 다카미네 씨, 이거, 개다래나무 차 드셔보실래요?"

"됐습니다. 정체불명의 음식은 먹지 않아서요."

"그러지 마시고요. 맛있습니다. 마시면 뜨끈뜨끈해져요. 지토세 씨, 차 가져오세요."

의사가 커튼 너머를 향해 말하자, 잠시 후 간호사가

들어왔다. 간호사는 책상 위에 찻잔을 놓았는데 빈 잔이었다. 도모카의 얼굴이 일그러졌다. 마시고 싶었던 건 아니지만, 이게 뭐란 말인가.

"저기…… 차는?"

"어머, 미안해요. 맛있어 보여서 마셔버렸어요. 꺄하하."

간호사는 새된 목소리로 웃고는 다시 안으로 들어가 버렸다.

뭐지, 이 병원은. 지금 장난치는 건가.

도모카가 멍하니 있자, 의사가 조금 정신이 들었는지 미소를 지었다.

"이런, 실례했습니다. 다카미네 씨죠. 그러니까, 뭐였더라."

이 의사는 역시 듣고 있지 않았다. 도모카는 화가 치밀었지만, 그래도 이왕 왔으니 최소한의 일은 하게 해주겠다는 마음으로 정색을 했다.

"그러니까, 어떻게 하면 다른 사람의 미숙함에 관대해질 수 있는지 알고 싶습니다. 무책임하고, 건성으로 일하는 사람들에게 일일이 화내고 싶지 않습니다. 예컨대 환자의 이야기를 듣지 않는 의사라든가……. 선생님

얘기는 아닙니다. 그런 사람들을 신경 쓰지 않으려면 어떻게 해야 할까요? 본인만 제대로 하면 된다는 건 알고 있습니다만."

"이상한 말씀을 하시네요."

의사가 고개를 갸우뚱하더니, 놀리듯 웃었다. 도모카는 짜증이 났다.

"뭐가요?"

"전혀 제대로가 아니신데요. 오히려 환자분이 제대로가 아니란 말이죠. 아하하하."

도모카는 입이 떡 벌어졌다.

지금까지 살아오면서 반대되는 평가는 수없이 들었지만, 제대로 안 한다는 이야기는 처음이었다. 너무 놀라 할 말을 잃었지만 의사는 태연했다.

"흐음, 그렇군요. 이번 치료는 과감하게, 강력한 고양이를 처방해보죠. 2주일 동안 고양이를 처방하겠습니다. 지토세 씨, 고양이 데려와요."

의사는 다시 커튼 안쪽에 대고 말했다. 하지만 대답이 없었다.

"지토세 씨?"

"네, 네."

대답과 함께 아까의 간호사가 들어왔다. 접수처에 있을 때는 진짜 무뚝뚝한 여자라고 생각했는데, 지금은 생글거리며 손에 든 이동장을 흔들었다.

"고양이예요? 또 고양이?"

"지토세 씨, 개다래나무 차를 얼마나 마셨습니까?"

"꺄하하하. 얼마나? 뭐, 고양이는 얼마든지 있어요. 어디에도 있지요. 정말이지 얼른 잊어주세요. 꺄하하하."

간호사는 큰 소리로 웃더니 이동장을 놓고 나갔다.

"이런. 죄송합니다. 예약 환자가 전혀 올 기미가 없어서, 가볍게 한잔……하려고 했는데, 이렇게 또 새로운 환자분이. 정말이지 인간은 아무것도 아닌 일로 고민을 하는군요."

"아무것도 아닌 일?"

도모카는 눈을 매섭게 떴다.

"선생님, 방금 아무것도 아닌 일이라고 하셨나요?"

"아니요, 안 했습니다. 이거 안 되겠는걸. 당분간 개다래나무 차는 금지야. 잠시만 기다려주세요. 지급품은 제가 준비해드릴 테니."

의사는 그렇게 말하고 밖으로 나갔다. 진료실에 혼자 남겨진 도모카는 영문도 모른 채 책상 위에 놓인 이동장 안을 들여다보았다. 그리고 침을 꿀꺽 삼켰다. 정말로 고양이가 있었다.

맑은 하늘빛의 눈동자는 마치 보석 같았다. 섬세하고 가는 털은 하얗고, 귀와 눈 주변만 고동색.

이토록 우아하고, 이토록 귀여울 수가. 고양이는 똑바로 도모카를 응시했다.

"하아……."

자신도 모르게 탄성이 나왔다. 한도 초과의 귀여움에 몸이 떨렸다. 고양이는 이동장 문에 앞발을 걸치고 있었다.

발 볼록살.

하얗고 동그란 발에는 핑크빛의 팥알만 한 볼록살이 네 개, 한가운데에 작은 후지산 같은 볼록살이 하나. 온몸이 복슬복슬한데 발바닥 안쪽에만 살이 찰지게 모여 있다.

고양이가 파란 눈으로 도모카를 뚫어지게 응시하면서, 앞발을 꼼지락꼼지락 움직였다. 이곳에서 꺼내줘. 그렇게 조르고 있었다. 도모카는 홀린 듯 이동장에 손을 뻗었다. 문을 열려는 순간 의사가 돌아왔다.

"어? 무슨 일 있으십니까?"

"아, 아니요. 전 아무것도……. 저는 그렇게 함부로 고양이를 만지거나 하지 않습니다. 그런데, 이 고양이를 어떻게 하라는 건가요? 혹시 고양이가 위로가 된다, 뭐 이런 뜻인가요?"

"고양이가 위로? 무슨 말도 안 되는. 고양이는 아무것도 해주지 않습니다. 그저 그곳에 있으면서 자신이 좋아하는 일을 할 뿐입니다. 하지만 고양이는 만병의 근원이라는 말이 있죠. 응? 아닌가? 고양이는 만병통치였나."

의사는 고개를 갸우뚱했다. 만병의 근원과 만병통치는 의미가 완전히 다르다.

"이런, 안 되겠군. 나도 아직 덜 깼나. 여하튼 웬만한 건 고양이로 치료되니까. 이 안에 지급품과 설명서가 들어 있으니, 집에 가서 잘 읽어보세요. 이 고양이는 효과가 직통으로 나타나니까, 놀라서 중간에 그만두거나 하시면 안 됩니다. 서서히 익숙해질 겁니다. 다카미네 씨, 듣고 계십니까?"

의사의 물음에 도모카는 퍼뜩 정신이 들었다. 고양이의 파란 눈동자에 빠져 정신을 놓고 있었다.

"다, 당연히 듣고 있어요. 전 남의 이야기를 늘 제대로 듣는 사람이거든요. 그러니까 이 고양이를 2주 동안 데리고 있어도 되는 거네요?"

"네, 그러세요. 그럼, 쾌차하시길."

의사는 빙긋 웃었다.

종이 가방과 이동장을 안고 진료실을 나오자, 접수처에서 간호사가 입을 벌리고 자고 있었다. 건성으로 일하는 것도 정도가 있지. 디자이너로서 차림새뿐 아니라 태도에도 신경을 쓰는 자신과는 너무 달랐다.

종이봉투 안을 보니, 싸구려 그릇과 처음 들어보는 브랜드의 건식 사료가 있었다.

도모카는 설명서를 읽었다.

☑ 이름: 탱크. / 수컷. 2세. 아메리칸쇼트헤어.

☑ 식사: 아침과 저녁에 적당량.

☑ 물: 상시.

☑ 배설물 처리: 적당한 때.

활동량이 많으므로 실내에서도 충분한 공간을 확보해주고, 위험한 물건은 치워주세요. 적어도 하루에 30분은 운동을 시켜주세요. 그러지 못할 경우 혼자서 놀 수 있는 장난감 등을 설치해주세요. 이상.

도모카는 미간을 찡그렸다. 이동장 안의 고양이는 복슬복슬하다. 고양이에 대한 지식은 상식 수준이지만, 아무리 봐도 아메리칸쇼트헤어는 아니다. 완전히 다른 종류다.

"뭐 이런 엉터리가 다 있어?"

도모카는 분노를 느끼며 잠들어 있는 간호사를 노려보았다. 사료도 설명서도 믿음이 가지 않았다. 직접 검색해서 제대로 돌봐줘야겠어.

고양이가 이동장 문을 할퀴었다. 발 볼록살이 슬쩍 보였다.

"아……."

도모카는 탄성을 질렀다. 그리고 서둘러 집으로 향했다.

열흘 후.

매장 2층에서 도모카와 준코, 그리고 준코가 설득해서 다시 데리고 온 수석 어시스턴트 미쓰키가 신상품 회의를 하고 있었다. 디자인과 가격이 다른 도안 여러 장을 테이블 위에 펼쳐놓고 의견을 교환하는 중이었다.

도모카는 자신이 디자인한 가죽 숄더백 시안을 들고 중얼거렸다.

"여기에 고양이 프린트는 어떨까?"

도모카의 혼잣말에 가까운 중얼거림에 준코와 미쓰키는 얼굴을 마주 보았다. 준코가 고개를 갸웃했다.

"고양이?"

"응, 고양이."

"나쁘진 않은데 이번 콘셉트와는 안 맞지 않아? 일하는 여성의 데일리백이 테마잖아."

준코가 의아하다는 듯 말했다.

분명 그랬다. 도모카는 늘어놓은 시안을 비교했다. 가볍고 부드러운 가죽을 사용하고 A4 사이즈의 서류가 들어가는 크기. 포인트가 되어줄 술 장식이나 태슬을 달고, 기본 색상 외에 한정판으론 스모키핑크 컬러. 비즈니스 미팅과 사적인 모임 모두에 사용할 수 있는 가방.

거기에 귀여운 고양이 그림을 넣으면 순식간에 조잡스러워져 방향성이 무너진다. 말하지 않아도 알고 있었다.

"그래. 갑자기 생긴 업무 미팅에도 가져갈 수 있는, 격식을 겸비한 커다란 가방이지. 비즈니스 자리에도 여성은 짐이 많으니까. 거기에다 여성들의 꾸미고 싶은 욕구도 충족시켜줘야 하고."

"응. 그러면 이 디자인 시안 중에서……."

"여기에 고양이 프린트는 어떨까?"

도모카의 진지한 말투에 준코는 다시 고개를 갸우뚱했다.

"뭐야, 아까 했던 말이잖아. 왜 그래? 고양이를 꼭 넣고 싶은 거야?"

그러자 미쓰키도 조심스럽게 말했다.

"하지만 도모카 씨, 프린트나 부각을 넣으면 공적인 자리에 들고 가기는 좀 어렵지 않나요? 게다가 고양이라니, 너무 귀여운 스타일이 될 거 같은데."

고양이는 너무 귀엽다. 지당한 말이다. 도모카는 씁쓸하게 입술을 깨물었다.

"확실히 너무 귀엽지. 지나치게 귀여워……. 하지만 모노톤으로 하면."

"안 된다니까."

"안 되죠."

준코와 미쓰키가 동시에 외치자 도모카는 심통이 난 듯 얼굴을 찡그렸다.

"뭐야, 그렇게까지 반대할 필요는 없잖아. 알았어. 이번에는 원래대로 직장 여성의 데일리백 콘셉트로 가."

잘 알고 있었다. 적어도 이번 신작에는 고양이를 넣을 수 없다. 하지만 걸핏하면 마음이 금방 그쪽으로 날아가 버리고, 그래픽 태블릿을 켜면 어느새 고양이 귀와 발바닥 젤리를 그리고 있었다.

게다가 의식하고 보니 여기저기 온통 고양이었다. 텔레비전 광고, 인터넷, 굿즈. 세상에는 고양이가 이렇게도 넘쳐나고 있다는 사실을 이전에는 몰랐다. 지나치게 의식한 나머지 어제는 사무실 화분에 걸려 있던 하얀 비닐봉지를 하얀 고양이로 착각했다.

도모카의 변화를 준코는 느끼고 있는 듯했다. 어제도 웃으면서 비닐봉지에 다가가는 모습을 준코에게 들키고 말았다. 미쓰키가 손님을 맞기 위해 아래로 내려간 후, 준코가 걱정스러운 듯 물어보았다.

"저기, 도모카. 요전에 내가 말했던 병원, 가봤어?"

"갔었어. 완전히 이상한 병원이던데? 의사와 간호사 둘 다 취해 있었어. 게다가 안정제 대신인지, 고양이를 처방해줬어."

"취해 있었다고? 고양이를 처방해?"

"지금 생각하면 그게 수법이었는지도 몰라. 사고력을 흐트러뜨린달까, 생활을 흐트러뜨린달까. 여하튼 난 괜찮아. 아무런 영향도 받지 않았으니까."

하지만 그 열흘 동안, 도모카는 매장 영업이 끝나면 필요한 업무만 처리하고 곧바로 귀가했다. 그리고 오늘도 서둘러 정리를 끝내고 집으로 날아갔다.

도모카는 현관문을 열자마자 하이힐을 벗어 던지고 집 안으로 뛰어 들어갔다.

"탱크, 나 왔어!"

냐앙, 하고 작은 소리로 고양이가 울었다. 새하얀 장모의 아름다운 탱크가 우아한 발걸음으로 다가왔다. 고동색 꼬리는 꼭 모피 목도리 같았다. 그 모습을 본 순간 반사적으로 입이 헤벌어졌다. 오늘도 온종일 탱크를 생각하고 있었다. 뒹구는 탱크. 사료를 먹는 탱크. 장난감을 끌어당기려고 몸을 뻗는 탱크.

"탱크, 엄마한테 와."

도모카는 양팔을 벌렸다. 하지만 날카로운 견제가 들어왔다.

"도모카. 손 먼저 씻고 와."

앞치마를 두른 다이고가 주방에서 얼굴을 내밀었다. 맛있는 냄새가 났다.

도모카는 그제야 이성을 찾았다.

"다이고, 오늘도 집에 있었어?"

"응. 에이, 안 된다니까. 탱크 만지기 전에 손 씻어야지."

"쳇."

도모카는 부루퉁한 얼굴로 세면대에서 손을 씻었다. 평상시에는 그런 말을 듣기 전에 알아서 했다. 단지 오늘은 탱크가 지나치게 귀여워서 그만 깜박했을 뿐이다.

"탱크…… 자, 이리 와. 엄마한테 와봐."

도모카는 옷도 갈아입지 않고 카펫에 누웠다. 탱크는 마치 리듬을 타듯 가뿐하게 걸어왔다. 낮은 눈높이에서 보는 탱크는 한층 귀여웠다. 일부러 꼼짝 않고 있자, 탱크는 발끝에서 머리까지 천천히 냄새를 맡으며 몸을 밀어붙여 털을 잔뜩 묻혔다.

"탱크…… 손 좀 줘봐."

도모카는 탱크의 하얀 손을 쥐었다. 앞쪽은 뭉실뭉실한 주먹 같다. 뒤집으면 핑크빛 볼록살. 볼록살에 살짝 손가락을 문질렀다.

말로 표현하기 힘든 독특한 감촉. 부드럽고, 탄력적인 실리콘. 아니, 젤리 과자 같다. 만지고 있으면 기분이 좋아졌다.

도모카는 눈을 감고 황홀경에 빠졌다.

"도모카! 밥 다 됐어."

"응……."

부르는 소리에도 멈출 수가 없었다. 왜냐면 탱크의 볼록살이 너무 기분 좋으니까. 탱크는 표정 변화 없이 갑자기 손을 뺐다. 그러고는 엉덩이를 보이며 우아하게 멀어져갔다.

"기다려, 탱크. 발 냄새 맡게 해줘."

"바보 같은 소리 그만하고 빨리 밥이나 먹어."

다이고는 기가 막혔다. 탱크는 종이 상자와 티셔츠로 만든 침대에 몸을 웅크리고 있었다. 도모카는 마지못해 식탁에 앉았다. 다이고가 먼저 먹기 시작했다.

"너무 정 주지 마. 며칠 있으면 탱크 돌려줘야 한다며."

"그 정도는 알고 있어. 다 생각하고 있다고."

생각하고 싶지 않은 말을 듣자 도모카는 괜히 화가 났다. 자기가 더 생각 없이 살면서.

다이고와 교제한 지 5년. 도모카가 아직 신참 디자이너로 회사에 근무할 때, 그가 요리사로 있던 일품요릿집에서 이야기를 나눈 것이 계기였다. 두 사람 모두 자신의 가게를 갖는 것이 꿈이었다. 도모카는 몇 년 후 그 꿈을 이뤘지만, 그는 여러 곳을 전전하다가 지금은 체인점 술집에서 조리사로 일하고 있었다. 항상 저녁에 나가 한밤중에 돌아오기 때문에 밤낮이 바뀐 생활을 해왔다.

두 사람은 조금이라도 같이 있는 시간을 만들기 위해 동거하고 있었다. 다이고는 부지런하고 집안일도 요리도 잘했다. 주변 사람들에게는 함께 있으면 즐거우니까 이대로 충분하다고 했지만, 그건 그냥 하는 말이었다.

"있지, 다이고."

"왜?"

"요전에 했던 말 있잖아. 우리 부모님 만나러 가는 거. 어때? 부모님이 언제 오느냐고 재촉하시네. 물론 그냥 만나기만 하는 거야. 깊은 의미는 없어. 가벼운 마음으로 가주면 되는데."

"좋아."

다이고는 밥을 먹으면서 순순히 대답했다. 도모카는 눈을 크게 떴다.

"정말? 언제? 언제 갈까?"

"언제든 좋아. 나, 일 그만둬서 한가하거든."

"아, 한가해? 그래…… 한가하구나. 그렇구나……."

또 그만둔 것이다.

도모카는 육수로 끓인 미소 국을 마셨다. 무가 부드럽고 간이 잘 배어 있었다. 요리사인 만큼 다이고가 만든 음식은 늘 맛있다. 하지만 벌써 삼십 대 후반인데도 그는 미래에 대한 계획도 없이 그저 낙천적이기만 했다. 교제를 시작한 후에만 따져봐도 이직 횟수는 한 손에 꼽을 수 없을 정도였다. 지금의 술집도 일한 지 얼마 되지도 않았는데 또 그만둔 것이다.

그의 '무직'이 서서히 마음에 걸리기 시작했다. 교제를 시작했을 때는 이십 대였고, 도모카도 자신의 꿈에 몰두해 있어서 그의 느긋함을 낙관했다.

하지만 어느새 도모카도 서른두 살이다.

다이고가 진지하게 장래를 생각했으면 하는 것이 속마음이었다. 이제 슬슬 안정적인 직장에 들어가지 않으면 아무리 시간이 흘러도 결혼은 불가능하다.

"미안."

다이고는 손에 든 그릇 위로 눈을 올려 떴다.

"곧바로 일 찾아볼게. 무직이라도 괜찮다면 부모님께 인사드리러 갈 수 있는데."

"아, 아니야……. 일자리 찾으려면 바쁘잖아. 좀 안정된 후에 가도 돼."

"미안해."

"괜찮다니까."

도모카는 웃었다. 미안해하는 그를 보자 화낼 기분도 사라졌다. 그래. 나만 잘하면 돼. 좀 더 열심히 해야지. 제대로 하자. 그렇게 생각하며 가라앉으려는 기분을 끌어올렸다.

"그러면 한동안 다이고는 집에 있을 수 있다는 거네. 좋겠다, 탱크랑 놀 수 있어서."

"하지만 이 녀석, 낮에는 거의 잠만 자. 랙돌은 정말 얌전한 종인가 봐. 진짜 인형 같아."

다이고가 뒤를 돌아보았다. 그의 시선 끝에 있는 탱크는 종이 상자 침대에 몸을 말고 식탁 쪽을 보고 있었다. 탱크가 앉으면 종이 상자도 고급 소파처럼 보였다.

의사가 건네준 설명서는 엉망이었다. 엉터리도 정도가 있지.

탱크의 외모는 전혀 아메리칸쇼트헤어가 아니었다. 폭신폭신하고 긴 털과 파란 눈동자. 비슷한 종류는 더 있었지만, 흰색에 짙은 갈색이 섞인 탱크는 수많은 사진을 비교해 봤을 때 랙돌 순종인 듯했다. 게다가 어떤 사진이나 영상보다 아름다웠다.

성격은 온화했고, 뛰어다니거나 높은 곳에 올라가지도 않았다. 기껏해야 장난감을 손으로 깔짝깔짝 긁어 대는 정도였다.

"탱크는 정말이지 이렇게 얌전한데. 그 이상한 설명서에는 완전히 장난꾸러기로 나오잖아."

"그러니까 말이야. 탱크처럼 우아하고 똑똑하고 예쁜 고양이라면 계속 키워도 될 거 같아."

도모카는 넋을 잃고 탱크를 바라보았다.

귀 가장자리가 짙은 갈색이고, 흐르듯이 점점 연한 갈색으로 변한다. 콧날은 새하얗고, 파란 눈 주변은 다시 연한 갈색. 수염이 난 볼록한 입가는 마치 하얀 마시멜로를 붙여놓은 듯했다.

따뜻한 코코아에 마시멜로를 얹은 듯한 고양이. 다디달아서 보고 있기만 해도 스르르 녹아버린다.

"아―."

"도모카, 또 이상한 소리 낸다."

다이고는 웃고 있었다. 지금은 무직이지만 영영 무직은 아니다. 내가 번 돈으로 생활은 충분히 할 수 있다. 아무런 문제도 없다. 게다가 고양이가 있어도 집 안은 깨끗하고, 옷도 말끔하다. 완벽하다.

그런데도 그 의사가 뭐라고 했지? 뭐? 제대로 못 하고 있다고?

나는 제대로 하고 있다. 과거에도 그랬고, 앞으로도 그럴 것이다.

다음 날, 예약 손님이 매장에 왔다. 하지만 약속보다 30분이나 일찍 온 탓에 준비가 되지 않은 도모카와 준코는 당황했다.

손님은 기온 거리에서 옷과 핸드백 편집숍을 운영하는 50대 여성이었다. 도모카의 핸드백을 마음에 들어해서 이전에도 대량 주문을 해주었다. 그런 고객을 기다리게 할 수는 없어서 2층 사무실로 안내했다. 준코는 테이블 위에 흩어져 있던 데생과 견본 원단 등을 황급히 정리하고 있었다.

"아, 그대로 둬도 괜찮아요. 엄청 바쁜가 보네. 장사가 잘된다는 뜻이니 좋은 일이지."

우아한 교토 말투지만, 그대로 받아들이면 크게 당한다. 예전부터 교토 사람들은 생글생글 웃으면서 싫은 소리를 했다. 준비가 안 되어 있다는 것은 대우가 허술한

것으로 비칠 수 있다.

"죄송합니다, 고즈에 씨. 방금까지도 고즈에 씨에게 어울릴 만한 디자인을 그리다가 그만 시간을 잊었어요."

"어머, 그래요?"

고즈에는 테이블 위에 펼쳐져 있던 디자인 시안을 한 장 손에 들었다.

"아니, 이 그림, 너무 귀여운데. 의외네. 다카미네 씨, 이런 것도 만들어?"

도모카가 자신도 모르게 멍하니 그린 탱크 그림이었다. 유치해 보이지 않도록 특징만 단순하게 표현했다. 잠시만 긴장을 늦춰도 어느새 손이 고양이를 그리고 있어서, 스케치가 온통 고양이였다.

"아, 그건."

"아니, 이 그림 정말로 귀여워. 전에 부탁했던 가방 있잖아, 다른 사이즈도 몇 개 더 주문하고 싶은데, 거기에 이 고양이 그림을 좀 활용해볼 수 없을까? 너무 유아스럽거나 싸구려 같지 않게 만들어줄 수 없을까?"

"그러면 가죽에 금박을 한 장식이나 탈부착이 가능한 파우치에 넣어보면 어떨까요? 쇠 장식은 옅은 먹색으로 해서 조금 빈티지 느낌을 내고."

"그래, 괜찮네. 기온의 마마 중에는 애묘가가 많아서 좋아할 거야. 그래, 내가 아는 사람 중에도 고양이를 아주 좋아하는 사람이 있어. 도모카 씨가 만든 가방 멋지다고 하던데, 다음에 그 친구랑 같이 와도 될까?"

"네, 물론이죠."

마침 적절한 순간에 준코가 샘플 가방을 가져왔다. 기분이 고조된 고즈에는 샘플을 확인한 후 추가 주문을 하고 돌아갔다.

"큰일 날 뻔했네."

준코가 웃으며 말했다.

"그러게. 탱크 덕이야. 하지만 아무리 단골이라고 해도 시간은 지켜줬으면 좋겠어. 갑자기 와놓고는 그대로 둬도 괜찮다니, 우리 사정은 생각도 안 하고……."

"저……."

미쓰키가 조심스럽게 말했다.

"제가 고즈에 씨의 전화를 받았어요. 시간을 좀 당겼으면 한다고."

"미쓰키, 뭐야? 잊은 거야?"

"죄송합니다. 사무 직원이 그만둔 후로 잡다한 일이

늘었잖아요. 다른 일 하면서 전화 대응을 하다가 무심 코."

무심코라고?

제대로 하라고 화를 내려는 순간 준코가 끼어들었다.

"하지만 덕분에 도모카가 원하던 걸 상품화하게 되었 잖아. 그 고양이 일러스트, 좀 더 패턴을 만들어보면 어 때? 우리 브랜드 캐릭터로 만드는 것도 좋고."

"아, 좋은 생각이네요. 고양이가 요즘 인기니까요."

미쓰키는 이미 아무렇지 않은 얼굴이었다. 그녀는 원래 변명도 잘하고 좀 가벼운 구석이 있었다. 전에도 다른 사람이 불평할 때 동조하면서 쉽게 나가버리더니, 또 아무렇지 않게 돌아왔다. 저렇게 대충 살면 편할 텐데. 도모카로서는 도저히 흉내도 낼 수 없었다.

"패턴……."

도모카는 중얼거리면서 자신이 그린 낙서를 보았다. 탱크 그림은 색을 입히지 않은 소묘로, 얼굴만 있었다. 본격적으로 상품에 사용하려면 이런 낙서로는 안 된다. 디지털 데이터로 만들 필요가 있다.

탱크는 집에 온 첫날부터 얌전했고, 동작도 느긋했으며, 쓰다듬어 달라고 무릎 위에 올라오는 고양이였다.

껴안아도 싫어하지 않아서 모피 쿠션처럼 계속 만질 수 있었다. 그 촉감을 떠올리기만 해도 도모카의 표정이 풀어졌다.

미쓰키가 매장으로 내려가자 준코가 웃으면서 말했다.

"엄청난데?"

"응? 뭐가?"

"고양이 말이야. 너, 계속 배시시 웃고 있는 거 알아? 그 클리닉에서 데려왔다고 하지 않았어? 엄청 예뻐하는 거 같은데?"

도모카는 속마음을 들키자 얼굴을 붉혔다. 웃고 있다는 걸 자각하지 못했는데, 속마음이 겉으로 드러났던 모양이다.

"뭐, 키워보니까 제법 귀엽기는 해."

제법 정도가 아니다. 집에서 애정 공세를 펼치는 모습을 준코가 본다면 아마 놀라 기절할 것이다.

"사진 없어?"

"있지."

없을 리가. 도모카는 자신의 핸드폰을 준코에게 보여주었다. 준코는 처음에는 웃으면서 봤지만, 끝없이 이어지는 탱크 사진에 조금 질린 듯했다.

"엄청난 양이네. 게다가 전부 똑같은 사진이잖아."

"무슨 소리야. 전부 다른 사진이라서 창작 의욕이 자극받는 거 아니겠어? 이거 봐. 빨려들 것 같은 파란 눈동자."

"네, 네. 근데 의외네. 넌 깔끔한 걸 좋아해서 동물은 못 키울 줄 알았어."

"탱크는 정말 얌전한 고양이거든. 그리고 뒤치다꺼리는……."

다이고가, 라고 하려다가 도모카는 말을 삼켰다.

도모카는 탱크랑 놀아주는 쪽이고, 이런저런 뒤처리는 다이고가 도맡아 했다. 그는 지금 무직이니까.

준코는 도모카가 다이고와 오랫동안 교제 중임을 알고 있었다. 다이고가 직장을 쉽게 그만두는 것도, 그래서 도모카가 답답해한다는 것도, 그리고 두 사람 사이가 정체기라는 사실까지 모두 알고 있었다. 도모카는 준코가 신경 쓰는 게 싫어서 이번에는 다이고가 일을 그만둔 걸 말하지 않았다.

도모카는 적당히 얼버무리며 다른 화제를 꺼냈다. 자신만 제대로 하면 다이고의 수입이 불안정해도 문제는 없다. 그러려면 반드시 히트 상품을 만들어내야 한다.

"그래, 이거. 이거야."

도모카는 재빨리 자신이 그린 스케치를 가리켰다.

랙돌처럼 우아한 고양이라면 성인 여성용 캐릭터로 사용할 수 있다. 고양이가 회청색 눈동자로 올려다보면 누구나 탄성이 나오게 마련이다.

그리고 그 앞발. 동그란 발 안쪽의 볼록살. 처음으로 고양이의 발 볼록살을 만졌을 때는 깜짝 놀랐다. 보들보들한데 강력한 탄성이 있었다. 탄력성이 강한 우레탄 느낌이었다.

그 감촉도 무언가에 이용할 수 있지 않을까. 당장 생각나는 건 없었다. 이틀 뒤에는 탱크를 돌려줘야 했지만, 아직 돌려줄 수 없다.

"다양한 패턴을 만들 수 있도록 기간을 연장해야겠어. 외출할 거니까 나머지 좀 부탁해."

도모카는 그렇게 말하고 매장을 나왔다.

병원 문을 열자 접수처에 앉아 있던 간호사가 눈을 들었다.

"다카미네 씨, 기간이 아직 남았을 텐데요."

새침한 얼굴로 말하는 간호사를 보자 화가 치밀었다. 다시 보니 간호사는 자신보다 조금 어릴 듯했다. 침착한 태도를 보아 지난번의 추태는 잊은 모양이었다. 도모카는 놀려주고 싶은 마음을 참지 못했다.

"오늘은 개다래나무 차를 안 마셨나 봐요. 개다래나무에 취하다니, 고양이도 아니고."

하지만 간호사의 얼굴은 무표정했다. 간호사는 눈을 살짝 치켜뜨며 말했다.

"지금 웃어야 되는 타이밍인가요? 나중에 웃을 테니, 진료실로 들어가세요."

이 간호사는 대체 뭐야. 도모카는 얼굴을 찡그린 채 진료실로 들어갔다. 오늘은 의사도 맨정신인 듯했다. 하지만 간호사와는 달리 생글생글 웃는 얼굴이었다.

"어, 다카미네 씨. 표정이 왜 그렇게 무서워요? 고양이 효과가 별로 없었나? 시간이 꽤 지났는데."

의사는 목을 쭉 뽑아 도모카의 얼굴을 들여다보았다. 너무 가까운 거리에 깜짝 놀라 몸을 뒤로 뺐지만, 의사는 더욱 얼굴을 들이밀었다.

"아니, 생각과는 다른 효과가 나타난 거 같은데. 이상하네. 고양이가 안 맞았나."

의사는 알아들을 수 없는 말을 하면서 몇 차례 고개를 갸우뚱했다. 하지만 얼렁뚱땅 넘어가려는 태도에 장단을 맞출 생각이 도모카에게는 없었다.

"저기, 선생님. 제가 데려간 탱크…… 랙돌 말인데요, 좀 더 빌릴 수 없을까요? 실은 그 고양이를 모티브로 한 상품 디자인을 의뢰받았거든요. 좀 더 옆에 두고 관찰하고 싶습니다. 전, 부탁받은 일은 제대로 해야 직성이 풀리는 성격이거든요."

"랙돌?"

의사는 눈을 깜박이더니 컴퓨터 키보드를 두드리기 시작했다.

"아이쿠, 저런. 고양이가 바뀌었네요. 다카미네 씨, 죄송합니다. 이전에 처방한 고양이는 실수입니다. 데리고 계신 랙돌은 탄제린이라는 이름의 암컷입니다. 고양이 카페에서 일했던 프로라서 얌전할 겁니다. 하지만 그 녀석은 효과가 약할 텐데."

도모카는 기가 막혀 천장을 올려다보았다. 정말이지 기묘한 병원이었다. 내가 속은 건 아닐까.

"저기요. 전 정신의학과는 처음입니다만, 원래 이런 건가요?"

"환자분들이 자주 착각하시는데요, 이곳은 정신의학과가 아닙니다. 멘탈 어쩌고도 아닙니다. 흐음. 다른 고양이가 2주 가까이 나가버렸네."

의사는 컴퓨터 화면을 보며 난처하다는 듯 팔짱을 끼고 있었다. 도모카는 불안했다.

"정신의학과가 아니라고요? 그럼 고코로 병원이란 이름은……."

"고코로 선생님의 병원에 자주 다녔어요. 저도 지토세 씨도 아는 곳이 그곳뿐이라, 적당히 이름만 빌렸을 뿐입니다. 좋은 병원이었죠. 생명의 은인이기도 하고요. 그래, 고양이를 추가로 처방해볼까. 탄제린과 같이 2주일, 어떻습니까?"

정신의학과 전공도 아닌 수수께끼 의사의 질문이 당혹스러웠다. 그렇다면 이곳은 무슨 병원인 걸까.

"추가라면, 한 마리 더라는 의미인가요?"

"합사해도 걱정하실 필요는 없습니다."

"그런 걱정은 안 해요. 단지, 고양이 두 마리를 데리고 있는 건."

"무리입니까? 고양이 두 마리는 너무 센가요?"

"아니요, 그런 게 아니라."

"무리겠죠? 그러겠네요. 두 마리나 있으면 더욱 제대로 할 수가 없겠죠. 무리무리, 고양이는 그만두는 걸로 할까요?"

의사의 반웃음에 기분이 상했다. 탱크, 아니 탄제린은 전혀 손이 가지 않는 고양이니, 한 마리 더 늘어난다고 해도 돌볼 수 있을 터다. 더구나 다른 고양이를 관찰할 수 있게 되면 창작의 폭이 넓어질지도 모른다.

"괜찮습니다. 2주일 정도는 돌볼 수 있습니다. 탄제린이랑 다른 한 마리도 데려가겠습니다."

도모카가 단호하게 말하자 의사는 싱긋 웃으며 고개를 끄덕였다.

"그렇습니까. 그러면 이번에는 꼭 탱크를 처방해드릴 테니, 잘 데려가십시오. 아, 맞다. 때늦은 감이 있지만, 이전에 처방한 고양이의 설명서도 드리겠습니다."

정말로 때늦은 소리였다. 도모카는 속이 부글부글 끓었지만, 받아 든 설명서를 읽었다.

☑ 이름: 탄제린. / 수컷. 4세. 랙돌.
☑ 식사: 아침과 저녁에 적당량.
☑ 물: 상시.

☑ 배설물 처리 : 적절한 때.

기본적으로는 혼자 둬도 문제는 없습니다. 아름다운 외모에 온후한 성격이고 사람과의 접촉을 좋아하는 탓에 의존도가 높아지기 쉽습니다. 일정 거리를 두도록 해주십시오. 환각이나 망상 등 약효가 과하다고 판단될 경우 의사와 상담해주십시오. 이상.

도모카는 얼굴을 찡그렸다. 딱 집에 있는 고양이 이야기다. 환각이나 망상은 짐작 가는 바가 차고 넘쳤다. 혹시 한 마리를 더 데려가면 문제가 더 커지는 거 아닐까.

"다카미네 씨? 왜 그러시죠?"

의사는 도모카의 불안을 눈치챘는지, 잡아먹을 듯한 눈빛으로 뚫어지게 바라보았다.

"역시 무리입니까? 제대로 해낼 수 없습니까?"

"그, 그렇지 않아요. 전 괜찮습니다."

"그러면 다행이고요. 아하하하. 아, 맞다. 두 마리를 함께 처방받을 때는, 양쪽 다 마지막까지 챙겨주시기 바랍니다. 도중에 멈추면 내성이 생겨서 효능이 발휘되지 않습니다. 지토세 씨, 고양이 데려오세요."

그런 말은 미리 했어야지.

도모카가 불만을 말하기 전에, 다시 고양이가 든 이동장이 나타났다.

인터넷으로 검색해보았다. 이건 흡사 야밤의 운동회라도 열린 듯했다.

무시무시한 기세로 뛰어다니는 고양이에 도모카는 완전히 기진맥진이었다. 어떻게 해야 이 고양이를 멈출 수 있을까. 너무 빨라서 붙잡을 수도 없었다. 애초에 고양이는 붙잡을 수 있는 존재가 아니었다.

몸은 고사리떡처럼 미끌미끌. 아니, 모차렐라 치즈에 가까울까.

아메리칸쇼트헤어인 탱크가 소파에서 벽으로 날았다. 벽을 박차고 테이블 위로 뛰어내린다.

공중 삼단뛰기. 액션 영화에서나 볼 수 있는 곡예 점프다. 그 바람에 테이블보가 미끄러졌고, 탱크는 테이블보를 휘감으며 바닥에 떨어졌다. 탱크는 테이블보에 싸여 발버둥을 치고 있었다.

랙돌 탄제린도 흥분해서 발톱으로 사방을 긁어댔다. 두 마리는 추격전을 벌이면서 방 안에 있는 모든 물건을 앞발로 퍽퍽 쳤다. 크림빵처럼 귀여운 손은 어느새 흉기가 되었다.

 탱크가 다시 테이블 위로 뛰어올랐고, 거기서 다시 찬장으로 날아올랐다. 멍하니 있던 도모카가 퍼뜩 정신을 차렸다.

 "다이고, 잡아줘. 저렇게 높은 곳에서 떨어지다 다치면 어떡해."

 "응, 알았어."

 멀뚱히 서 있던 다이고가 황급히 찬장 위로 손을 뻗었다. 찬장과 천장 사이의 좁은 틈새에 납작하게 엎드린 탱크에 간신히 손이 닿으려는 순간이었다. 탱크가 스프링 장난감처럼 몸을 비틀어 높이 뛰었다. 두 사람은 숨을 삼켰다. 탱크는 가볍게 바닥으로 내려왔다. 거의 소리도 없이. 풀솜이 사르르 떨어진 듯했다.

 발 볼록살이다. 그것이 모든 충격을 흡수하고 있었다. 네 개의 발바닥에 있는 핑크빛 도톰한 젤리.

 "도모카, 안 되겠어. 포기하고 자자."

 다이고가 깊은 한숨을 쉬더니 꾸벅꾸벅 졸기 시작했다.

 도모카는 다이고를 째려보았다. 그는 탱크 뒤를 쫓기만 했을 뿐 꼬리조차 닿지 못했다. 잡으려고 고군분투한 사람은 도모카 혼자였고 결국 양손은 상처투성이가 되었다.

옅은 회색 털에 검은 줄무늬, 꼿꼿하게 솟은 귀에 타원형 얼굴. 아메리칸쇼트헤어인 탱크는 처음에 받았던 설명서 속 고양이였다. 타고난 귀여운 외모에 고집스러운 작은 입의 탱크는 몸집이 커서 더 활발해 보였다.

탱크의 눈동자 색은 노란색이 깃든 옅은 갈색으로, 탄제린의 옥색과는 다른 아름다움이 있었다. 고양이의 눈은 정말로 신기해서, 옆에서 보면 구체의 절반이 투명했다. 유리구슬을 들여다보고 있는 듯했다.

처음 탱크를 집에 데려왔을 때는 구석에 숨어서 나오지 않았다. 사료와 물을 줬지만 엎드린 채 가만히 노려볼 뿐이었다. 첫날부터 잘 따랐던 탄제린과는 달리 경계심이 많아 보였다. 밤이 돼도 나오지 않자 어쩔 수 없이 거실에 두 마리를 남겨놓고 불을 껐다.

그리고 한밤중, 운동회가 시작된 것이다.

이미 탱크가 매달렸던 커튼은 절반이 떨어져나갔고, 찬장에도 긁힌 상처가 있었다.

고양이가 이렇게까지 격렬하게 움직이는 동물인 줄 몰랐다. 얌전했던 탄제린까지 덩달아 이리저리 뒹굴고 있었다. 쿠션과 탁상시계, 값비싼 식기 케이스를 치우지 않았던 것이 후회되었다.

"내버려두자. 저러다 지치면 자겠지."

"하지만 그 전에 집이 파괴될 거야……."

"내가 내일 다 치울게. 거실도 정리하고 낮에는 아메리칸쇼트헤어 녀석도 운동시킬게. 이 녀석도 분명 낯선 집에 와서 스트레스를 받을 거야."

"탱크."

"뭐?"

"아메숏이 탱크. 랙돌이 탄제린이야."

"……탱크랑 미리 놀아줄게."

그렇다. 다이고는 낮에도 밤에도 집에 있다. 내일을 위해 자야 하는 건 자신뿐이다. 다행히 탱크와 탄제린은 충분히 놀았는지, 이제 좀 조용했다.

아침에 일어나보니 거실은 완전히 거센 소용돌이가 지나간 자리였다. 다이고가 치워준다고 했으니 그냥 못 본 척 매장으로 향했다. 수면 부족이라도 평상시와 다르지 않다고 생각했는데, 미쓰키가 얼굴을 보자마자 말했다.

"도모카 씨, 등에 밍크 털이 잔뜩 묻었어요. 원래 그런 디자인인가요?"

"밍크 털?"

고개를 비틀어 등을 보니 온통 고양이 털이었다. 거울을 보면서 꼼꼼하게 확인했는데, 나오기 직전에 소파에 앉았던 탓이다.

"정말 미치겠네."

도모카는 진절머리가 났다. 패션용품을 만드는 사람으로서 옷차림에는 늘 신경을 썼는데 이 꼴이었다. 이 상태가 앞으로 2주일이나 지속된다.

"집에 고양이가 있어서 그래. 집 안이 엉망진창이야."

"오, 의외네요. 도모카 씨라면 고양이가 있어도 깔끔하게 관리할 것 같았는데. 아, 맞다. 어제 도모카 씨 퇴근한 뒤에 고즈에 씨에게 전화가 왔었어요. 고양이 좋아하는 친구분, 오늘 오후에 방문하고 싶어 하신다고."

"뭐? 그 말을 지금 하면 어떡해!"

"어제 핸드폰에 문자 넣었는데요, 안 보셨어요?"

미쓰키는 조금 억울한 듯 눈을 치켜뜨며 쳐다보았다. 도모카는 침을 꿀꺽 삼켰다.

"……고즈에 씨는 정말 성격이 급하다니까. 알았어. 특별한 용무도 없고, 평일이라 손님도 별로 없을 거고."

도모카는 미쓰키에게 응대를 맡기고, 사무실에서 새로운 디자인을 고안하고 있었다. 고즈에가 소개해준 손님은 정오가 지났을 무렵 나타났다.

그 손님이 눈길을 끈 이유는 기모노 차림 때문만은 아니었다. 앞머리를 위로 올리고 뒷머리를 느슨하게 묶고 있었는데, 요염한 분위기로 한눈에 게이샤인 걸 알 수 있었다.

"고마노야의 아비노라고 합니다. 갑작스럽게 방문해서 죄송해요. 고즈에 마마가 들고 있던 가방이 너무 멋져서, 다카미네 씨를 소개해달라고 졸랐어요."

"마음에 드셨다니 기쁘네요. 고마노야라는 건 기온에 있는 가게인가요? 아비노 씨는 게이샤······."

도모카는 말을 하다 말고 멈칫했다. 아비노의 요염한 분위기에 압도되어 깨닫지 못했는데, 낯이 익은 얼굴이었다. 단아한 얼굴과 매혹적인 움직임, 그리고 전혀 다른 옷차림 때문에 처음에는 몰랐지만, 그 기묘한 병원의 간호사였다.

"저, 아비노 씨는 나카교에 있는 병원의 간호사시죠?"

"간호사? 설마요. 전 기온의 게이샤입니다. 연회가 없는 날에는 기모노 대신 일상적인 옷을 입지만, 간호사 차림은 하지 않아요."

아비노는 기품 있게 웃고 있었지만, 보면 볼수록 그

간호사와 닮았다. 아니, 분명히 동일 인물이었다.

부업? 게이샤와 간호사를 겸하는 건가?

하지만 느긋하게 웃는 그 얼굴에서는 아무것도 읽을 수 없었다. 간호사는 분명 지토세라는 이름이었는데. 게이샤도 간호사도 힘든 직업이다. 겸업은 어려울 터였다.

"죄송해요. 자주 다니는 병원에 지토세라는 간호사가 있는데, 아비노 씨랑 정말 꼭 닮았어요."

도모카는 웃으면서 말하다가 아비노의 얼굴을 보고 깜짝 놀랐다. 조금 전과는 전혀 다르게, 경직된 표정으로 정색하고 있었다.

"지토세라고 하셨나요? 지토세를 보셨어요? 어디서 보셨어요?"

아비노가 가까이 다가오는 바람에 도모카는 뒷걸음질을 쳤다.

"어디냐면, 롯카쿠 거리 골목길에 있는 병원입니다. 고코로 병원이라고 하는 이상한 병원의 간호사가……."

"고코로 선생님의 병원? 스다 동물병원에 지토세가 있어요?"

"동물병원?"

대화가 어딘가 엇갈리고 있었다. 아비노는 애처롭게

매달리는 듯한 눈빛이었다.

"어?"

도모카는 사거리 정중앙에서 멈춰 섰다. 동쪽과 서쪽을 보고, 북쪽과 남쪽을 보았다. 어느새 지나쳐버린 듯했다.

다코야쿠시 거리 모퉁이에서 아비노가 심각한 표정으로 이쪽을 보고 있었다. 울음을 참고 있는 어린아이 같았다.

"조금만 기다려주세요, 아비노 씨. 분명히 이 부근이에요."

도모카는 아비노를 그 자리에서 기다리게 한 후 도로를 한 바퀴 돌았다. 아까부터 길가의 건물을 꼼꼼히 확인했지만 고코로 병원으로 들어가는 골목길이 보이지 않았다.

"이상하네요. 어두침침한 골목이 있고 그 골목 막다른 곳에 병원 건물이 있었어요. 그곳 5층인데 제가 두 번이나 갔었거든요. 길을 헷갈렸을 리가 없는데."

"찾고 계신 곳이 스다 동물병원과 다른가요?"

아비노는 답답하다는 듯 미간을 좁혔다. 여전히 각자

의 이야기가 맞물리질 않았다.

"동물병원이 아니라니까요. 멘탈……은 아닌 듯하지만, 마음을 치유해주는 병원입니다. 이상한 병원이죠."

도모카는 명확하게 설명하기가 어려웠다. 아비노가 같이 가달라고 간절하게 부탁해서 이렇게 왔는데, 어째서인지 병원이 보이지 않았다.

아비노는 고개를 숙인 채 생각에 잠겨 있었다. 혹시 그 병원은 꿈이었나? 아니야. 탄제린과 탱크가 집을 엉망진창으로 만들었잖아. 고양이들은 실제로 존재하고 있어.

"저기."

아비노가 의아한 듯 말했다.

"병원이 있는 건물이 혹시, 나카교 빌딩인가요? 좁고 긴 복도가 있는 5층짜리 낡은 건물입니다."

"건물 이름은 모르지만, 그런 느낌입니다. 아비노 씨도 아세요?"

"지토세가 있던 곳입니다. 지토세는 그곳에서 태어났어요."

아비노는 어두운 얼굴로 말했다. 이번에는 그녀가 앞서서 다시 한번 거리를 돌았다. 후야초 거리 중앙 부근에 있는 건물을 올려다보고 도모카는 깜짝 놀랐다.

"어떻게? 분명히 골목길이 있고, 좀 더 안쪽에 있었는데."

"여기가 나카교 빌딩입니다. 오래전부터 이곳에 있었죠. 만약 다카미네 씨의 이야기가 사실이라면 이 건물 5층에 지토세가 있겠죠."

아비노는 그렇게 말하고 건물 안으로 들어갔다. 도모카는 의아함을 넘어 두려워졌다. 하지만 탄제린과 탱크는 그 병원에서 데려왔다. 무슨 일이 일어나고 있는지 확인해야 했다.

기억대로 복도는 좁고 어두컴컴했다. 수상쩍어 보이는 사무실을 훔쳐보며 안쪽 계단을 올라 5층에 도착했다.

안쪽에서 두 번째 방이라고 말하기 전에, 아비노가 먼저 문 앞에 섰다. 그녀는 이곳을 알고 있었다. 그런데도 손잡이에 손을 걸친 채 움직이지 않았다. 괴로운 듯 입술을 깨물고 있었다. 도모카는 말없이 아비노 대신 손잡이를 잡았다.

하지만 철컹하는 삭막한 금속음에 제지당했다. 문이 잠겨 있었다.

"거기는 빈 사무실이야."

갑자기 목소리가 들려 깜짝 놀랐다. 돌아보니 복도 끝에 요란한 셔츠를 입은 불량스러운 남자가 걸어오고 있었다.

"사무실을 보고 싶으면 관리 회사에 연락하면 돼. 하지만 추천은 안 해. 그곳은 귀신 붙은 곳이야."

"귀신?"

도모카는 미간을 좁혔다. 이 남자도 수상쩍지만, 그보다 이 기묘한 상황이 더 당황스러웠다.

"응. 그렇다니까. 비어 있는데도 때때로 안에서 소리가 들려. 사람 이야기 소리나 고양이 울음소리 같은. 아직도 그곳에서 떠돌고 있는 게 분명해. 여하튼 충고했어. 나중에 딴소리하지 마."

남자는 지나가면서도 아비노를 뚫어지게 바라보더니 옆방으로 들어갔다.

"빈집……."

도모카가 중얼거렸다. 그럴 리가 없어. 아비노가 몸을 돌려 계단으로 향하자, 도모카도 황급히 뒤를 쫓았다. 밖으로 나와 건물을 올려다봤지만 역시 도로변이었다.

"뭐가 뭔지 전혀 모르겠어요. 이곳은 대체 뭐죠? 지토세는 누구고요?"

"나는 지토세가 돌아와주기만 한다면 아무것도 상관없어요."

당혹스러워하는 도모카와 달리, 아비노는 마음이 딴 곳에 가 있는 듯했다. 허무한 표정으로 멍하니 있었다.

"아비노 씨, 괜찮으세요?"

"네."

아비노는 희미하게 웃었지만, 눈에는 눈물이 가득했다.

"다카미네 씨, 여기까지 같이 와주셔서 감사했습니다. 가방은 나중에 주문해도 될까요."

"그런 건 상관없어요. 그저, 아비노 씨가 걱정돼서……."

"난 왜 이 모양이지. 사람들이 보는 앞에서건 술자리에서건 제멋대로 눈물이 나와버리니. 정말이지 정신 좀 차려야 해. 아, 맞다. 이 건물 뒤쪽에 진짜 고코로 선생님의 병원이 있어요. 스다 고코로 선생님이 운영하는 동물병원입니다."

도모카는 결국 아무것도 제대로 알지 못한 채 아비노와 헤어졌다. 사무실로 돌아와 일을 했지만, 집중이 되지 않았다.

"도모카. 계절 상품 홈페이지 레이아웃, 보고 있지?"

준코의 말에 도모카는 퍼뜩 정신이 들었다.

"미안, 아직."

"제작사에서 다음 주에 반영하려면 시간이 부족하다고 재촉하고 있어. 힘을 빼는 것도 좋은데, 적정선에서 하자."

준코가 웃자, 도모카는 몰래 주먹을 꽉 쥐었다.

힘 뺀 적 없어. 나는 빈틈없이 해내고 있다고. 잠시 멍했던 건 어젯밤에 고양이들이 폭주한 탓이다. 집중하지 못하는 건 아비노의 슬픈 얼굴이 어른거렸기 때문이다.

최근 며칠은 일찍 퇴근했지만, 오늘은 어딘가 들떠 있는 자신에게 경고하기 위해서 밤늦게까지 일했다. 파김치가 돼서 집으로 돌아오니 실내가 어두웠다.

"다녀왔어. 응? 다이고?"

집 안은 쥐 죽은 듯 고요했다. 도모카는 불을 켰다가 그대로 얼어붙었다. 집 안이 아침 그대로 엉망진창이었다. 도모카가 놀라서 서 있는데 현관문이 열렸다. 다이고였다.

"아, 미안. 갑자기 친구들이 불러서 한잔하고 왔어."

다이고는 빨개진 얼굴로 비틀거리면서 쿵쿵 발소리를 내며 거실로 들어왔다.

"아하핫, 엄청 지저분하네. 고양이— 어딨어? 탱크, 탄제린! 어디 갔어? 아빠 왔잖아!"

다이고는 웃으면서 고양이를 찾았다. 그 모습을 보고 도모카는 깨달았다.

제대로 해야 하는 건 자신이 아니었다.

제대로 해줬으면 하는 건 주변 사람들도 아니었다. 가장 정신을 차렸으면 하는 사람은, 바로 이 녀석이었다.

나이도 먹을 만큼 먹은 사람이 툭하면 직장을 그만둔다. 언제쯤 결혼할지 명확하게 말해주지 않는다. 애초에 결혼할 생각은 있는 걸까. 결혼은 둘째 치고, 나를 좋아하기는 하는 걸까.

"적당히 좀 해!"

도모카는 소리를 질렀다. 지금까지 쌓였던 것이 한꺼번에 터졌다.

"그 나이에 툭하면 직장을 그만두고, 부모님께 인사도 안 가고, 장래에 대해선 아무 생각도 안 하고! 정신 좀 차려! 제대로 좀 하라고! 난 이제 그만할래. 제대로도 열심히도, 전부 안 할 거야!"

도모카는 하고 싶었던 말을 큰 소리로 뱉어내고는 숨을 헐떡였다.

그랬다. 사실은 다이고가 일을 그만둘 때마다, 결혼이 멀어질 때마다 말하고 싶었다.

도모카는 간신히 자신의 본심을 깨달았다. 준코나 미쓰키에게는 잘난 척했지만, 자신도 못하는 일이 셀 수 없이 많았다. 하지만 제대로 하고 있다고 믿고 싶었다. 다이고가 갈팡질팡하고 있어도 문제없다고 믿고 싶었다.

다이고는 놀란 표정으로 입을 벌리고 있었다. 그리고 면목이 없다는 듯 고개를 숙였다.

"미안해. 그렇게 화가 난 줄 몰랐어."

도모카는 풀 죽은 다이고를 보고 이성을 되찾았다. 갑자기 부끄러워졌다.

"딱히 화가 난 건 아니야. 그저 조금만 더…… 미래를 생각했으면 할 뿐이야. 지금 당장 뭘 하라는 건 아니고, 진지하게 생각해봤으면 해."

어쩌면 결혼을 재촉하고 있는 것인지도 모른다. 하지만 다이고의 반응이 어떻든, 자신의 속내를 말하고 나니 마음이 훨씬 편해졌다. 불쑥 웃음이 나왔다.

다이고도 겸연쩍은 듯 쓴웃음을 짓고 있었다.

"도모카. 내가 지금 직장이 그래서 말하지 못했는데……."

그때 고양이 소리가 났다. 울음소리가 아니었다.

"……탱크?"

방 귀퉁이에서 랙돌인 탄제린이 천천히 걸어 나왔다. 평상시와는 달리 고개를 숙인 채 이상한 걸음걸이로 다가왔다.

다시 고양이 소리가 들렸다. 기침하는 듯한 소리. 이번엔 탱크였다. 그렇게 뛰어다니던 녀석이 느릿느릿 걸어왔다.

"탄제린, 탱크, 무슨 일이야? 걸음걸이가 왜……."

도모카는 무릎을 꿇고 손을 뻗었다. 탱크가 갑자기 구토를 했다. 탄제린도 마찬가지였다. 우엑우엑 소리를 내며 게워냈다.

"탄제린! 탱크!"

두 마리 모두 힘없이 그 자리에 엎드렸다. 도모카의 머릿속이 새하얘졌다. 힘없이 엎드려 있는 고양이를 보고 어찌할 바를 몰랐다. 다이고도 완전히 취기가 가신 듯했다.

"도모카, 빨리 병원에 데려가자."

"병원? 하지만 이미 한밤중이야. 이 시간에 동물병원이 문을 열었을까?"

"내가 검색해볼 테니까 넌 얘들이 토한 걸 병원에 가져갈 수 있도록 수건으로 닦아. 뭘 잘못 먹었을 수도 있어."

"응. 알았어."

도모카는 무서워서 손이 떨렸지만, 다이고의 지시대로 간신히 두 녀석을 이동장에 넣었다. 그리고 다이고가 찾아준 병원에 연락하고 택시를 탔다. 도모카가 향한 곳은 교토 시내에서 응급 진료를 해주는 스다 동물병원이었다.

예순을 넘긴 듯 흰머리가 듬성듬성한 의사 스다는 부스스한 머리로 잠옷 위에 가운을 걸치고, 신발도 대충 꿴 채 진찰을 해주었다.

"음. 이미 전부 게워낸 것 같네."

의사는 탄제린과 탱크를 교대로 진찰하고는 상냥하게 말했다. 진료대 위의 두 녀석은 의사가 가볍게 한 손을 얹고 있는 것만으로도 복종하듯 얌전하게 의사에게 몸을 맡겼다. 수의사란 참 대단하구나. 옆에서 지켜보던 도모카는 감탄했다.

스다 동물병원은 낮에 방문했던 나카교 빌딩의 바로 뒷길에 있었다. 야간 진료가 있어서 큰 병원일 줄 알았는데 상가에 둘러싸인 작은 건물이었고 의사는 안쪽에서 거주하는 듯했다. 병원의 정문이 아닌 옆의 쪽문으로 들어갔는데 진료실에만 불이 켜져 있었다. 응급상황이라서 특별히 문을 열어준 것이었다.

스다는 도모카가 가져온 토사물에 관해 설명했다.

"관엽식물이야. 고양이가 삼킨 모양인데, 이번에는 위세척까지 안 해도 돼서 다행이지만, 백합과나 드라세나는 맹독이라서 먹으면 위험해. 그 외에도 위험한 식물이 있으니까 고양이를 키우는 집에서는 두지 않는 편이 좋지."

온화하고 차분한 말투는 책망하는 느낌이 아니었고, 도모카와 다이고에게가 아닌 고양이에게 말하고 있는 것 같았다. 고양이는 두 마리 다 이동장 안에 태연하게 앉아 있었다.

관엽식물. 도모카와 다이고는 얼굴을 마주 보았다.

원래는 거실 창가에 두었지만, 고양이를 데려오면서

부터는 혹시나 해서 옮겨 두었었다.

"내가 책장 가장 위쪽에 뒀었는데······."

"어젯밤 운동회 때 떨어졌나 보다. 그러니까 바로 청소했으면······ 아니야, 위험한 물건은 치워두라고 설명서에 쓰여 있었는데 제대로 읽지 않은 내 잘못이야."

"아니야, 청소한다고 해놓고 내버려둔 채 외출한 내 탓이야. 탱크, 탄제린 미안해. 아빠가 잘못했어."

"아니야. 엄마 탓이야. 탱크, 탄제린 미안해."

두 사람이 책임 쟁탈전을 벌이고 있는 동안, 스다가 약을 가져왔다. 한밤중인데도 정성껏 응대해주었다.

"스다 선생님, 감사합니다. 이렇게 늦은 시간에 진료해주셔서 정말 고맙습니다."

도모카가 인사하자 스다는 살짝 미소를 지었다.

"동물에게는 낮이건 밤이건 의미가 없지. 사람처럼 구급차를 부를 수도 없고."

맞는 말이다. 동물을 진료해주는 병원이 주위에 있는지, 그리고 영업시간 외에나 휴일에 아플 때는 어떻게 해야 하는지. 동물을 맡으려면 거기까지 생각해두어야 했다.

새삼 병원 안을 둘러보니 건물만 낡은 게 아니라 진료

대와 조명, 표본과 두꺼운 의학서적이 꽂힌 책장까지 모든 것이 낡았다. 현미경과 엑스레이 기계에도 세월이 느껴졌다.

스다도 장년층인 걸 보면 그가 예전부터 고향에 뿌리내린 동물병원인 걸까. 인터넷에는 응급 진료 가능이라고 되어 있었지만, 이런 규모의 병원에서 야간 진료를 해주는 경우는 드물다.

"이곳은 스다 선생님 혼자 운영하시나요?"

"밤에는 그렇지. 낮에는 도와주는 직원이 있어. 혹시 궁금한 게 있으면 언제든지 와요. 전화해도 되고. 조심히 가세요."

그렇게 말하는 스다는 조금 졸린 듯했다. 말투는 상냥했지만, 담백했다.

도모카는 탱크를, 다이고는 탄제린을 넣은 이동장을 들고 병원을 나왔다. 다이고가 핸드폰을 꺼냈다.

"앱으로 택시 부를게."

"저기, 다이고."

"응?"

"아까 하려던 말. 직장이 그래서…… 그다음 뭐였어?"

그러자 다이고는 당황한 듯 눈을 휘둥그레 떴다.

"아니, 그건……. 그러니까 직장이 좀 그러니까…… 다시 취직 자리가 정해지면 그때 얘기할게. 아, 저기 택시!"

다이고는 황급히 길 끝으로 도망갔다. 도모카는 황당한 기분으로 그 뒷모습을 보고 있었다. 역시 제대로 해야 할 사람은 자신이다. 직장이 결정되면 곧바로 부모님 집으로 끌고 가야지.

도모카는 숨을 헐떡이며 5층까지 계단을 올랐다. 고양이를 넣은 이동장 두 개의 무게로 다리가 휘청였다. 고생해가며 문을 열자, 바로 앞 접수처에 간호사가 앉아 있었다.

무뚝뚝하게 고개를 숙이고 있는 얼굴이 아비노와 꼭 닮았다.

아니, 자세히 보면 아비노보다 새침한 느낌이 든다. 간호사가 고개를 들었다.

"다카미네 씨, 고양이 반납이시죠. 진료실로 들어가세요."

도모카는 시키는 대로 진료실에서 의사를 기다렸다.

지난 며칠 동안 생각했었다. 어쩌면 그 건물을 찾지

못할지도 모른다. 찾는다고 해도 문이 잠겨 있을지 모른다.

그러면 탄제린과 탱크는 우리 아이가 되는 걸까.

두 마리와 함께 사는 삶을 상상하면서 고양이 일러스트도 열심히 그렸다. 완성된 그림은 애교와 민첩함이 느껴지는 고양이. 귀 언저리 부분만 짙은 색인 탄제린의 특징을 따랐다. 이마와 볼의 균등한 줄무늬는 탱크였다. 두 마리의 특성을 섞었고, 눈동자에는 유리구슬 같은 투명함을 살렸다. 거기에 고즈에가 마음에 들어했던 일러스트를 변형해서 합치자, 준코는 무척 만족스러운 표정을 보였다.

"완전히 둥글둥글해진 느낌이네. 역시 우리 디자이너. 요즘에 하도 딱딱해서 재미없다고 생각했는데."

"웬 잘난 척? 말해두지만 귀여운 쪽이나 동물 쪽으로 노선을 변경한 건 아니야. 테마는 성인의 씩씩한 애교야."

"그렇군. 씩씩한 애교. 확실히 고양이랑 딱 맞네. 타깃은 전과 마찬가지로 경제적인 여유가 있는 워킹우먼으로 하자. 어른이 돼도 여성은 귀여운 걸 좋아하잖아."

준코는 평상시처럼 그렇게 채산을 생각해주었다. 준

코가 있기에 자신이 좋아하는 일이 형태를 갖춘다. 이 매장이 제대로 운영되는 건 그녀 덕분이었다. 무심코 감사의 말이 흘러나왔다.

"고마워, 준코."

"뭐야, 왜 그래? 정말로 둥글둥글해져서는. 나이 든 거 티 내니?"

준코가 웃었다.

탱크의 장난기는 잦아들지 않았고 매일 밤이 운동회였다. 하지만 애교도 엄청나서 탄제린과 경쟁하듯 배를 보여주었다. 아무리 쓰다듬어줘도 만족하는 법이 없어서, 이러다가 건초염에 걸리겠다며 다이고는 웃음을 터뜨렸다. 신기했다. 옷에 털이 묻어도 예전만큼 신경 쓰이지 않았다.

오늘, 다이고는 고양이들을 배웅해주지 않았다. 자신이 없는 동안에 데려다주라며 얼굴을 감추듯 나가버렸다.

의사가 상냥하게 미소 지으며 들어왔다.

"아, 좋아 보이네요. 고양이 효과가 좋았던 것 같습니다."

"네."

도모카는 고개를 끄덕였다. 병원에 들어선 순간부터 눈물이 솟았다. 마지막으로 다시 한번 두 녀석의 발바닥 젤리를 만져보고 싶었다. 탱탱한 볼록살에 손가락을 문지르고 싶었다. 그 신기한 감촉을 실제로 만져본 후에야 비로소 알았다.

고양이는 역시 힐링이다.

"헤어지려니 쓸쓸해요."

"고양이의 효능입니다. 따뜻한 것을 놓고 싶지 않은 기분은 마음속에 분명히 남아 있습니다. 너희 둘 다 수고했어. 다음에도 부탁해. 지토세 씨, 고양이 데려가주세요."

간호사가 들어와서 냉랭한 표정으로 고양이 이동장을 들고 나갔다. 이 공간에서 고양이가 사라졌다.

"저 고양이들은 어떻게 되나요?"

"탄제린은 일을 하고 있어서 직장으로 돌아갑니다. 그 녀석은 느긋해 보여도 프로 의식이 투철하죠. 어디서든 인기가 넘쳐나고 항상 환자들의 혼을 빼버립니다. 탱크는 커다란 저택에서 많은 고양이와 살고 있습니다. 막내라서 천진난만하죠. 두 녀석 모두 소중한 보살핌을 받고 있습니다."

의사는 마치 사람 이야기를 하듯 말했다. 아니면, 의사의 눈높이가 고양이와 아주 가까운가.

"그럼 예약 환자가 있어서 이만."

"선생님."

"네."

"만약 누군가가 이곳에 왔는데 문이 열리지 않으면 어떻게 하나요?"

"문은 열립니다. 본인이 열고자 한다면요. 그럼, 건강하시길 바랍니다."

의사는 부드럽게, 하지만 어딘가 담담하게 말했다. 얼마 전에 만났던 스다의 웃는 얼굴과 닮아 있었다.

진료실을 나오자 접수처의 간호사는 얼굴도 들지 않고 "쾌차하시길 바랍니다."라고만 했다. 밖에서 건물을 올려다보니, 그곳은 역시 아비노와 함께 갔던 나카교 빌딩 그대로였지만 분명히 달랐다.

일과 생활에서 조금 여유가 생기면 고양이를 키우고 싶다. 사람은 완벽하지도 철저하지도 못하기에 서로 맞춰가야 한다. 다이고와도 그렇게 더 많은 대화를 나눠야겠다고 생각했다.

도모카는 뒤를 돌아보았다.

이미 골목길은 사라지고 없었다. 가늘고 긴 나카교 빌딩만이 있었다. 지금 그 병원의 문은 잠겨 있을까.

도모카는 확인해보지 않았다.

| 제5화 | 고양이를 잊지 못하는 당신에게
고양이를 처방해 드립니다

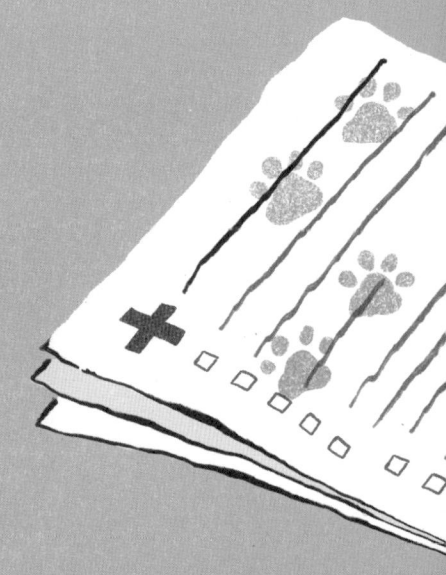

"어머나, 손님. 수의사 선생님이세요?"

아비노는 부끄러운 듯 얼굴을 붉히는 스다에게 술을 따랐다. 술자리 손님은 회사 사장 등의 재력가 또는 변호사나 의사 등의 전문직이 많았지만, 수의사는 처음이었다.

"그렇다니까. 이 스다 선생님은 정말 좋은 수의사 선생님이셔."

이오카가 말했다. 단골인 이오카는 교토 시내에 건물을 몇 채나 소유한 재력가로, 손이 커서 기온의 유곽 거리에서는 제법 유명인이었다. 반들반들 빛나는 이마와

불그스름한 얼굴은 무척이나 호걸스러운 사장 같은 느낌이지만, 실제로는 마음씨 좋은 신사였다.

"뭐 해, 스다 선생님 잔 채워드려야지. 선생님은 내 은인이셔."

"그래요?"

아비노는 느긋한 동작으로 또 한 번 사케를 따랐다. 스다는 예순이 좀 넘은 듯한 조용한 남자였는데, 이런 자리가 익숙하지 않은지 딱딱하게 긴장하고 있었다.

"은인이라니 너무 과합니다, 사장님. 고급스러운 기온에서 게이샤를 불러주시다니 오히려 송구합니다."

"스다 선생님, 과하다니요. 정말 선생님이 저를 살리셨습니다."

"어머, 무슨 일이 있었나요?"

아비노가 묻자, 이오카는 과장되게 얼굴을 찡그렸다.

"나카교에 있는 내 빌딩 말이야. 그곳의 임차인이 보증금도 다 까먹고 도망갔어. 방 안에 고양이만 잔뜩 놔둔 채 내빼버렸지."

"저런. 그래서 그 고양이들은……."

아비노는 스다를 보았다. 스다는 술잔을 비우고는 씁쓸한 미소를 지으며 말했다.

"불법 번식장이었어. 사무실을 빌려 고양이를 번식시킨 다음 인터넷으로 팔았대. 하지만 수지가 안 맞았는지 고양이를 내버리고 도망간 거야."

"그럴 수가. 너무하네요. 스다 선생님, 남겨진 고양이들은 어떻게 됐나요?"

그러자 술에 취한 이오카가 큰 목소리로 말했다.

"어떻게 되긴 뭘 어떻게 돼. 관리 회사에 악취가 심하다는 민원이 들어와서 가봤더니 완전 아수라장이었지. 그래도 빈사 상태로 살아남은 고양이가 있었는데 선생님이 치료해주셨어. 선생님이랑 자원봉사자들이 청소도 해주고 고양이 장례까지 치러줬지. 말해두는데, 물론 비용은 지불했어. 어쩌고저쩌고 하는 단체에 기부도 많이 했고."

"그 부분에서는 이오카 사장님에게 정말 많은 신세를 졌습니다. 유기묘 보호센터는 재정 형편이 정말 어렵다고 합니다."

"선생님이야말로 거의 무료에 가까운 요금으로 동물들을 진료해주시지 않습니까. 정말 좋은 일 하십니다."

이오카가 호쾌하게 웃자 아비노도 따라 웃었다. 비싼 화대를 받는 만큼 게이샤에게 우울한 표정은 금기사항이다. 하지만 너무 비참한 이야기에 마음이 우울했다. 이오카가 자리를 비우고 둘만 남자 아비노는 스다에게 넌지시 물어보았다.

"선생님, 조금 전 이야기 말인데요, 구조된 고양이들은 어떻게 지내고 있어요? 상당히 많았던 것 같은데, 저희 손님들에게 얘기해볼까요?"

그러자 스다는 고개를 저었다.

"이오카 사장님이 그냥 치켜세워주신 거고, 실제로 구조된 건 두 마리뿐이야. 나머지 녀석들은 전부 죽었어. 두 마리 모두 지금은 우리 병원에 있는데, 구조된 상황을 밝히면 입양처도 찾기 힘들어. 이런 자리에서는 말도 할 수 없을 만큼 정말로 참혹했거든."

스다는 웃으면서 얘기했지만, 그 웃음이 너무나 슬퍼 보여서 아비노는 말을 잇지 못했다. 어떤 상황이었는지 아비노에게는 상상도 가지 않았다. 하지만 그 이후로도 자리의 흥을 돋우기 위해 평상시처럼 밝은 모습을 보이려 노력했다.

아비노는 기온의 게이샤였다. 중학교를 졸업하고 곧바로 고향을 떠나 고마노야에서 마이코가 되었고, 게이샤로 독립했다. 올해로 스물여섯이 된다.

게이샤로 독립하면 머리 스타일이나 옷, 주거지 등 사생활이 보장되는데, 독립하고도 유곽에 남아 월급제로 일하는 사람도 있었다. 아비노도 그랬다. 고마노야에 정착했고, 여주인 시즈에의 오른팔로 일하고 있다.

그 술자리가 있고 며칠 후, 아비노는 한 손에 핸드폰을 들고 롯카쿠 거리를 걷고 있었다. 평상복이라서 힐끔거리는 시선도 없었다. 머리도 평범하게 내리고 있었다.

"여기 같은데."

아비노가 멈춰 선 곳은 도미노코지 거리에 있는 스다 동물병원 앞이었다. 주위 주택들과 비슷한 구조의 낡은 병원이었다.

정말로 와버렸다. 아비노는 두근거리는 마음으로 들어가려다가 때마침 반대편에서 오던 남성과 부딪힐 뻔했다. 상대편이 먼저 사과했다.

"아, 죄송합니다."

서른 살 정도 됐을까, 수수한 느낌의 청년이었다. 아비노가 손짓으로 먼저 들어가라고 하자, 청년은 고개를 살짝 숙이고 병원으로 들어갔다. 청년의 뒤를 따라서 실내로 들어가보니, 대기실은 여느 병원과 다르지 않았다. 하지만 사람 병원과 달리 벽에 붙은 포스터는 전부 반려

동물 백신 안내 포스터였다. 벽에 걸린 보드판에는 개와 고양이 사진이 붙어 있었다.

 모두 이곳의 환자일까. 넥카라를 목에 두른 고양이가 주인에게 안겨 있는 사진을 보자 아비노의 표정이 부드럽게 풀어졌다. 주인은 웃고 있는데 고양이는 더없이 못마땅한 표정이었다.

 청년은 접수처로 가지 않고 진료실로 들어갔다. 자주 오는 손님일까, 아니면 이곳 직원일까. 아비노는 접수처 여성에게 약속이 되어 있다는 이야기를 전하고 긴 의자에 앉아서 기다렸다.

 얼마 후, 아까의 그 청년이 스다 선생과 함께 나왔다. 선생은 아비노를 보고 쓴웃음을 지었다.

 "아비노 씨, 정말 왔네."

 "뭐예요, 선생님. 빈말이라고 생각하신 거예요? 전 진심이에요."

 "하하, 미안."

 스다 선생이 웃었다. 그리고 청년을 향해 말했다.

 "가지와라 군. 여기까지 와줘서 고맙네. 다음 주에 센터에 들를게."

 "네, 잘 부탁드립니다."

고개를 조금 숙인 청년은 플라스틱 간이 이동장을 들고 있었다. 측면의 망사 부분으로 고양이가 보였다. 고양이는 한밤중처럼 새까만 고양이었다. 금색 눈동자만이 반짝였으며, 나머지는 코도 입도 구분되지 않았다.

청년이 나가자 아비노는 진료실로 안내받았다. 스다는 은색의 커다란 진료대 위에 이동장을 놓았다. 아까 청년이 가져온 이동장과 같은 것이었다.

"혹시, 조금 전 그 사람은……."

"맞아. 다른 한 마리의 고양이를 입양해줬어. 미안하지만 먼저 온 사람에게 선택권을 줬어. 하지만 그 녀석은 꽤 강력한 녀석이라 가지와라도 고생 좀 할 거야. 아비노 씨는 이 녀석이야."

스다는 이동장에 한 손을 넣더니 가볍게 고양이를 밖으로 꺼냈다.

"삼색 고양이 암컷이야. 두 살 정도인 것 같아. 털이 좀 빈약하지만, 이내 풍성해지겠지."

스다가 그렇게 말하면서 진료대 위에 내려놓은 고양이는 얼굴 주변 곳곳에 털이 빠지고 딱지가 앉아 있었다. 비쩍 말라서 등부터 뒷다리까지가 홀쭉했다. 흰색 털이 많았고 검은색과 적갈색 털이 타원형으로 흩어져 있었다. 명확한 배색 탓에 기가 세 보였는데, 귀는 꼿꼿하게 서 있었고, 눈은 밝은 구리색이었다.

"전화로도 말했지만, 사육 환경 때문에 신기능 저하 상태야. 앞으로 몇 년 동안 통원해야 할 녀석이야. 지금은 아무리 진심이라고 해도, 실제로 키우다 보면 감당하기 힘들어질 수도 있어. 겁주는 것 같아 미안하지만……. 아비노 씨?"

아비노는 스다 선생의 이야기를 듣고 있지 않았다. 진료대 위에 오도카니 앉아서 자신을 보고 있는 고양이와 눈으로 대화하는 중이었다.

안녕? 내 고양이. 흰색 바탕에 오렌지색 얼룩무늬. 폭신폭신한 목화솜 같았다. 이렇게, 이렇게 귀여울 수가.

"아비노 씨?"

"아, 네. 고양이에 관해선 공부해 왔어요. 어렸을 때 집에서 키우기도 했고요. 잡종이었고 아픈 곳 없이 튼튼한 아이였지만, 완전히 제멋대로여서 만지지도 못하게 했어요. 이 아이도……."

분명 경계하면서 다가오지 않겠지.

그렇게 생각했는데 고양이는 일어서더니 아비노의 손에 코를 문질렀다.

심장이 쿵 하고 내려앉았다. 집에서 키우던 고양이가 죽었을 때 가족들은 온통 슬픔에 잠겼고 아비노도 울었다. 이별의 괴로움을 알기에 더는 고양이를 키우지 않았다. 아비노에게 고양이는 인터넷 동영상으로나 볼 수 있는 멀고 먼 존재였다.

그런데 왜 갑자기 키우겠다는 마음이 들었을까. 더구나 아픔이 있는 고양이를.

"이런 점이 바로 고양이지."

스다 선생은 미소 지었다.

"낯을 가리면서도 안 그런 척 사람을 속인다니까. 사람을 부른다고 해야 하나. 부름을 받은 사람은 거부할 수 없지. 아비노 씨, 어떡할래? 처음부터 떠나보낼 각오를 해야 하는 아이야. 그런데도 이 아이를 데려갈래?"

"네."

아비노는 크게 고개를 끄덕였다. 삼색 고양이는 아비노에게 이미 그냥 고양이가 아니었다. 섬세하고 기품 있고, 눈빛에는 강한 자존심이 보인다.

"선생님, 이 아이 이름은요?"

아비노의 질문에 스다는 고개를 저었다.

"아까의 그 고양이도 마찬가지지만, 이름도 없이 자

랐어. 자네가 지어줘. 이제 자네 고양이잖아."

***

"지토세, 고코로 선생님 병원에 가자."

아비노는 상냥하게 말했다. 지토세는 서랍장 위로 올라가서 엉덩이를 보인 채 꼼짝도 하지 않았다. 몇 번을 불러도 모른 척이었다.

"이제 그만해, 지토세. 얼른 내려와. 곧 택시 도착한다니까."

화난 목소리로 말해도 효과가 없었다. 하지만 듣고 있는 게 분명했다. 꺾인 꼬리 끝이 까딱까딱 움직이고 있었다. 1년 전에는 앙상했던 엉덩이 주변도 지금은 튼실하게 살집이 붙었다.

"간식 주겠다는 약속을 안 하니까 싫다고 하잖아."

고마노야의 여주인 시즈에가 웃으면서 고양이 스틱을 슬쩍 내보였다. 그러자 지토세가 순순히 내려왔다.

"그래, 지토세. 갔다 오면 이거 줄게."

"너무해……. 마마는 맨날 간식으로 꼬시고."

"이거라도 안 하면 나한테는 다가오지도 않으니까 그

렇지. 정말이지 시간이 이렇게나 흘렀는데도 지토세는 따르지를 않네. 그런 점도 귀엽기는 하지만."

"그러고 보면 난 속은 거야. 요 녀석은 처음 만났을 때는 사람도 잘 따르고 정말 귀여운 고양이라고 생각했는데, 집에 데려온 순간부터 자기가 내킬 때만 오잖아. 그치, 지토세―."

아비노가 말을 시켜도 지토세는 시즈에가 들고 있는 간식만 뚫어지게 보고 있었다. 시즈에가 웃음을 터뜨렸다.

"속은 네가 잘못이지. 게이샤도 그렇듯이 애교만이 기교는 아니잖아. 잡힐 듯 잡히지 않는 태도가 때로는 더 효과적인 법이거든. 만약 지토세가 게이샤였다면 분명 기온 제일의 인기 게이샤가 됐을 거다. 어머, 밖이 왠지 어둡네."

시즈에는 툇마루의 커다란 유리문을 보았다.

"지난번 큰비로 2층의 빗물받이 홈통이 덜컹거리던데, 조만간 사람을 불러야겠어. 너희는 비 오기 전에 얼른 다녀와. 조심하고."

"마마, 고맙습니다. 자, 지토세. 고코로 선생님께 가자."

오늘은 스다 동물병원에서 한 달에 한 번 하는 검진

날이다. 삼색 고양이 지토세를 입양한 후 만 1년이 지났다. 아비노는 하나미코지에 있는 고마노야에서 견습 중인 마이코들, 그리고 다른 게이샤들과 함께 살고 있었다. 유곽은 많은 사람이 드나드는 곳이어서 지토세는 거주용 공간에서만 생활했고, 밤에는 2층에 있는 아비노의 방에서 함께 잤다.

스다 병원으로 향하는 택시 안에서 아비노는 이동장 안의 지토세에게 말을 걸었다.

"속아줘서 고마워, 지토세."

이런 식으로 고양이에게 말을 거는 것도 이제는 일상이었다. 택시 운전사가 룸미러 너머로 힐긋 쳐다보았지만 아비노는 신경 쓰지 않았다.

지토세는 처음 보았을 때의 그 초라함은 사라졌고, 삼색 털이 윤기 있게 빛났다. 오른쪽 눈가는 갈색이고 왼쪽은 검은색이다. 이마에서 코까지 여덟 팔(八) 자 모양으로 하얀 무늬가 있고, 코가 오똑하다. 그래서 조금 거만해 보였다. 실제로 지토세는 불러도 오지 않는 고양이였다. 한참을 망설이듯 가만히 눈을 응시하고는 다른 쪽으로 가버린다. 응시하는 시간이 길면 길수록 외면당했을 때 실망이 컸다. 여주인의 말대로 지토세가 게이샤였다면 분명 찾는 이가 많았을 것이다.

스다 병원에 도착하니 시간이 조금 남아서 아비노는 보드에 붙어 있는 사진을 구경했다. 대부분이 개와 고양이였지만 새랑 토끼도 있었다. 초진 때와 완치되었을 때 반려인의 허락을 받아 찍은 것이다.

보드에는 아비노와 지토세의 사진도 붙어 있었다. 지토세를 입양한 날에 스다 선생이 찍은 사진이었다. 아비노에게 안겨 있는 지토세는 야위고, 눈가는 붉고, 피부병 때문에 털은 부스스했다. 스다가 충고했던 대로 지토세는 빈번하게 병원을 와야만 했다. 처음 키우기 시작했을 때는 거의 매일 이곳에 왔었다.

그래도 지금은 한 달에 한 번씩 경과를 관찰하는 수준까지 왔다. 이 사진을 볼 때마다, 서로 많이 애썼다는 생각이 들었다. 꼭 건강해져서 완치 사진 한 장을 찍어야지. 지금의 아름다운 지토세의 모습을 보드에 반드시 남길 것이다.

사진을 보드에 붙이기 시작한 건 스다의 아내였는데, 이전에는 조수로 일했지만 몇 년 전에 세상을 떠났다고 들었다. 이 병원은 건물도 시설도 오래되었고, 의사도 스다 한 사람뿐이었다. 첨단 의료 서비스를 원하는 반려인에게는 부족하게 느껴질 것이다.

지토세에게 더 많은 걸 해주고 싶어. 아비노는 멍하니 사진을 보며 생각했다.

"다케다 지토세, 들어오세요."

접수처의 호명을 받고 진료실로 들어가자 흰 가운을 걸친 스다가 온화한 웃음을 짓고 있었다.

"자, 좀 볼까."

스다는 어린아이를 대하듯 상냥하게 말했다. 만지는 걸 싫어하는 지토세를 아무렇지 않게 진찰하는 손길에는 늘 감탄하게 된다. 촉진과 혈액검사 후, 스다는 조용히 말했다.

"역시 수치가 좋지 않네."

"그런가요."

아비노는 고개는 끄덕였지만, 솔직히 이곳에 오기 전까지는 기대하고 있었다. 기적적으로 회복하고 있다는 말을. 지토세가 어려서 다행히 호전되고 있다는 말을 간절히 기대했지만, 기적은 일어나지 않았다. 처음 만났던 날부터 지토세는 꾸준하게 나빠지고 있었다.

"그렇군요……."

아비노는 힘없이 말했다. 눈물이 맺혔지만 흘러내리

지는 않았다. 은색 진료대 위에서 지토세가 코끝을 들자 아비노는 자신의 얼굴을 그 코끝에 댔다. 지토세의 코는 부드럽고 촉촉했다.

이런 날이 영원히 이어지길 바랐다. 첨단 의료가 필요하다면, 아무리 멀더라도 아무리 비싸더라도 아끼지 않을 것이다. 지토세를 지키는 일이다. 아비노는 결심했다.

"고코로 선생님. 지토세를 구해준 분도 선생님이시고, 겁쟁이 지토세도 선생님은 잘 따라요. 그래서 되도록 계속 이곳에서 치료를 받고 싶었지만······."

"다른 의사의 소견을 듣고 싶다면 편하게 말해도 돼. 소개장도 써줄게."

"전에 선생님께서 간토의 유명한 병원에 연줄이 있다고 하셨잖아요. 동물 연구는 외국이 더 발전했는데, 그 치료법을 도입한 병원이 있다고요. 선생님, 저는 이 아이가 1초라도 더 살 수 있다면 뭐든 할 거예요. 그 병원을 소개해주실 수 없을까요."

"그건······ 글쎄. 장거리 치료를 받으려면 생각보다 비용이 들어. 시간도 그렇고. 아비노 씨는 인기 많은 게이샤인데 일은 어떻게 하려고."

"어떻게든 할 거예요. 어떻게든 되겠죠."

아비노의 애원에 스다는 안타까운 듯 한숨을 쉬었다.

"처음에 말했듯이 이 고양이는 키우기 전부터 각오가 필요했던 고양이야. 각오했다고 해도, 정확하게 어디까지라는 경계가 없는 것이 동물 치료야. 정작 동물 자신은 아무 말도 못 하니까."

"지토세의 마음은 제가 가장 잘 알아요. 이 아이는 저한테밖에 오지 않아요. 저는 이 아이와 함께 어디든 갈 각오가 되어 있어요."

"그래. 그렇게까지 말한다면, 병원을 옮기는 것도 생각해보자."

스다가 그렇게 말해주자, 아비노는 안도했다. 희망의 빛이 보이는 듯했다. 병원에서 돌아오는 택시 안에서 아비노는 다시 이동장 안의 지토세에게 말했다.

"괜찮아, 지토세. 내가 낫게 해줄게. 알았지? 영원히, 영원히, 끝까지 같이 있자."

지토세는 엎드린 채 눈을 감고 있었다. 타닥타닥하는 소리에 고개를 들어보니 커다란 빗방울이 택시 창문을 두드렸다. 순식간에 흙비가 쏟아졌.

그날 밤 아비노는 평상시처럼 2층 자기 방으로 지토세를 데리고 가서 불을 끄려고 했다. 그러자 지토세가 조용히 다가왔다. 끝부분이 조금 꺾어진 꼬리를 꼿꼿하게 세우고 아비노를 가만히 응시했다. 그 표정이나 행동을 보니 무언가 요구사항이 있는 듯했다.

아비노는 몸을 굽혀 팔을 뻗었다. 오라고 해봐야 어차피 무시하겠지만 그래도 말했다.

"이리 와."

지토세는 구릿빛 홍채에 까만 눈동자를 크게 뜨고 코끝을 가져다 댔다. 아비노의 손끝에 코를 대고 킁킁 냄새를 맡더니 얼굴을 비볐다. 갈색의 오른쪽 뺨, 그리고 검은색의 왼쪽 뺨, 마지막으로 하얀 코끝. 지토세는 아비노의 손에서 팔로 올라와 가슴에 앞발을 대고 일어섰다.

자라온 환경 탓인지 원래의 성격인지 모르지만, 안겨 있는 것을 싫어하는 고양이였다. 그런데 오늘은 팔을 둘러도 가만히 있었다. 까끌까끌한 혓바닥으로 아비노의 뺨을 핥았다.

"하하, 웬일이야? 오늘은 애교가 넘쳐나네."

아비노는 지토세를 안아 올려 자신의 침대에 내려놓았다. 저녁에 병원에 다녀왔기 때문에 조금 예민해진 탓일까. 혹시 다른 병원으로 바꾼다는 사실을 알고 있는 건 아닐까. 지토세는 침대 위를 어슬렁거린 후 베개 끝에 머리를 대고 몸을 말았다.

아비노는 베개가 기울어지지 않도록 침대 위에 평평하게 놓고, 천장을 응시했다.

"멀리 있는 병원에 가게 되더라도 난 최선을 다할 거야. 지토세는 내가 구해줄 거라고 믿고 나를 선택해주었잖아. 그러니까 난 뭐든 할 수 있어. 떠나보낼 각오 따위 안 해."

이상하게도 불안하지 않았다. 새로운 치료에 한발 들어섰다는 생각에 희망이 솟아났다. 반드시 지토세를 낫게 만들 거야. 다른 건강한 고양이들처럼 오래 살 수 있도록, 행복하도록 해줄 것이다. 그런 미래를 상상하는 동안 잠이 들었던 모양이었다. 아비노는 불현듯 공기의 흐름이 느껴져 눈을 떴다.

창문으로 들어온 달빛이 그림자를 드리우고 있었다. 어둠 속에서 고양이 형태의 검은 그림자가 귀를 쫑긋 세우고 끝이 살짝 꺾인 긴 꼬리를 치켜들고 있었다.

"지토세?"

아비노가 일어나려는 순간, 그림자는 창문 너머를 향해 휙 날아갔다. 아비노는 황급히 창가로 다가가 밖으로 몸을 내밀었다. 밖은 깜깜하지 않았다. 만월의 달빛을 받은 기온의 돌길에서 지토세가 이쪽을 올려다보고 있었다.

***

병원 외벽에 붙여둔 포스터는 지난주에 내린 비로 인해 글자가 번져 있었다. 아비노가 새 포스터로 교체하고 있는데 스다가 병원 밖으로 나왔다. 스다는 하늘을 올려다본 후 어색하게 웃었다.

"어때? 아직도야?"

"네. 이렇게 포스터를 다시 붙일 때는 가끔 연락이 오는데요, 잘못된 정보뿐이에요. 경찰의 분실물센터랑 보건소도 매일 확인하고 있지만 없어요. 어디로 가버린 걸까……."

아비노는 포스터에 인쇄된 지토세를 보며 중얼거렸다. 지토세가 사라진 지 벌써 3개월이었다.

그날 밤, 아비노가 곧장 밖으로 뛰어나갔을 때 지토세는 아직 큰길에 있었다. 하지만 순식간에 도망가버렸다. 아비노는 어둠 속에서 필사적으로 주변을 찾아다녔다. 바닥에 엎드려 도랑을 들여다보고, 진흙투성이가 된 채

풀숲을 돌아다녔다. 아침이 될 때까지 울면서 지토세를 찾아다녔다. 시즈에가 말리지 않았다면 아비노는 쓰러질 때까지 찾으러 다녔을 것이다.

하지만 지금은, 그때 좀 더 찾아볼 걸 그랬다고 후회한다. 모든 걸 내팽개치고 끝까지 찾았다면.

"정말 어디로 가버렸을까……."

"아비노 씨. 이미 수차례 말했지만, 반려동물을 잃어버리는 건 사람이 아무리 조심한다고 해도 일어나는 일이야. 자신을 탓한다고 해도 돌이킬 수 없어."

스다는 온화하지만 단호한 말투로 말했다. 지토세를 잃어버린 후 아비노는 수없이 스다를 찾아갔다. 자신을 믿고 양도해준 고양이를 잃어버린 것이다. 원래라면 비난해야 할 텐데도, 스다는 단 한마디도 책망하지 않고 여러 가지로 도와주고 있었다.

그런데도 지토세는 나타나지 않았다. 포스터 사진은 비에 젖고, 색이 바랬다.

"또 그런다. 안 된다니까."

"네?"

허망한 표정의 아비노에게 스다가 쓴웃음을 지었다.

"그렇게 세상의 온갖 비난을 다 받는 표정을 지으면

안 된다고. 이건 자네와 자네 고양이의 문제야. 난 업무적으로 동물을 크게 둘로 나누고 있어. 그냥 동물과 이름을 얻은 동물. 이름이 있는 동물은 반려인이 있고, 난 그들을 하나의 묶음으로 생각해. 자네와 지토세는 하나의 묶음이야. 그러니까 지토세에 대해선 자네가 생각하고 자네가 결정하면 돼. 다른 사람이 참견할 문제가 아니야."

"그렇지만……."

스다의 진지한 조언이 아비노의 가슴에 꽂혔다. 주변 사람들이 많은 위로를 해줬지만, 아비노의 감정은 단 하나, 후회였다. 그날 밤 지토세를 찾다 지쳐 방으로 돌아왔을 때, 여닫이창문의 낡은 걸쇠는 확실히 올려져 있었다. 하지만 창문이 열려 있었다. 아비노가 창문을 제대로 닫지 않은 채 걸쇠만 올린 것이다.

아무리 생각해도 지토세를 미아로 만든 건 자신의 책임이었다. 스다는 그런 마음을 꿰뚫어 본 듯 조금 엄격하게 말했다.

"그만두라고는 안 하겠네. 하지만 정도껏 해야지. 본인 얼굴을 봐. 그러다 쓰러진다고. 그러면 주변 사람들에게 민폐 아니겠나."

"네……."

스다의 말이 아비노의 아픈 곳을 찔렀다. 아비노는 구겨진 포스터를 작게 접으면서 우울하게 한숨을 내쉬었다. 교토를 벗어나 시가현과 오사카까지 가서 붙였던 포스터만도 수천 장이었다. 아비노는 떠오르는 건 전부 했다.

결국 어제는 대체 어디까지 해야 직성이 풀리겠냐며, 시즈에에게 호되게 야단을 맞았다. 연회석에서 보이는 웃음은 일그러졌고, 시간만 나면 핸드폰으로 정보를 수집했다. 프로 의식이 있는 게이샤라면 하얀 화장이 눈물로 얼룩지는 일이 있어서는 안 됐다. 지토세를 귀여워했던 시즈에의 충고였기 때문에, 아비노도 이제는 그만둘 때라고 생각했다.

"선생님. 지토세가 구조됐던 곳으로 가보려고 해요."

"그 건물에? 왜 또?"

"고양이는 사람이 아니라 집을 따른다고 하잖아요. 물론 지독한 짓을 당했던 곳이니 지토세도 그곳을 집이라고는 생각하지 않겠죠. 그래도 어쩌면 지토세에게는 무언가가 남아 있을 수도 있지 않을까요. 바보 같은 생각인 건 알아요. 하지만 제 눈으로 보고 확인하고 싶어요."

"거기에는 아무것도 없어. 있다면 원망이겠지."

스다는 분노가 치미는 듯 눈썹을 찡그리고 있었다. 늘 온화하고 냉정한 스다가 처음 보여준 표정이었다. 그래도 아비노는 병원 뒷길로 향했다. 건물주인 이오카에게는 이미 연락해두었다. 이오카는 지인이 임대 물건을 보고 싶어 한다고 거짓말을 해서 관리회사의 담당자와 약속을 잡았다.

그 건물은 스다 동물병원 바로 뒤에 있었다. 폭이 좁고 긴 '나카교 빌딩'. 아비노는 관리회사 남자 직원의 안내를 받아 5층까지 올라갔다. 안쪽에서 두 번째 방이었다.

담당자는 망설이지 않고 문을 열었다. 실내는 의외로 밝았고 불투명 유리로 된 창문으로 환한 빛이 들어오고 있었다.

"입지를 생각하면 완전히 싼 물건이죠. 전망도 좋고. 적극 추천합니다."

담당자는 웃음을 남발하고 있었다. 아비노는 방 한가운데에 서서 사방을 둘러보았다. 텅 빈 하얀 바닥과 벽에는 몇 년 전에 일어났던 슬픈 사건 따위 털끝만큼도 남아 있지 않았다.

"여기…… 무언가 드나들 수 있나요? 그러니까 고양이나 쥐 같은."

"쥐 말입니까? 환기 팬은 있습니다만, 밖에서는 들어올 수 없을 텐데. 천장이나 배선도 깔끔합니다. 오래된 건물이라 벽도 꽤 두툼하죠."

그렇게 말하면서 벽을 툭툭 쳤다. 그 벽이 수많은 고양이를 가두고 있었다고 생각하자 소름이 돋았다.

아비노는 속이 메스꺼워져서 방 밖으로 나왔다. 그럴리가 없는데도 고양이의 울음소리가 들렸다. 역겨운 냄새가 코를 찔렀다. 만약 지토세가 여기로 돌아온다면, 그건 애수나 연민이 아니다. 스다가 말한 대로 원망이라고 생각했다.

실제로 방을 보고 나니 감정 정리가 되었다. 아비노는 예전처럼 밝은 표정으로 본업에 임했다. 하얀 분을 바르고 웃는 편이 감정을 속이기 쉬웠다.

하지만 가끔가다 후회와 슬픔이 폭풍처럼 밀려와 대성통곡을 했다. 시즈에와 게이샤 동료 앞에서도 그랬다. 주위 사람들을 당혹스럽게 한다는 사실을 알았지만 어찌할 도리가 없었다. 사실 아비노는 그 이후에도 몰래 그 건물에 갔었다. 아무런 기대도 하지 않았지만, 갈 곳이 그곳뿐이었다. 아비노는 5층에 있는 방문에 이마를 대고 지토세를 불렀다.

"돌아와. 돌아와, 지토세!"

도모카의 가게 2층에서 아비노는 주문한 가방을 찾았다.

밝은 오렌지색 숄더백이었다. 가죽이지만 가볍고 보이는 것만큼이나 부드러웠다.

"정말 멋져요. 기대 이상입니다. 감사해요."

흡족한 마음으로 전신 거울 앞에서 가방을 어깨에 걸쳐보았다. 디자이너인 도모카는 세련된 도회적 여성으로, 소개해준 고즈에의 면목을 세워주기 위해서인지 이렇게 2층 사무실까지 들어오게 해주었다.

도모카와는 두 달 전에도 만났었다. 그때는 이야기가 서로 맞물리지 않았는데, 각자 뭔가 기묘한 일에 휘말려 있는 듯했다.

"아비노 씨, 이거, 이번 디자인에는 사용할 수 없지만, 원하시면 드릴게요."

그렇게 말하면서 도모카가 건넨 건 장식용 가죽 스트랩이었다. 가방과 같은 오렌지색으로 염색한 가죽에는 고양이 얼굴이 금박으로 새겨져 있었다.

가슴이 턱 하고 막혔다.

"어머, 귀엽네요."

아비노는 미소 지었지만, 눈물이 솟아나는 걸 멈출 수 없었다. 지토세와는 전혀 다른 장모의 서양 고양이었다. 그런데도 심장이 터질 것만 같았다. 아비노는 참지 못하고 고개를 숙였다. 그 모습을 본 도모카가 온화하게 물었다.

"고즈에 씨에게 들었습니다만, 아비노 씨가 키우던 고양이가 사라졌다고 하던데요. 혹시 그 고양이 이름이 지토세인가요?"

"……네, 그렇습니다. 사라진 지 벌써 1년이 넘었어요. 할 수 있는 건 다 해봤지만, 못 찾았어요."

아비노는 감정을 억누르려고 했다. 도모카에게는 그저 스쳐 지나가는 이야기일 것이다. 하지만 봇물이 터지듯 눈물과 감정이 흘러나왔다. 아비노는 숙이고 있던 고개를 들어 도모카를 똑바로 응시했다.

"사실은 일이고 뭐고 전부 팽개치고 지토세를 찾으러 가고 싶어요. 지토세는 처음부터 오래 살 수 있는 아이는 아니었어요. 이미 이 세상에 없겠지만, 그래도 살아 있다고 믿고 싶어요. 주변에서 걱정하니까 잊은 척했지만, 지금도 밤마다, 밤마다 울어요. 슬프고 또 슬퍼서 어쩔 수가 없어요. 지토세는 저희 집에 겨우 1년밖에 살지 않았어요. 겨우 1년인데, 저 참 바보 같죠?"

결국에는 자신이 생각해도 한심해서 울면서도 웃었다. 한심하고 유치하다고 비웃어도 어쩔 수 없었다.

하지만 도모카는 비웃지 않았다. 슬픈 표정으로 고개를 저었다.

"예전에는 그렇게 생각했을지도 모릅니다. 하지만 저도 고양이들과 겨우 한 달 동안 같이 살았을 뿐인데, 지금도 그 아이들이 눈에 떠오릅니다. 인터넷은 물론이고 광고에 나오는 고양이만 봐도 반응해버려요. 그거야말로 바보 같죠. 고양이를 키운 것도 아니면서 그런 굿즈까지 만들어버리다니."

도모카는 그렇게 말하고는, 스트랩의 금색 고양이를 보며 자조적으로 웃었다.

"물론 함께 지낸 시간의 길이는 관계가 있다고 생각해요. 하지만 시간이 짧다고 애정의 깊이가 얕다고는 생각하지 않아요. 하루건 1년이건, 사람이건 고양이건, 가장 소중한 대상은 있잖아요. 설령 다시 못 만난다고 해도."

흔들림 없는 말투가 아비노의 마음을 강하게 울렸다. 감사의 말을 하고 싶었지만, 입술이 떨려서 목소리가 나오지 않았다.

그런 아비노에게 도모카는 다시 말했다.

"아비노 씨, 그곳에 다시 가보면 어떨까요? 정말 이상한 선생님인데, 혹시 만나게 된다면 이야기를 나누는 것만으로도 뭔가의 계기가 될 거라고 생각해요. 자신이 열고 싶은 마음만 있으면 문은 열린다고 했어요. 가보세요."

도모카는 진지했다. 그곳이 어디인지는 묻지 않아도 알 수 있었다.

하지만 마찬가지라고 생각했다. 그 낡은 건물에는 이전에도 몇 번이나 갔었으니까.

"······응?"

정신을 차리고 보니 한 바퀴를 돌아 같은 자리에 있었다. 딴생각을 하며 걸었던 모양이다.

아비노는 혼자 쓴웃음을 짓고, 다코야쿠시 거리에서 후야초 거리로 들어갔다. 진심으로 걱정해준 도모카를 위해, 헛걸음이라는 걸 알면서도 가보기로 했다.

하지만 다시 건물 앞을 지나쳐버렸다. 돌아와보니 이번에는 롯카쿠 거리에 있었다. 주변의 풍경도 알 것 같으면서도 알 수 없었다. 자신이 지금 어디에 있는지 알 수 없어서, 불현듯 걸음을 멈췄다.

건물과 건물 사이에 골목길이 있었다. 안쪽은 어두워서 잘 보이지 않았다. 아비노는 의아했지만, 무언가에 이끌리듯 골목 안으로 들어갔다.

어두침침하고 축축한 골목길 끝에, 폭이 좁고 높은 '나카교 빌딩'이 있었다. 안으로 들어가자 왠지 익숙한 구조에 망설임 없이 5층까지 올라갔다. 몇 번이나 이곳을 찾아와서 문 앞에서 울었다. 그때마다 문손잡이를 잡고서도 돌릴 용기가 없었다. 있었다고 해도 어차피 잠겨 있었을 것이다.

하지만 조금 힘을 주자 문은 간단하게 열렸다. 실내는 이전과 달리 비어 있지 않았다. 출입문 바로 앞에 있는 조그마한 접수처에는 아무도 없었다.

그때 슬리퍼를 타닥타닥 끌며 간호사가 나타났다. 20대 후반 정도의 요염한 여성이었다.

"다케다 아미 씨 맞으시죠? 기다렸습니다."

"아……."

아비노는 깜짝 놀랐다. 예약도 하지 않았는데 어떻게 기다렸다는 거지? 게다가 어떻게 본명을 알고 있는 걸까.

"앉으세요."

간호사가 무뚝뚝하게 말했다. 뭐지, 이 간호사. 어디선가 본 적이 있는 것 같은데. 이 얼굴, 이 목소리.

누구였지?

아비노는 당혹스러운 기분으로 일인용 소파에 앉았다. 좁지만 밝고 청결한 실내. 도모카의 말은 사실이었다. 어느새 이곳은 병원으로 바뀌어 있었다.

"이쪽으로 들어오세요."

진료실 문 너머에서 남자의 목소리가 들렸다. 진료실 안에서는 흰 가운을 입은 남성이 문을 향해 앉아 있었다. 남성은 미소를 지었다.

"어서 오세요, 다케다 씨. 기다리고 있었습니다. 시간이 꽤 걸렸네요."

"당신은……."

아비노는 다시 어리둥절했다. 이 의사를 알고 있었다.

"고코로 선생님의 병원에서 몇 번인가 뵀죠. 니케의 보호자분."

스다 병원 대기실에서 몇 번인가 같이 기다렸던 적이 있었다. 지토세와 마찬가지로 이곳에서 구출된 까만 고양이를 입양했던 남자다. 남자의 이름은 모르지만, 고양이의 이름은 니케였을 것이다. 아비노는 혼란스러웠지만 의사의 손이 가리키는 대로 의자에 앉았다.

의사는 부드럽게 미소 지었다.

"오늘은 어떻게 오셨습니까."

"어떻게……."

아비노는 대답하지 못했다. 눈앞의 남성은 진짜 의사인 듯했다. 이미 진료가 시작되고 있었다.

어떻게라는 물음에 할 말이 없었다. 아비노는 아무런 문제도 없었다. 하루하루는 순조롭게 흘러갔고 몸은 건강했다. 자신도 왜 이곳에 왔는지 알 수 없었다.

아비노는 무의식적으로 중얼거렸다.

"우리 고양이가 없어졌어요."

"알겠습니다."

의사는 그렇게 말하고는 싱긋 웃었다.

"고양이를 처방하겠습니다."

의사는 의자를 빙글 돌려서 돌아앉았다.

"지토세 씨, 고양이 데려와요."

"지토세?"

아비노는 놀라서 숨을 삼켰다.

커튼이 열리고 조금 전의 간호사가 들어왔다. 간호사

는 손잡이가 있는 이동장을 들고 있었다. 플라스틱 소재의 간이 이동장은 스다 병원에서 처음에 지토세가 들어가 있던 것과 똑같은 것이었다.

"지토세? 지토세라고?"

설마, 하면서, 양손으로 이동장을 받았다. 하지만 이동장 안에는 동그란 얼굴의 옅은 갈색 고양이가 있었다. 어리둥절한 아비노에게 의사가 말했다.

"다케다 씨, 가족과 함께 사십니까?"

"아…… 네. 아니요, 뭐라고 해야 할까."

갑작스러운 질문에 아비노가 더듬거리자, 의사가 웃었다.

"하하하, 어느 쪽입니까."

"진짜 가족은 아닙니다만 가족처럼 같이 사는 사람들이 있어요."

"그렇습니까. 가족이 있는 편이 좋습니다. 이 고양이는 약효가 꽤 세서 혼자는 감당하기 힘들 수도 있거든요."

"아……."

"그리고 약효의 범위도 넓어서 같이 사는 사람들에게도 영향이 있을 거라고 봅니다만, 문제는 없습니다. 일단 이 고양이를 열흘 동안 처방하겠습니다. 처방전을 드릴 테니 접수처에서 지급품을 받으시기 바랍니다. 그럼 열흘 뒤에 뵙겠습니다."

"아……."

아비노는 연갈색의 고양이를 응시하면서 대답 아닌 대답을 했다.

진료실을 나와 멍하니 소파에 앉았다. 무릎 위에 놓인 이동장의 무게가 반가웠다. 지토세도 처음에는 이 정도의 무게였다.

"다케다 씨, 이쪽으로 오세요."

작은 창문에서 간호사가 불렀다. 처방전을 건네자 간호사는 종이 가방을 내밀었다.

"안에 설명서가 있으니까 잘 읽어보세요. 그리고 처방 기간이 끝나고 증상이 호전되었다면 이곳에는 다시 오지 않으셔도 됩니다."

"네? 그런가요?"

"네. 선생님께는 제가 말해두겠습니다. 괜찮아지셨으면 좋겠네요. 그럼, 안녕히 가세요."

"하지만 그러면 이 고양이는."

"안녕히 가세요."

"이 고양이는 어떻게……."

"안녕히 가세요."

간호사의 목소리에는 감정이 없었고 고개도 들지 않았다. 아비노는 건물 밖으로 나와 이동장을 한 손으로 옮겨 들고 설명서를 읽었다.

☑ 이름: 미미타. / 수컷. 생후 5개월. 스코티시폴드.
☑ 식사: 아침과 저녁에 적정량.
☑ 물: 상시.
☑ 배설물 처리: 적당한 때.

기본적으로는 혼자 둬도 문제없습니다. 사람에 익숙해서 잘 따르는 것처럼 보이지만 실제로는 상대를 살펴보고 있습니다. 서로 마음을 여는 것이 중요하며, 일방적으로 쫓아가면 도망치는 경우가 있으니 주의 바랍니다. 취침 시에는 환자와 같은 방에 놓아두기 바랍니다. 이상.

"뭐지? 무슨 뜻이야?"

마음이 개운하지 않았다. 1년이 넘는 시간 동안 고양이를 가까이 한 적은 없었다. 만약 지토세가 돌아왔을 때 몸에서 다른 고양이 냄새가 나면 안 될 것 같아서 다가가지 않았다.

그런데 갑자기, 아무런 마음의 준비도 없이 맡아버렸다. 무언가의 계기가 될 거라고 도모카가 말했었다. 이건 무엇의 계기인 걸까.

어두운 골목길에서 빠져나왔지만 여전히 안개 속에 갇힌 기분이었다.

마마 시즈에는 다다미 위를 기어다니며 어떻게든 미미타의 시선을 받으려고 필사적이었다. 그 옆에서는 아비노보다 어린 게이샤, 유리하가 마찬가지로 바닥을 기어다니고 있었다.

유리하는 와이어 끝에 깃털이 달린 고양이 장난감을 빠르게 흔들었다.

"미미타, 착하지? 자, 나한테 오렴. 이쪽으로 와."

미미타는 두 사람을 번갈아 보더니 짧은 다리로 유리하에게 다가갔다. 그러자 시즈에는 어느 틈에 사 왔는지 고양이용 스틱 간식을 내밀었다.

"미미타, 자, 엄마한테 오렴. 간식 줄게."

"마마, 너무 치사해. 아비노 언니, 마마가 치사하게 나와."

아비노는 두 사람이 미미타를 놓고 경쟁하는 모습을 바라보고 있었다. 시즈에는 원래 애묘가라서 얘기도 없이 미미타를 데리고 와도 받아주었다. 아니, 오히려 환영해주었다. 유리하는 아비노와 마찬가지로 독립한 후에도 유곽에서 살고 있었다. 지토세가 있었을 때도 이 두 사람이 알뜰살뜰 보살펴주었다.

스코티시폴드는 귀가 작고 접혀 있으며, 얼굴은 찹쌀떡처럼 둥글고 다리가 짧다. 귀여운 외모로 인기가 많은 품종이다. 미미타는 타원형 얼굴 위에 달라붙듯이 귀가 접혀 있었다. 귀라기보다는 형태가 무너진 리본 머리띠를 매고 있는 듯했다. 게다가 눈도 동글해서 전체적으로 동글동글했다. 연갈색의 줄무늬와 수염이 없었다면, 고양이과의 다른 동물이라고 해도 믿을 것 같았다.

설명서에 적힌 대로 미미타는 사람에 익숙했다. 아까처럼 부르면 다가왔고, 혼자 노는 귀여운 모습도 보여주었다. 지금은 실로 만든 공으로 장난을 치고 있었다.

"미미타, 너무 귀엽다."

시즈에는 미미타를 보면서 감동한 듯 말했다.

"뭔가 가슴에 뻥 뚫려 있던 구멍이 메워진 느낌이야. 참 다행이야. 아비노가 다시 고양이를 키울 생각을 해줘서."

"맞아요. 아비노 언니는 계속 우울했잖아. 나도 지토세가 없어져서 쓸쓸했는데, 미미타가 와줘서 기뻐."

유리하는 미미타를 보고 슬쩍 눈물을 내비치는 듯하더니 갑자기 웃음을 터뜨렸다. 미미타가 털실 공을 잡으려다가 뒤집어졌다.

"저런, 저런, 어떡해. 뭔가를 닮은 것 같은데……. 아, 생각났다! 미미타, 오하기 닮지 않았어?"

"오하기라니, 찹쌀떡에 고물을 입힌, 그 오하기?"

"그래. 노란 콩고물 오하기. 콩고물 색에 동그랗고 맛있어 보이잖아."

"어머, 진짜 그러네. 그러면 난 통팥이 든 오하기가 좋아."

"난 으깬 팥소가 좋아. 아비노 언니는?"

유리하가 웃으면서 돌아보았지만, 아비노는 웃어주지 못했다. 둘 다 미미타에 완전히 빠져 있었다. 너무 정을 주는 것 같아 불안할 지경이었다.

"마마, 유리하. 몇 번을 말하지만, 그 고양이는 3일 뒤에는 돌려줘야 해."

그러자 두 사람은 얼굴을 마주 보았다. 서로 눈빛을 교환하면서 천진하게 웃었다.

"아비노. 이렇게 고양이를 맡을 생각을 했다는 건 긍정적이 되었다는 거야. 그 병원 선생님께 말해서 이대로 키우겠다고 하면 어때?"

"그래, 언니. 미미타를 키우면 나도 같이 돌볼게."

미리 짠 듯했다. 아니, 분명히 아비노가 없을 때 몰래 입을 맞췄을 것이다.

"마마, 유리하. 무슨 소릴 하는 거야."

아비노는 흔들리는 마음을 필사적으로 감췄다. 병원에는 오지 않아도 된다고 했던 그 간호사의 내리깐 눈을 떠올렸다.

"그 애는 임시로 맡는 것뿐이지 데려온 게 아니야. 게다가 그런 말을 하면 지토세가 가엾잖아. 포기한 것 같아서."

"그렇지 않아, 아비노. 다른 고양이를 맞이하는 것과 지토세를 포기한 것은 다른 거야. 지토세를 기다려도 상관없어. 잊지 않아도 돼. 하지만 네 행복도 중요해."

시즈에는 온화하지만 단호하게 말했다. 그리고 가볍게 손뼉을 쳤다.

"미미타, 이리 와. 자, 와보렴. ……안 와? 여기, 간식 있는데?"

시즈에가 다시 간식을 꺼냈고, 털실 공을 내팽개치고 다가온 미미타를 안아 올렸다.

"미미타, 착하기도 하지. 근데 아비노. 너 이 애가 온 뒤로 한 번도 안아주지도 않았지? 놀아주지도 않았고. 이름도 불러주지 않았지?"

시즈에는 미미타의 겨드랑이를 안아서 아비노에게 보여주었다. 앞다리가 짧아서 만세 자세처럼 보였다. 게다가 거기에 타원형 머리가 올려져 있다.

원래라면 웃음이 나왔을 것이다. 하지만 미미타의 귀여운 모습을 보면 볼수록 죄책감만 커졌다. 미미타를 귀여워하면 지토세를 버린 게 될 것 같았다. 지토세가 어디선가 보고 있는 것처럼 느껴졌다.

"자, 안아봐."

시즈에가 미미타를 가까이 가져왔지만, 아비노는 고개를 돌렸다.

"난 됐어요. 지토세가 돌아오면 슬퍼할 테니까."

그리고 재빨리 2층으로 올라가서 베개에 얼굴을 묻고 한참을 울었다.

"지토세. 난 너를 잊지 않아. 다른 고양이는 절대 안 키워."

아래층에서 밝은 웃음소리가 들렸다. 미미타는 두 사람이 놀아주고 있다. 내가 모른 척해도 외롭지 않을 것이다.

밤이 되자 시즈에가 아비노의 방까지 미미타를 데리고 왔다. 좁은 방에서는 어쩔 수 없이 시야에 들어오지만, 기를 쓰고 못 본 척했다. 미미타도 붙임성을 꼭꼭 숨겨 놓은 듯이 다가오지 않았다. 아비노가 낡은 전등 끈을 당기는 것을 지켜본 후 스스로 상자로 들어갔다.

오늘 밤에도 미미타는 오도카니 앉아 아비노를 응시했다. 무언가를 갈구하는 듯한 눈동자. 외로운 걸까. 아니면 반대로 아비노가 원하는 것, 필요로 하는 것을 꿰뚫어 보고 있는 걸까.

미미타를 바라보고 있자 유리하의 말이 떠올랐다. 오하기. 노란 콩가루를 묻힌 타원형 오하기. 미미타의 동글동글한 얼굴은 정말로 오하기 같았다. 탱글탱글하고 아래 볼이 통통한. 아비노는 통팥도 으깬 팥도 좋아했다. 달콤하고 배가 든든해진다.

"후후……."

아주 작은 웃음소리였지만 미미타는 그 소리에 반응하며 엎드렸다. 그리고 짧은 앞발을 들었다.

아비노는 순간 퍼뜩 정신이 들었다. 미미타는 기회를 찾고 있었다. 상대를 살펴보고 있다. 병원에서 받았던 설명서를 떠올렸다. 미미타는 부르면 분명 다가올 것이다. 그 동그란 머리를 비벼대는 모습을 상상하는 것만으로 가슴이 아팠고, 다시 죄책감이 밀려왔다.

안 돼. 아비노는 고개를 돌렸다.

괴롭다고 해서 다른 고양이에게 위로를 받다니 너무 이기적이다. 시즈에나 유리하처럼 받아들여서는 안 된다. 이 거리를 유지해야 한다.

잠시 후, 미미타는 흥미를 잃은 듯 들었던 앞발을 내려놓았다. 노란 콩가루 색의 동그란 얼굴이 어딘지 쓸쓸해 보였다.

아비노는 요릿집 앞에 댄 택시까지 가는 짧은 시간 동안 이오카의 손을 잡았다.

"사장님. 바닥이 젖어 있으니 조심하세요."

"비가 많이 내렸네."

이오카는 택시에 타기 전 밤하늘을 올려다보았다. 조금 전까지 흙비가 내렸는데, 이미 구름 한 점 없었다. 보름달이 커다란 전등처럼 흠뻑 젖은 돌길을 비추고 있었다.

"아비노, 다음에도 잘 부탁해. 다음엔 스다 선생님과 무슨무슨 센터라고 하는 자원봉사단체 친구를 데려올 거야."

"네, 기다리고 있을게요."

"젊고 잘생긴 그 친구를 보면 놀랄걸? 동물 이야기밖에 안 하는 이상한 친구거든."

"어머, 저랑 마음이 통할지도 모르겠네요. 저도 이상한 사람이잖아요. 기대할게요."

아비노는 이오카를 배웅한 후, 다른 게이샤와 함께 귀가 차량에 탔다. 다른 게이샤가 도중에 내렸고, 유곽에서 사는 아비노가 마지막으로 남았다.

차창으로 달이 보였다. 그 달이 너무 아름다워서 문득 밤길을 걷고 싶어졌다. 원래는 늦은 시간에 혼자 걷거나 하지 않지만 가끔은 괜찮지 않을까 싶어서 한 블록 전에 차에서 내렸다. 큰길가의 상가 불빛과 자동차 헤드라이트를 등지자, 게이샤 차림에 흥미를 보이는 눈길도 없어서 천천히 걷기 시작했다.

하늘을 올려다보니 빨려들 듯 커다란 보름달이 노란빛으로 환하게 빛나고 있었다. 노란 콩가루를 듬뿍 뿌린 오하기였다.

"어머……."

아비노는 걸음을 멈췄다. 오하기를 떠올리자 보름달이 미미타로 보였다. 노랗고 동글동글한, 머리에 리본을 올린 것 같은 미미타가 밤하늘에 떠 있었다. 달이 오하기로 보이는 것만도 제정신이 아닌데 더구나 고양이로 보이기까지 하다니.

"이제…… 그만해."

아비노는 짜증이 나서 이번에는 달도 외면했다.

내일이다. 내일, 미미타를 돌려주고 나면 이 기묘한 답답함에서 해방된다. 지토세만 생각하고 있었는데, 미미타가 옆에 있자 정신이 자꾸 산만해졌다.

그래, 지토세만 생각하자. 지토세에게는 나밖에 없다. 뻥 뚫린 마음의 구멍을 다른 고양이로 메우려는 건 너무 이기적이다. 지토세를 못 찾았는데 행복해지면 안 된다.

젖은 돌길에 달빛이 반사되어 유난히 반짝반짝 빛났다. 충농석인 신책은 금방 끝났고, 이미 유곽 앞이었다.

아비노는 현관 미닫이문을 열려다가 깜짝 놀랐다. 순간 사람인가 싶어서 긴장했지만, 아니었다. 젖은 돌길 위에 뻗은 그림자 끝에 고양이가 있었다. 달빛을 받은 고양이가 새까만 그림자가 되어 있었다. 높게 치켜세운

꼬리는 끝이 조금 꺾여 있었다.

설마, 하고 미간을 모으며 응시했다. 고양이가 다가왔다. 어둠 속에서 그 모습이 반쯤 드러났다. 동그란 몸에 짧은 다리. 꼬리가 꺾인 것처럼 보인 건 기분 탓이었던 모양이다.

"……미미타?"

선뜩한 식은땀이 흘렀다. 그럴 리가 없었다. 이 시간이면 미미타는 2층 방에 있어야 했다. 하지만 다가온 고양이의 모습은 분명 미미타였다. 미미타가 밖에 나와버린 것이다.

왜 또 이런 일이.

아비노는 손을 내밀었다. 그러자 미미타가 재빨리 뒤로 물러났다. 미미타의 몸 절반이 다시 어둠 속으로 빨려들어갔다. 미미타의 표정은 유곽에서 보여주었던 것과 달리, 경계심이 가득했다. 앞발을 든 채 언제라도 도망갈 자세를 취하고 있었다.

"미, 미미타. 착하지? 이리 와. 가, 간식 줄게. 간식 좋아하지?"

아비노가 말을 할수록 미미타는 자세를 낮췄다. 집에서 키우는 동물에게 바깥세상은 미지의 세계다. 흥분과

공포로 인해 사람의 목소리가 들리지 않는다.

더구나 내 말 따위 들을 리가. 아비노는 입술을 깨물었다. 미미타를 데려온 며칠 동안, 미미타가 다가오려고 해도 모른 척해왔다. 미미타가 마음을 열지 않는 것은 당연했다.

하지만 어떻게든 해야 했다.

자칫 잘못하면 돌이킬 수 없는 일이 일어나고 만다. 그날 밤처럼 쫓아가서는 안 된다. 한 발자국만 다가가도 도망갈 것이다.

몸이 떨렸다. 무서웠다. 두 번 다시 잃고 싶지 않았다.

"미미타."

아비노는 기모노가 젖는 것도 신경 쓰지 않고 돌길에 무릎을 꿇었다.

"미미타. 괜찮아. 이리 와."

그리고 천천히 팔을 벌렸다. 미미타는 아직도 경계하고 있었고, 당장이라도 도망갈 듯했다. 눈물이 흐르고 입술이 바들바들 떨렸다.

"미미타, 미안해. 애쓰고 나한테 와줬는데 차갑게 대했어. 난, 너를 좋아하고 싶지 않았어. 미미타를 좋아하면 지토세를 잊어버린 게 될까 봐, 지토세가 가여워서 널 예뻐해주지 못했어. 미안해, 미안해."

눈물이 샘솟았다. 지토세를 잃어버린 건 후회해도 소용없는 일이었다. 하지만 그 일에만 얽매여 아무것도 보지 못한다면 이번에는 미미타마저……

"미미타, 가지 마. 나를 두고 가면 안 돼."

아비노는 눈을 감고 기도했다.

돌아와줘, 돌아와줘, 나의 고양이.

손가락 끝에 차가운 감촉이 느껴졌다. 미미타가 사포처럼 까끌까끌한 혓바닥으로 아비노의 손가락을 핥고 있었다. 그리고 동그란 얼굴을 비볐다.

"미미타……."

조심스럽게 미미타를 안아 올렸다. 무겁고 따뜻했다. 길게 늘어지는 몸의 유연함에 피식하고 웃음이 새어 나왔다.

아비노는 미미타를 다정하게 안은 채 유곽으로 들어갔다. 미미타는 아무 일도 없었다는 듯 현관으로 훌쩍 뛰어내려 가벼운 발걸음으로 실내로 들어갔다. 마중 나와 있던 시즈에는 발밑으로 빠져나가는 미미타를 보고 놀랐다.

"이런, 미미타가 밖에 나갔었어? 분명히 2층에 뒀는

데."

"마마, 두 번이나 이런 일이 일어나다니. 내 방 어딘가에 빠져나갈 곳이 있는 게 아닐까?"

"그럼 안 되는데."

두 사람은 2층의 아비노 방으로 향했다. 낡은 다다미 방이었다. 방에 들어선 순간 두 사람은 얼어붙었다.

"창문이 열려 있잖아!"

시즈에는 어쩔 줄 몰라 했다.

"분명히 잠긴 걸 확인하고 미미타를 놔뒀는데. 내가 착각한 걸까."

그날 밤과 똑같이, 방 안에 바깥 공기가 흐르고 있었다. 아비노는 창문으로 다가갔다. 조금밖에 열려 있지 않지만 고양이라면 빠져나갈 수 있다. 미미타는 창문을 통해 밖으로 나간 것이다.

"마마."

"아비노, 미안해. 나 때문에 미미타도 사라질 뻔했어. 정말 미안해."

"마마, 여기 봐. 이쪽 창문에 걸쇠가 걸려 있지 않아."

두 사람은 창틀에 붙어 있는 반원형 잠금장치를 유심히 살폈다. 창문과 창문 사이에 커다란 틈이 있어서, 걸리는 쪽 창문에 고리가 걸리지 않았다. 고리를 걸어도 조금만 힘을 주면 창문은 쉽게 열렸다.

"어머, 정말이네. 언제 이렇게 창문이 벌어졌지?"

시즈에는 놀라서 멍하니 있었다. 아비노는 여러 차례 창문을 여닫아보았다. 언제부터 잠기지 않았던 걸까. 외출할 때는 항상 확인했는데, 왜 몰랐을까.

아비노는 도저히 이해가 되지 않아서, 창밖으로 몸을 내밀어 외벽과 지붕을 살펴보았다. 벽을 따라 설치된 빗물받이 홈통이 주저앉아 창틀 모서리를 누르고 있었다. 시즈에가 힐긋 보고는 말했다.

"아, 그거. 가끔가다 빗물 무게 때문에 홈통이 고리에서 빠질 때가 있어. 잠깐 기다려봐. 금방 끼워."

시즈에가 손을 뻗어서 홈통을 눌렀다. 그러자 홈통에 눌려서 어긋나 있던 창틀이 제자리로 돌아왔고, 창문과 창문 사이의 틈이 없어졌다.

"이래서 창문이……."

"응? 뭐라고?"

"아니. 아무것도 아니야. 마마, 위험하니까 빨리 사람 불러서 지붕 고치라고 하자."

"그래야지. 내일 당장 전화할게."

아비노는 천천히 창문의 잠금장치를 돌렸다. 딸각하고 잠기는 소리가 들렸다.

홈통이 내려갈 때마다 이 잠금장치는 제 역할을 하지 못했던 것이다. 그날. 지토세가 사라진 저녁에도 큰비가 내렸었다. 그때도 지금처럼 창문이 쉽게 열리는 상태였는지도 모른다. 이제 와 확인할 방법도 없었지만, 마음에 꽂혔던 가시가 빠진 듯한 기분이었다.

"아비노 언니, 미미타 데려왔어. 들어가도 돼?"

"유리하, 고마워."

아비노는 미미타를 받으려고 했지만, 유리하는 어두운 얼굴로 미미타를 꼭 안은 채 놓아주지 않았다.

"유리하? 왜 그래?"

아비노가 묻자 유리하는 고개를 옆으로 흔들었다.

"나, 돌려주고 싶지 않아. 미미타를 돌려주고 싶지 않아. 언니. 이대로 미미타를 키우면 안 될까? 언니가 싫어하면 내 방에서 못 나가게 할 거고, 돌보는 것도 나 혼자 다 할게."

그때 아비노는 처음으로 깨달았다. 힘든 건 아비노만이 아니었다. 시즈에도 유리하도 쓸쓸했던 것이다.

고양이를 키우는 일. 그것이 얼마나 힘든지 모두 알고

있었다. 키운 경험이 있다고 해도 그 경험이 똑같이 적용되지는 않는다. 미미타는 동그란 얼굴을 유리하의 어깻죽지에 올리고 있었다. 겉으로는 사람을 잘 따르지만, 만약 함께 산다면 앞으로가 문제다. 마음을 얻기 위해서는 가족 모두가 노력해야 한다.

내일 그 병원에 갈 예정이었다. 간호사는 안 와도 된다고 했지만, 그럴 수는 없었다. 미미타 문제만이 아니었다. 그 이상한 의사도 다시 만나서 자신의 마음을 제대로 응시해보고 싶었다.

아비노는 미미타를 넣은 이동장을 들고 살며시 병원 문을 열었다. 접수처에 앉아 있던 간호사가 눈을 들었다.

"어머, 오셨어요? 고지식하시네요."

무뚝뚝하기는 이전과 마찬가지였다. 그리고 이 얼굴. 마치 거울을 보는 것처럼 자신과 꼭 닮은 얼굴. 자신과 꼭 닮은 목소리.

그럴 리가 없다고 생각하면서 소파에 앉았다.

"들어오세요."

진료실에서 남자의 목소리가 들렸다. 안으로 들어가자 의사는 상냥하게 미소 지었다.

"아, 얼굴색이 좋네요. 고양이가 잘 들었던 모양입니다."

"아……."

아비노는 당혹스러운 기분으로 의자에 앉았다. 이 의사도, 니케의 보호자와 똑 닮았다. 스다 병원 대기실에서 가끔 마주쳤던 그 남자는 늘 검은 고양이 니케를 데리고 있었고, 무슨 보호단체 직원이라고 했었다. 자원봉사를 하는 정신의학과 의사인 걸까. 분위기는 달랐지만, 외모는 똑같았다. 아비노는 확인해보고 싶은 마음에 떠보듯이 물었다.

"저…… 니케는 잘 지내나요?"

의사는 생글생글 웃으면서 고개를 끄덕였다.

"네. 저는 잘 지냅니다. 그런데, 고양이는 돌아왔나요?"

"네?"

"환자분 고양이는 돌아왔습니까?"

의사의 물음에 아비노는 깜짝 놀랐다. 무릎 위의 이동장이 살짝살짝 움직였다. 얌전하게 있어도 진동이 전해졌다. 미미타는 지금 이곳에 있다.

"네. 돌아왔어요."

"그렇습니까. 다행이네요. 지토세 씨, 고양이 데려

가……."

의사가 이동장을 가져가려고 하자 아비노는 황급히 막았다.

"저, 갑자기 이런 말 실례입니다만, 미미타는 선생님의 고양이인가요? 혹시, 혹시 그렇다면……."

"아니요, 이 고양이는 제 고양이가 아닙니다."

의사는 가볍게 웃었다.

"이 아이는 펫 숍의 고양이입니다. 인기 있는 종이긴 하지만 사람들은 귀가 더 납작한 고양이를 좋아하는지 주인을 못 찾고 커버렸어요. 사람들은 새끼 고양이를 좋아하죠. 이 아이는 이미 한물간 거죠."

한물이라니 심한 표현이었다. 아비노는 자기도 모르게 미간을 찡그렸지만, 의사는 태연했다.

"펫 숍도 장사하는 곳이라서 성묘가 된 고양이도 어떻게든 팔아보려고 이곳저곳으로 돌립니다. 매장을 바꾸다 보면 눈길을 주는 사람이 생기기도 하고요. 어서 주인을 찾으면 좋을 텐데. 자, 갈까."

의사는 재빨리 이동장을 들고 커튼 뒤로 가려고 했다. 아비노는 다시 의사를 제지했다.

"기다려주세요. 그 펫 숍은 어디인가요? 어디로 가면

미미타를 만날 수 있습니까?"

"글쎄요, 어딜까요. 진심으로 찾는다면 찾을 수 있지 않을까요."

그러자 커튼이 열리고 간호사가 들어왔다. 미간을 모으며 험악한 표정을 지었다.

"선생님, 그러지 말고 가르쳐주셔도 되잖아요."

간호사는 의사의 손에서 이동장을 빼앗은 후, 아비노에게 말했다.

"이 아이는 시가현 구사쓰에 있는 쇼핑몰에 있습니다."

"하지만 이런 건 다 인연이 있어야 해서요. 휴일에는 가족 동반의 손님들이 몰려드니까 서두르는 게 좋을 겁니다."

"그, 그렇군요. 되도록 빨리……."

"저는 신경 쓰지 않아도 돼요."

자신과 꼭 닮은 얼굴의 간호사는 쌀쌀맞게 고개를 돌렸다.

"그날, 그때 그냥 그런 기분이 들었을 뿐이지 딱히 당신을 기다렸던 것도 아니었고, 더구나 당신을 괴롭히려고 사라진 것도 아닙니다. 스스로 결정하고 스스로 나간 거죠. 그렇게 계속 훌쩍거리지 않았으면 좋겠어요."

아비노는 무슨 말인지 영문을 알 수 없어서 멍하니 있었다. 그러자 간호사는 미간을 모으며, 조금 부끄러운 듯 새침하게 말했다.

"고양이는 얼마든지 있어요. 그러니까 빨리 잊고 데리러 가세요. 이 아이, 굼뜨고 촌스럽지만, 그래도 뭐 귀엽잖아요. 당신에게 잘 어울려요."

"고, 고맙……."

제대로 인사도 하기 전에 간호사는 이동장을 들고 나갔다. 기묘한 여자였다. 붙임성은 없지만, 지금은 뭔가 조언을 해준 듯했다. 시즈에와 유리하의 요청도 있었지만 아비노는 여전히 망설이고 있었다. 만약 조건이 갖춰지지 않으면 꽁무니를 빼려고 했는지도 모른다.

하지만 간호사의 말에 마음을 굳혔다.

의사는 토라진 듯 투덜거렸다.

"마치 내가 나쁜 사람 같잖아. 지토세 씨를 생각해서 그랬는데."

"선생님."

"네?"

"가족과 논의했어요. 인연이 된다면 저희 집에서 미

미타를 키우고 싶어요. 어떻게 생각하세요?"

"어떻게 생각하냐고요?"

의사는 이상하다는 듯 웃고는 고개를 갸웃거렸다.

"제가 어떻게 생각하는지 그게 마음에 걸리십니까?"

"아니요, 그게……."

아비노는 말을 하려다가 고개를 숙였다. 이곳의 정체가 뭔지, 그가 누구인지 여전히 모른다. 하지만 대답을 해줄 사람은 이 사람밖에 없었다. 아비노는 결심을 하고 고개를 들었다.

"지토세는 어떻게 생각할까요?"

"하하하, 그건 모르죠. 아까는 엄청 강한 척했지만, 꼭 고양이가 아니더라도 어떻게 생각할지는 자신밖에 모르니까요. 하지만 고양이 쪽에서 보면 집착하는 건 인간뿐입니다. 고양이에게도 작지만 자신의 세계가 분명히 있습니다. 새로운 세계에 발을 내딛는 순간부터 이미 앞을 보고 있습니다. 설령 그 세계가 아무리 괴로운 세계라고 해도 말이지요. 당신이 붙잡은 꼬리를 놓지 않는 것은 고양이가 불쌍해서가 아닙니다. 당신이 쓸쓸하기 때문이죠. 하지만 고양이가 먼저 꼬리를 뺄 수는 없죠. 지금도 당신을 사랑하고 있으니까요."

의사는 상냥하게 웃었다.

"이제 그만 손을 떼고 기분 좋게 떠나보냅시다."

"떠나보내다……."

지토세를 입양한 날 스다에게 들었던 말이다. 그때, 각오했다고 생각했다.

하지만 각오 같은 건 하지 않았다. 외롭고, 슬퍼서 필사적으로 붙잡았다. 괴로운 이별을 하지 않을 수 있었던 건 지토세가 갑자기 사라졌기 때문이었다. 그런데 사라진 뒤에도 붙잡고 있었다. 떠나지 않기를 바랐다.

하지만 이제 보내 줘야 한다. 반려인은 항상 떠나보내는 처지다.

아비노는 눈을 감았다. 꼬리가 꺾인 삼색 고양이. 윤기 나는 털과 팔(八) 자 모양의 하얀 코. 자존심 세고, 안 그런 척하면서 낯을 가리는 아이. 눈빛에는 강한 자존심이 담겨 있었고, 애교를 부리는 모습조차 기품이 있었다. 함께 있을 때는 차마 혼잣말로도 하지 못했지만, 하고 싶은 말이 많았다.

짧은 시간이었지만 행복했어. 지켜주지 못해서 미안해. 나에게 와줘서 고마워.

사랑해. 사랑해. 고마워.

잘 가. 사랑해. 사랑해…….

눈을 떠 보니 의사도 눈을 감고 있었다. 자신이 진정될 때까지 기다려줬구나, 생각하며 아비노는 가만히 있었다. 그런데 얼마 후 의사의 고개가 꾸벅꾸벅 흔들리기 시작했다.

"저기, 선생님?"

의사가 눈을 떴다.

"응? 아, 이제 괜찮으십니까?"

"아, 네."

"그렇습니까. 다행이네요. 그럼 이제 이곳에는 오지 않아도 되겠네요. 안녕히 가세요."

아비노는 아무 말도 하지 않고 진료실을 나왔다. 살풍경한 대기실에는 아무도 없었다. 스다 병원 대기실에 붙어 있던 수많은 사진과 긴 의자에 같이 앉아 있던 반려인과 고양이들을 떠올렸다. 반려인들끼리는 인사를 나누는 정도였지만, 이동장에 있던 고양이들은 가까이서 서로 교감을 했을지도 모른다. 지토세와 니케도 무언가 이야기를 나누지 않았을까.

접수처에는 간호사가 앉아 있었다. 아비노는 가볍게 고개를 숙인 후 출입문 손잡이를 잡았다. 그때 등 뒤로 간호사의 목소리가 들렸다.

"영원히 같이, 라고 했는데."

"네?"

아비노가 돌아보자 간호사는 새침한 얼굴로 눈도 들지 않고 있었다.

"당신의 '영원히'에 함께해주지 못해서 미안해."

간호사가 고개를 들었다. 희미하게 웃고 있었다.

"안녕히 가세요."

"아."

역시 무슨 말인지 모른 채 병원을 나오고, 건물에서도 나왔다. 멀리 파란 하늘이 있었다. 아비노는 골목길을 나오면서 전화를 걸었다.

"아, 유리하. 미미타는 구사쓰의 쇼핑몰에 있대. 지금 데리러 가려고……. 같이 가고 싶어? 그럼 장사는? 마마한테 부탁한다고…… 그래, 같이 가자."

골목길을 빠져나와 교토 시내의 큰길로 나왔다. 바둑판 같은 도로는 잠깐만 방심해도 어디를 향하는지 알 수 없게 된다. 아는 길도 잃어버린다.

지금은 앞을 향하고 있다. 그러니까 길을 잃을 일은 없었다.

좁은 진료실에 홀로 남았다.

니케는 의자에 앉은 채 천장을 보았다. 여기서 태어나 여기서 자랐다. 모습은 달라졌어도 냄새는 절대 잊히지 않았다. 그때는 많은 친구가 있었는데, 결국 혼자가 되어버렸다. 니케는 눈을 감고 고독에 몸을 맡겼다.

그때 힘차게 커튼이 열렸다. 니케는 깜짝 놀라서 의자에서 떨어질 뻔했다. 지토세는 그런 니케를 냉랭한 눈빛으로 흘겼다.

"니케 선생님. 뭐 하고 계신 겁니까?"

"아니, 그건 내가 할 소리죠. 지토세 씨, 왜 아직도 여기에 있어요?"

"내가 없어지면 접수는 누가 하죠? 고양이 관리는 또 누가 하죠? 선생님은 누가 돌봐주고?"

"그런 거야 어떻게든 해결합니다. 내가 이래 보여도 똑 부러지는 면이 있죠."

"말은 잘하시네요. 내가 감시하지 않으면 졸기만 하면서. 고양이 처방도 매번 생각 없이 하잖아요. 지금까지는 그럭저럭 넘어갔지만, 갈 곳이 없는 아이를 데려가지 않으면 어쩌려고 했어요?"

"아니, 아니. 괜찮다니까요. 난 항상 고양이와 사람을 살펴보고 알맞게 처방하고 있으니까."

"정말입니까? 운과 직감에 맡기고 있는 건 아니고요?"

속속들이 꿰뚫어 보는 지토세에게 토라져서 니케는 고개를 살짝 숙이고 중얼거렸다.

"아니거든요……. 여하튼 지토세 씨의 환자분은 이미 왔으니까 전 신경 쓰지 마세요."

"이제 와서 무슨 소립니까?"

지토세는 기가 막힌 듯 깊이 한숨을 쉬었다.

"니케 선생님. 악연도 인연이니, 선생님의 예약 환자가 올 때까지 같이 있겠습니다."

"하지만 그래도."

입꼬리가 올라가는 걸 참지 못하고 니케는 배시시 웃었다. 출입문 쪽에서 소리가 들렸다. 누군가가 부르고 있었다. 지토세가 커튼 틈새로 슬쩍 내다보았다.

"어머, 환자분이 오셨네요. 예약 환자면 좋을 텐데."

"아니지 않을까요. 여자 같은데. 풍문인지 뭔지 모르겠지만 꽤 유명해졌나 봐요. 낮잠 잘 시간도 없다니까."

"말은 잘하시네요. 방금도 자고 있었으면서."

"아니, 안 잤습니다. 조금 전에는 혼자 고독을 즐기고 있었죠."

"아무튼, 풍문도 의외로 도움이 되네요. 바람결을 타고 이곳저곳으로 퍼지다가 제 주인도 데려왔잖아요. 시간이 걸려도 언젠가는 니케 선생님의 환자분도 오실 겁니다. 환자분 안내할 테니까 똑바로 앉아 계세요."

지토세는 평상시와 마찬가지로 통명한 말투로 말하고 커튼 안쪽으로 들어갔다. 잠시 후 어두운 표정의 젊은 여성이 들어왔다. 어딘가의 누구로부터 뜬소문을 듣고 이곳까지 온 모양이다. 여성은 불안한 듯 주뼛주뼛하고 있었다. 니케는 여성의 이야기를 다 듣고는 빙긋 웃으며 말했다.

"그럼 고양이를 처방하겠습니다. 지토세 씨, 고양이 데려와요."

〈2권에서 계속〉

고양이를 처방해 드립니다

초판 1쇄 발행 2024년 10월 15일
초판 2쇄 발행 2025년 1월 6일

지은이 이시다 쇼
옮긴이 박정임
펴낸이 김선식

부사장 김은영
콘텐츠사업2본부장 박현미
책임편집 조용우 **책임마케터** 오서영
콘텐츠사업6팀장 임경섭 **콘텐츠사업6팀** 정지혜, 곽수빈, 조용우, 이한민, 이현진
마케팅1팀 박태준, 권오권, 오서영, 문서희
미디어홍보본부장 정명찬 **브랜드관리팀** 오수미, 김은지, 이소영, 박장미, 박주현, 서가을
뉴미디어팀 김민정, 고나연, 정세림, 변승주, 홍수경
지식교양팀 이수인, 염아라, 석찬미, 김혜원, 이지연
편집관리팀 조세현, 김호주, 백설희 **저작권팀** 성민경, 이슬, 윤제희
재무관리팀 하미선, 임혜정, 이슬기, 김주영, 오지수
인사총무팀 강미숙, 이정환, 김혜진, 황종원
제작관리팀 이소현, 김소영, 김진경, 최완규, 이지우
물류관리팀 김형기, 주정훈, 김선진, 양문현, 이민운, 채원석, 박재연, 이준희
외부스태프 디자인 검정글씨 민희라

펴낸곳 다산북스 **출판등록** 2005년 12월 23일 제313-2005-00277호
주소 경기도 파주시 회동길 490
전화 02-704-1724 **팩스** 02-703-2219
이메일 dasanbooks@dasanbooks.com
홈페이지 www.dasan.group **블로그** blog.naver.com/dasan_books
용지 한솔PNS **인쇄 및 제본** 정민문화사 **코팅 및 후가공** 제이오엘엔피

ISBN 979-11-306-4842-2 (03830)

· 책값은 뒤표지에 있습니다.
· 파본은 구입하신 서점에서 교환해드립니다.
· 이 책은 저작권법에 의하여 보호를 받는 저작물이므로 무단 전재와 복제를 금합니다.

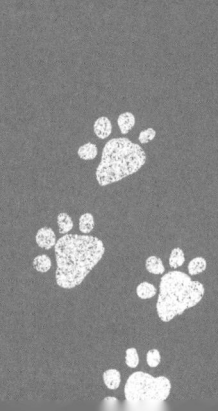